KAIKÔ Takeshi

L'OPÉRA DES GUEUX

Roman traduit du japonais
par Jacques Lalloz

Éditions Picquier

DU MÊME AUTEUR
AUX ÉDITIONS PICQUIER

La Muraille de Chine

Romanée-Conti 1935
suivi de *Le Monstre et les cure-dents*

Les Ténèbres d'un été

Titre original : *Nihon sanmon opera*

Mas de Vert
B.P. 20150
13631 Arles Cedex

www.editions-picquier.com

En couverture : Takeuchi Seihô, 1897.
© D. R.

Conception graphique : Picquier & Protière

ISBN : 978-2-8097-1663-4
ISSN : 1251-6007

1

La tribu des Apaches

— C'est que dehors il pleut à verse !
— Oui mais au-dessus de nos têtes
la baraque est en train de flamber !
Quand on risque de périr cramé
se faire tremper comme un rat
ça n'est rien du tout, crois-moi !

Celui que ses compagnons allaient, par la suite, appeler Fukusuke déambulait dans la ruelle Janjan du pas incertain de qui a un peu bu. L'homme semblait à première vue de grande taille ; légèrement voûté, les muscles avachis sur les os comme autant d'outres percées, il était au bord de la défaillance. Les yeux secs, un peu vitreux, la mâchoire lourde et pendante, il traînait des chaussures dépareillées, sans lacets, et disparaissait sous l'habituel barda des clochards : lambeaux de tissus, boîtes de conserve vides, bouchons de paille, chutes de carton et autres objets à présent indéfinissables. L'on aurait cru assister au passage d'un monticule de détritus. Jusqu'aux gens de la ruelle, pourtant habitués à la saleté, qui détournaient les yeux à son approche... De métier, point, on s'en doute ; un coup d'œil révélait que rien ne subsistait plus depuis beau temps de ce qui avait été signe distinctif : toit, femme, enfant, outils de travail, identité... « Du hachis », voilà le seul terme qui vienne à l'esprit pour qualifier cette sécrétion de la cité nauséabonde. De quel utérus avait donc glissé cette trogne grimaçante ? Mystère complet. Défi à toute épithète, l'homme n'était pas sans rappeler même ces fondrières qui, à longueur d'année, étalent dans les terrains vagues, derrière les usines de quartier, leur intarissable humidité d'yeux rongés de cataracte. Tête enfantine au crâne plat, la créature cheminait en titubant dans les odeurs épaisses de la ruelle.

La ruelle Janjan est un étroit passage du Nouveau Monde, un quartier de divertissements à quelque distance du cœur d'Ôsaka. A proximité, un musée et un jardin zoologique, mais ni l'un ni l'autre ne laissent d'empreinte quelconque sur le quartier exubérant et dépravé. Le Nouveau Monde lui-même s'étend au bas de la colline du musée, faisant comme un chancre tavelé et informe, voire un estomac, installé là, indélogeable, et dont la ruelle en le prolongeant constituerait en quelque sorte l'intestin. C'est là qu'errait Fukusuke, au milieu de la brume du soir répandue en nappe bleutée dans le boyau. Il n'avait rien mangé depuis deux ou trois jours. Son repaire se dissimulait dans l'ombre des massifs entourant le zoo, l'orifice du ventre. Qu'on puisse souffrir de la faim en demeurant en pareil endroit pourra sembler curieux, et pourtant ! Malgré la présence à deux pas d'une enfilade d'innombrables petits restaurants, malgré la nuée des passants agglutinés, sa gorge serrée refusait souvent d'accepter la moindre miette dès que passait dans l'air quelque chose d'anormal.

Comme maintes et maintes fois, une alarme lui avait fait quitter sa tanière pour s'en aller vers le Nouveau Monde et se glisser dans la ruelle. Là, il avait retrouvé les poubelles, les reliefs de nourriture, les vociférations, les musiciens ambulants. Sa quête l'avait mené de bord en bord, de l'estomac à l'intestin, de l'intestin à l'estomac, qu'il avait traversés puis, bredouille, contournés avant de tenter sa chance d'est en ouest, en vain, du nord au sud, tantôt en long, tantôt en large, dans une divagation de bol alimentaire indigeste. Mais tout cela en pure perte. Ne l'avait-il que trop endurée jusqu'alors, cette expérience ! Aussi, se croyant de taille à apprivoiser cette mégère nommée Faim, ne s'était-il pas inquiété outre mesure, tout d'abord. « Pas la peine de s'affoler. » Or, cette nuit-là, plongé dans l'obscurité de sa tanière et contraint de l'affronter, il avait compris qu'il avait affaire à une partenaire redoutable. L'autre, cette fois, faisait preuve d'une spontanéité insolite, était insatiable, et cependant experte dans ses attouchements d'amante rouée.

Elle vous tenaillait, à secouer l'échine d'intolérables frissons, pour rompre et s'évanouir l'instant d'après puis, profitant d'un relâchement, faire volte-face et revenir se glisser insidieusement sous la peau et s'y appesantir. Aux contorsions désespérées de Fukusuke, elle répliquait en faisant place à des vertiges, à des nausées, pour tenter de le précipiter dans le brouillard. Sûre d'elle-même, elle décochait ses directs, se bloquait net, lançait ses rideaux de fumée, passant parfois au beau milieu d'une telle offensive frontale à des coups par le travers, de droite, de gauche, qui lui labouraient les chairs de sortes de rafales de braise, de ruissellements spasmodiques. Suées, éblouissements... Dans le noir, Fukusuke se tordait, s'étirait, se jetait sur ses pieds en bonds subits, se recouchait. « Ne pense à rien, ne pense à rien ! » Il essayait tantôt de faire le vide dans son esprit, tantôt au contraire de faire resurgir devant ses yeux tous les plats et les fumets imaginables, en des efforts acharnés mais vains. Le lever du jour l'avait trouvé en pleine prostration. En se relevant pour aller boire au robinet des cabinets publics, il eut la sensation d'être pris jusqu'aux reins dans de la glaise. Après avoir bu, il revint s'allonger au soleil et s'assoupit, confiné dans une sorte de lourde gangue grisâtre de crasse et de sueur huileuse. Il était resté ainsi jusqu'à la fin de l'après-midi, magma de terre et de soleil, à reposer son corps fourbu. C'est alors que lui était venue la sensation, en palpitations d'une curieuse acuité, que la solitude et la mort – celle qui surprend le vagabond sur la route –, lesquelles auraient dû pourtant lui être aussi familières que la vermine, étaient en train de traverser le gazon et le parc, au ras du sol. Il s'était relevé et, posant sur le sol des pieds tremblants, s'était engagé dans le Nouveau Monde.

La marée montante du soir ramenait ce jour-là l'éternelle file des éternels compères revenant s'assembler sur cette verrue purulente. « ... plein de bruit et de fureur... » : ces mots de Shakespeare, je crois, on aimerait les répéter à Fukusuke. Nouveau Monde, ruelle Janjan : deux endroits comme accaparés jour et nuit, sans trêve, par les seuls tumultes, coups de gueule et ripailles, rien de moins qu'une serre chaude où à chaque pas se côtoient la chère et le sexe.

Putains, maquereaux, vendeurs de livres cochons, étudiants prolongés, collégiens à l'âge des curiosités... Drogués aux yeux exorbités par le manque ; joueurs décavés sur le chemin du retour ; pickpockets aux aguets ; ouvriers à la tête pleine d'un puzzle éclaté de visions lubriques ; manœuvres en train de se gaver de tripes crues douteuses. Une effervescence générale s'était emparée de cet essaim grouillant de larves repues de sang et de sperme, où s'échangeaient sourires moqueurs, chuchotements et coups d'œil perçants.

Fukusuke s'engagea tête baissée le long des étals d'un côté du passage où s'agglutinaient grillades, sushis, riz au curry, ragoûts, *oden*[1], anguilles, soupe au soja, poisson

---

1. *Oden*. Légumes, morceaux de poisson, tranches de radis, mijotant dans un bouillon de poisson avec pommes de terre, cubes de tôfu, œufs, etc.

cru... enchevêtrés dans un salmigondis de pustules qui l'assaillirent toutes ensemble de leurs odeurs lourdes. Des frissons l'agitèrent malgré lui comme une feuille. Dans le même instant, un cri terrifiant fusa d'une fenêtre d'un club de mah-jong : « Démerde-toi donc de jouer ! » Echappés d'un cinéma claquaient des coups de feu, d'un restaurant de sushis retentissaient des battements de tambour, et d'une salle de *pachinko* une marche militaire ; un mutilé de guerre qui faisait la quête entonnait l'hymne national. C'est alors que, lâché d'un haut-parleur à l'entrée d'un cinéma, s'éleva le cri d'une femme au paroxysme du plaisir, qui alla emplir de ses échos tout le quartier. Le moment s'annonçait où, çà et là, les murs s'ouvriraient de trous et de fissures ; à n'en pas douter, le boyau congestionné n'allait pas tarder à se tordre dans d'épaisses et chaudes vapeurs d'alcool.

Fukusuke avait commencé sa marche par une halte devant chaque boutique, promenant son regard, reniflant, mais bientôt incapable de résister, il dut prendre une autre direction. Il était pareil à un de ces cailloux que les rivières roulent dans leur lit. En dépit de la foule compacte qui se pressait dans la ruelle, interdisant à peu près tout mouvement, les gens de l'endroit eux-mêmes, que toute leur crasse, leur entrain et leur curiosité ne mettaient pas à l'abri de la puanteur visqueuse véhiculée par Fukusuke, s'écartaient et attendaient en retrait que ce dernier fût passé, de son train nonchalant. Lui, à qui le brouillard de ses yeux masquait le phénomène, s'étonnait de la facilité avec laquelle on circulait dans une telle cohue, et poursuivait son chemin, toujours semblable à une figure de dépotoir.

Il quitta la ruelle pour pénétrer dans le Nouveau Monde, où sur un espace vide s'élevait une bicoque tendue de nattes de paille, abritant ce qui était intitulé *Grande exposition ; prévention des délits sexuels*.

Fukusuke leva un regard éteint vers les quelques photos collées à l'entrée. L'une représentait un homme qui avait assassiné une femme, l'avait découpée en morceaux avant de lui raser complètement le crâne et de s'enfuir se cacher en forêt, dans une cabane où il s'était pendu, bottes aux pieds et coiffé du scalp. D'autres individus figuraient sur les photos pour des motifs divers, mais tous semblaient avoir en commun un tempérament exceptionnel. On devait avoir tant de fois reproduit les clichés qu'à la longue ils ne laissaient plus voir que de vagues taches noires et blanches. Sur l'un d'eux apparaissait le corps dénudé d'une femme victime d'un viol, et dont on avait caché le pubis avec un sparadrap. Fukusuke tendit le cou pour observer plus en détail et put distinguer plusieurs traces d'ongles : on avait manifestement tenté de l'arracher, et il était à présent noir de la crasse de tous ces ongles. Levant un bras sans force, il essaya de le décoller en le prenant entre des ongles longs et crochus comme des tenailles, mais le sparadrap résistait et il abandonna dès la deuxième tentative. D'autres choses plus intéressantes devaient se trouver à l'intérieur, mais les dix yen nécessaires pour entrer lui manquaient et il s'éloigna sans tarder.

Le pas traînant, telle une ombre exsudant de la gadoue de la rue, Fukusuke pensa tuer le temps à regarder dans les grosses marmites bouillonner le riz au curry et le ragoût, mais il se rendit compte que, dans son état, pareille excitation serait au-dessus de ses forces.

« Tiendrai pas le coup... » Il renonça.

Cherchant un autre moyen de tromper sa faim, il avait repris sa marche pesante lorsqu'il distingua quelques hommes accroupis dans la pénombre d'une venelle et pouffant tout bas. Un éclair trouait l'obscurité par intervalles pour s'éteindre aussitôt et, à chaque retombée de nuit, parvenait une voix : « Allez, c'est fini... », « Encore dix yen... », puis l'éclat renaissait. Il ne semblait pas que ce fût ni un diseur de bonne aventure ni un vendeur de livres pornographiques. Un rire renseigna Fukusuke :

— Ouillouille, c'est chaud ! Pas si près, tu vas m'roussir !

— Ça y est, y remettent ça !

Il connaissait, certes, pour l'avoir maintes fois entrevue, la nature féminine intime, mais il ne put se retenir de s'approcher pour jeter un coup d'œil. C'était ce qu'on appelait dans les parages le « jeu de l'allumette », un commerce né, comme bien l'on pense, de l'association d'un crève-la-faim et d'une compagne de rencontre pareillement aux abois : avec pour toute richesse une grosse boîte d'allumettes, le couple s'en allait chaque soir par ce Nouveau Monde douteux si fertile en coins sombres, où, dans le plus discret et le plus noir, il se livrait au commerce réduit à la plus simple expression qui se puisse concevoir. Fukusuke s'approcha à pas de loup. Dissimulée derrière des poubelles, dans une obscurité chargée de touffeur puante, une démente entre deux âges était allongée à la renverse, genoux relevés. Un client ivre frottait une allumette qu'il approchait de la femme, révélant une pince de crabe au fond de deux cuisses jaunes et flasques ; la chose avait fini de pourrir et béait, étiolée et molle, sur un obscur abîme apparemment insondable. L'ivrogne répétait les mêmes gestes en chancelant, donnait une pièce de dix yen, frottait l'allumette, pour redonner une autre pièce quand celle-ci était éteinte, mais sans rien voir de ce qu'il cherchait. Ses compagnons, avec qui il revenait du bureau vraisemblablement, tentaient bien de lui tenir ferme la main dans laquelle tremblotait la flamme, pour éclairer le vieux fruit mangé aux vers, mais l'éclat disparaissait régulièrement, décevant leur attente des détails espérés. Les hommes manifestaient leur dépit par des *tss tss* de la langue, la femme partait d'un grand rire. A chaque allumette qui s'embrasait, c'était à qui plongerait le cou le premier vers la petite et profonde échancrure. Derrière, Fukusuke eut le geste machinal de se hausser pour guetter par-dessus les épaules. A cet instant précis, une voix basse et farouche le rejeta en arrière.

— Hé, pas de resquille !

Il regarda l'homme, qui lui parut remuer la langue dans sa bouche, prêt à cracher, et prit la fuite, frôlant la chute à chaque pas.

L'autre semblait s'être remis à la besogne sans perdre de temps car il entendit sa voix, dans son dos :

— Une fois chez vous, potassez bien la question. Vos bobonnes bien comme il faut, elles ont pas ça à votre disposition. Allez, un coup d'œil, bonne occasion de vous mettre au parfum !

Se voyant contraint de regagner le boyau, Fukusuke débouchait sur un périmètre illuminé, devant un cinéma, lorsqu'une femme lui tapa sur l'épaule. « Hé, mon gars ! » Elle souriait avec une familiarité qui l'intrigua, mais quelques pas et quelques mots lui apprirent que c'était parce qu'elle n'avait cessé de le suivre jusque-là. Elle lui conta par le menu tout ce qu'il venait de faire : comment il était resté près d'une demi-heure à s'enfumer devant la rôtisserie de la ruelle, avait essayé de décoller le sparadrap de la photo, venait de se faire rembarrer pour avoir voulu se rincer l'œil... Il regarda la femme qui lui parut d'âge moyen ; elle portait une chemise d'homme défraîchie glissée dans sa jupe, des socques réduites par l'usure à la minceur de sandales. Les yeux, écartés comme ceux d'une limande, tendaient leur trait sec au-dessus des pommettes saillantes. Il sut d'un coup qu'elle était coréenne. De nombreuses pattes d'oie accusaient les épreuves passées, mais le nez épaté, les épaules fortes, l'attache d'un cou que l'on devinait puissant, le regard dénotant la roublardise de la paysanne, tout en elle respirait la robustesse, et le corps bâti à chaux et à sable paraissait capable de tenir tête aux pires morsures du temps. Râblée et bien équilibrée, la silhouette au long torse lui parut on ne peut mieux faite pour mettre au monde une nombreuse progéniture.

— Celle-là, une enjambée et elle est prise, pensa-t-il confusément.

Une odeur d'ail acérée comme une lame émanait du corps, ce qui ne fut pas pour lui déplaire. L'air amusé, elle poursuivit quelques instants sa récapitulation, en termes crus, des déboires de Fukusuke, puis le dévisagea, comme prise d'une idée.

— Dis, qu'est-ce que ça te dirait de manger ?

Percevant au ton qu'elle venait d'employer un sincère désir de lui offrir quelque chose, Fukusuke prit son temps pour répondre.

— Des tripes au riz et du ragoût.

Les deux plats étaient ce qu'il y avait de meilleur marché au Nouveau Monde, ses préférés aussi, et il avait le sentiment que c'était ce qui revigorait le plus. Or, quand ils furent entrés dans une gargote et que la femme le vit dévorer goulûment le contenu de son assiette en fer-blanc cabossée, elle dit, d'un air méprisant :

— On se refuse rien.

Ces mots surprirent quelque peu Fukusuke, persuadé qu'on ne pouvait trouver plats plus communs dans un restaurant. Il continua néanmoins à engouffrer la tripaille, sans rien dire. De toute façon, son ventre réclamait de façon pressante et le festin était déjà là.

La femme patienta jusqu'à ce qu'il eût fini de manger pour entrer en matière ; levant les yeux vers une pendule dont le cadran disparaissait aux trois quarts sous une couche de graisse de tripes, elle demanda :

— Qu'est-ce que t'en penses ? A dix heures, j'ai un boulot pour toi, tu veux venir donner un coup de main ?

— Ah, je m'disais aussi... murmura Fukusuke, un peu déçu, résigné.

— Quoi donc ?

— Oui, ça m'aurait étonné, bouffer à l'œil...

L'air gêné, elle resta sans rien dire, mais se reprit immédiatement :

— C'est payé, tu sais. Et puis on fournit la bouffe, on prête les fringues et tu pourras même coucher, si tu veux. Ça te va ?

— Plutôt ! Chouette de proposition !

— Oui, hein ?

— Un peu trop, même... Et... c'est où ?

— Kyôbashi, sur la ligne Jôtô.

— Et c'est quoi, le boulot ?

Un certain trouble traversa le visage de la femme, effacé dans l'instant. Elle détourna la tête sans répondre, mais revint vers lui aussitôt, déjà ressaisie, et dit, jaugeant d'un regard insistant ses épaules et ses biceps, un sourire aux lèvres :

— C'est dans tes cordes, je vois.

Fukusuke ressentit la forte conviction avec laquelle elle venait de s'exprimer et il imagina, sans trop savoir pourquoi, qu'elle ne l'avait filé que dans le but d'en avoir le cœur net. Tout à fait d'aplomb à présent que son estomac était lesté de ragoût et de tripes, il se sentait gagné par de voluptueux friselis de tiédeur à l'arrière des oreilles. Malgré l'indéfinissable roublardise de la femme, sa crispation qui trahissait sa résolution de ne pas en dire plus sur le travail, il ne put y discerner nulle arrière-pensée, nulle tromperie ; aussi murmura-t-il, après quelques instants :

— J'ai pas le choix, tiens !

*
* *

Sortis de la gargote, Fukusuke et la femme traversèrent le jardin public, grimpèrent la rue pour déboucher près de la gare d'Abenobashi. De là part la voie aérienne de la ligne Jôtô qui franchit la ville basse et aboutit à la gare des Chemins de fer nationaux. Le couple prit le train à cet endroit, le quitta à la gare de Kyôbashi et gagna un quartier insalubre voisin. On ne sait trop comment put monter la poubelle ambulante qu'était Fukusuke. A la gare de Tennôji, la femme passa seule le contrôle et attendit sur la plate-forme. Une trentaine de minutes s'étaient écoulées quand, arrivé d'on ne sait où le long des rails, Fukusuke vint la rejoindre en se hissant sur le quai. Au moment de monter en voiture, il s'engouffra maladroitement, dissimulé derrière la femme de façon à passer inaperçu du contrôleur, puis, s'écartant le plus possible des autres voyageurs, il se tint recroquevillé, rencogné près de la cabine du conducteur, comme un ballot de chiffons maculés de cambouis jeté là, par terre, les pieds et la tête si bien cachés qu'on n'eût pu dire s'il était en vie ou non. A l'arrivée à Kyôbashi, il se dissimula derechef dans le dos de sa compagne pour se glisser sur le quai, celle-ci sortit l'attendre, et cette fois, une dizaine de minutes lui suffirent pour revenir, d'un pas tranquille, par quelque mystérieux détour, d'un endroit diamétralement opposé à la gare. Sans même chercher à savoir comment ils avaient fait l'un et l'autre, ils pénétrèrent sans tarder dans l'îlot des taudis.

C'est à peine si cinq ou six minutes de train séparent cet îlot de la gare centrale d'Ôsaka mais, tout proche soit-il des néons, des bistrots et des cabarets, de cette agitation de souk, de ce grouillis amiboïde, il présente l'aspect d'un véritable village. Teradamachi, Tsuruhashi,

Ikaino, Tamatsukuri, Morinomiya : tous les quartiers en bordure de la ligne constituent le marais de la ville, où se concentrent les petites exploitations industrielles ainsi que le quartier coréen. Où qu'on aille alentour, ce ne sont que caniveaux débordant de vase et de vomissures de riz qui recouvrent les rues d'une pourriture verdâtre. Tel était l'endroit où, sans se douter de rien, Fukusuke venait de mettre les pieds en chavirant : l'authentique bas-fond, dans toute sa misère, sa grisaille humide et sa topographie aveugle.

Difficile de dire combien il pouvait compter de maisons : vraisemblablement quelques dizaines ; le quartier n'était pas bien grand. Dans le sein de la nuit se pressaient les masures, accouplées, imbriquées les unes dans les autres, portes et fenêtres estompées, confondues dans l'obscurité jusqu'à ne plus former qu'une masse indifférenciée. Ici encore, un chancre ! Pareilles à de vieux rubans lacérés, les rues prenaient un malin plaisir à se rejoindre là où on les croyait séparées, à bifurquer soudain quand on s'attendait à une ligne droite. Dans une cacophonie assourdissante, des porcs et des poules s'engouffraient sans gêne à l'intérieur des maisons. De ce spectacle ressortait la nette impression qu'hommes et bêtes faisaient bon ménage, unis dans le même dénuement. Chaque maison semblait menacée d'être jetée bas, sans plus de résistance qu'un château de cartes pour peu, par exemple, qu'un homme la heurtât de l'épaule dans sa brusquerie à s'élancer. Sur les toits, les alignements de débris d'ardoises et de tôles déchiquetées étaient lestés contre le vent par des cargaisons de pierres, sur des bâtisses si frêles que ces remparts censés les protéger s'avéraient en fait autant d'épées de Damoclès pointées sans vergogne sur la tête des occupants endormis en dessous. Murs et portes exhalaient de telles puanteurs visqueuses et acides que l'on ne pouvait s'empêcher d'imaginer un sol infiltré sur des couches et des couches des sueurs et des urines des habitants de l'endroit. Çà et là, des ténèbres, de ces pitoyables logis pustuleux, s'échappaient des vagissements de bébés, des chuchotis de vieillards, des cris de femmes, des rires mâles, décharges de vitalité débridée.

En chemin, Fukusuke aperçut une ribambelle d'enfants pareils à des chauves-souris qui frôlaient les bicoques, véritables boules d'immondices à poumons et gosier, puis un homme effondré au beau milieu de la rue, aux trois quarts nu. Il gisait là, ivre mort, cadavre terreux dont émanait, en unc manière de halo odorant, ce que le nez de Fukusuke reconnut sans peine : du *kimchi*[1] et du *makkari*[2]. Celle qui avait conduit Fukusuke jusque-là fit un détour pour éviter l'ivrogne.

— Çui-là, c'en est un rude ! chuchota-t-elle, d'un ton où entraient tout à la fois le sarcasme, l'admiration et la stupeur.

— Ça alors ! C'est quelque chose ! laissa échapper Fukusuke dans un murmure, en jetant un coup d'œil à la ronde.

— C'est le camp des Apaches, pardi ! Elle avait parlé avec du mépris pour tant d'ignorance, mais si vite que Fukusuke ne put entendre.

Elle l'entraîna dans le petit jour de l'entrelacs des ruelles, se faufilant par ci, ressortant de là, pour parvenir enfin devant une maison plutôt importante, qui dominait de son étage les croûtes pustuleuses alentour. Mais, d'une fragilité à la mesure de son indigence, la construction

1. *Kimchi*. Légumes (feuilles de chou blanc, radis, ail, gingembre, poivre, etc.) en saumure à la mode coréenne, pour accompagner le riz.

2. *Makkari*. En coréen *makkolli*, alcool de riz.

ne pouvait dissimuler son cadre de guingois, apparent malgré l'obscurité, ni les terribles déformations affectant chacune de ses jointures disloquées, près de lâcher. La femme laissa Fukusuke dehors, franchit le seuil en lançant :

— Hé, j'ramène un grouillot !

Fukusuke fut quelque peu ébranlé par l'allégresse et la vulgarité du ton, mais il n'était plus temps de reculer et quand, montrant sa face de limande par l'embrasure de la porte, elle lui dit sur un ton de remontrance : « Magne-toi donc d'entrer ! », il en prit son parti et pénétra résolument.

A l'intérieur, cinq ou six gaillards étaient en pleine bombance, occupés à emplir une cuvette de tripes de bœuf, à attiser à grands coups d'éventail la braise d'un petit brasero. La réaction n'en fut pas moins générale lorsque Fukusuke se présenta tout entier sous l'ampoule électrique, avec sur le dos son espèce de hotte d'immondices. Un borgne, un blanc-bec, un homme en pagne, un autre en caleçon long... Nantis les uns et les autres, sous des dehors divers, des mêmes biceps saillants, les colosses relevèrent la tête de la cuvette, s'immobilisèrent, muets, l'air interloqué à la vue de Fukusuke. « Fallait vous y attendre ! » se dit ce dernier à l'expression de leurs visages, et il resta planté dans l'entrée en contrebas, stupide, à se fourrager la tête ; sa main ressortit du désordre de la tignasse en ramenant à pleines griffes un suif grisâtre. Les hommes échangèrent un regard, sans un mot. Celui qui pouvait passer pour le chef du groupe, un ivrogne au front dégarni, posa sur les nattes son bol empli d'un *makkari* aussi épais qu'une bouillie, s'essuya les lèvres et dit d'un ton traînant :

— Ben, dite donc, parlez d'un tombereau ! ce qui déclencha le rire unanime de la galerie, sur quoi, reprenant leurs baguettes, tous se remirent à grappiller dans la cuvette. Ce fut à cette minute comme si, oubliés semblait-il Fukusuke et le reste, rien ne comptait plus pour eux que de fourgonner fiévreusement dans le bouillon de sang rouge et violet. L'ivrogne déplumé avala une dernière gorgée de *makkari* avant de se relever et d'ouvrir un placard, d'un coup de pied.

— Grouille-toi de te changer et de bouffer, l'ami ! fit-il, et il jeta vers Fukusuke un pantalon et une chemise, du même geste que s'il eût tenu un hareng saur gâté par l'humidité. Maculée de cambouis et de rouille, la défroque parut à ce dernier, sinon un habit de gala, du moins une bonne aubaine, en la circonstance.

Après avoir refermé le placard, le chauve revint à la cuvette et à son bol de gnôle, sans paraître disposé à donner de plus amples explications. Les autres continuaient à bâfrer dans un grand brouhaha, sans qu'aucun d'eux ne songeât à s'enquérir de son nom, de son passé, d'où il venait ou de ce qu'il comptait faire, ni à lui expliquer quoi que ce fût de la tâche qui l'attendait.

Seul, à un moment, comme Fukusuke, le dos tourné dans la pénombre de l'entrée, venait de se dénuder pour enfiler le pantalon, le borgne regarda par-dessus le brasero et dit :

— Tiens, mon gars, t'as donc qu'une roupette ?

— T'es bien placé pour parler, toi, Neuneuil ! rétorquait déjà un autre, sauvant Fukusuke de la confusion et mettant ainsi fin à l'incident.

Fukusuke s'avisa de l'absence de la femme ; sans doute s'était-elle éclipsée dans la cuisine.

Il était environ huit heures du soir lorsque Fukusuke fut amené au camp ; quelque deux heures plus tard, il se retrouvait dans un lieu étrange, occupé à une étrange besogne. Au moment de quitter le camp, il reçut des outils, mais ne put obtenir le moindre mot d'explication : « T'as qu'à creuser là où on t'dira », lui lança brièvement le chauve, tandis que les autres se contentaient de grimacer un sourire, sans rien dire. Qui plus est, alors que, tant qu'ils restèrent face à la cuvette et au brasero, ce ne fut qu'une tumultueuse dégustation de tripaille et de sauce alliacée, à l'ordre de départ, tous cessèrent net leurs bavardages et s'ébranlèrent, chaque fibre du visage et des muscles tendue à rompre, prenant de court Fukusuke qui n'eut d'autre ressource que de suivre le mouvement, sans comprendre de quoi il s'agissait. La nuit devait passer sans qu'il eût la plus petite idée de l'endroit où il était.

Les hommes, au cercle desquels s'était joint Fukusuke une fois changé, continuèrent quelque temps à manger les abats, mais à la demie de neuf heures ils s'arrêtèrent et se relevèrent les uns après les autres pour gagner le premier étage et redescendre en grande tenue. Fukusuke remarqua que tous les pantalons, en tire- bouchon, avaient été choisis de couleurs sombres, de même que les chemises dont aucune n'était blanche. Venus d'on ne sait où, d'autres gars entrèrent et se joignirent au groupe, pareillement vêtus ; quatre ou cinq d'entre eux avaient même serré d'une ficelle le bas de leurs jambières. Quand l'effectif total approcha la quinzaine, le chauve sortit du placard divers outils qu'il leur tendit : gaffes, barres à mine, cordes, pelles, pioches, torches électriques, chaînes, palans, scies métalliques, *jikatabi*[1] et d'autres encore, dont les cicatrices sans nombre disaient assez les dures tâches accomplies. Son outil en main, chacun descendit dans l'entrée chausser ses *jikatabi* ou ses baskets. Une masse sur l'épaule, le borgne, qui faisait figure de chef, était en tête-à-tête avec le chauve, penché

1. *Jikatabi*. Chaussures de travail en toile au pouce séparé et couvrant la cheville, à semelles de caoutchouc, avec des agrafes sur le côté intérieur.

sur un morceau de papier d'emballage où Fukusuke, coulant au passage un œil indifférent, distingua ce qui lui parut être un plan, couvert d'une multitude de rides et sillonné de lignes et de points au crayon. Le borgne acquiesçait par des hochements de sa grosse tête aux chuchotements du chauve. Ce court entretien terminé, le premier se tourna vers ses hommes :

— Bon, eh ben, en avant pour la rigolade !

Chargé d'une barre à mine et d'une lampe de poche, Fukusuke sortit le dernier ; dehors, il fut surpris de trouver chaque rue, chaque ruelle de l'îlot grouillant d'hommes dans le même accoutrement, constitués en groupes de différentes tailles, de quatre à cinq pour les plus petits, à la quinzaine, voire la vingtaine pour les plus forts, avançant à la file avec le même chargement de gaffes, barres à mine, cordes, pelles, pioches, lampes, chaînes, palans... Certains tiraient même une charrette munie de roues de jeep. Calme et silence enveloppaient à présent la plupart des bâtisses du camp, mais les ténèbres recouvrant les rues étaient grosses d'une formidable accumulation d'énergie vitale émanant de cette foule pourtant enfermée dans un mutisme obstiné. Chaque pas gonflait d'éléments nouveaux l'étrange cohorte. Si, au départ, chaque rencontre de bandes se traduisait par de laconiques interpellations codées, guère soucieuses de distinction et s'entrecroisant à mi-voix : *bourres*, *flics*, *quinque*, *plantons*, *grouillots*, *barquer*, à l'approche de la sortie du camp, tout s'enveloppa d'un silence pour ainsi dire complet, et plus personne n'émit le moindre mot.

Comme le borgne, une masse sur l'épaule, était à sa hauteur, Fukusuke en profita pour lui demander discrètement :

— Le boulot, c'est quoi donc ?

— Çui des Apaches, fut la réponse ; sur quoi Fukusuke fit une nouvelle tentative.

— Et les Apaches, c'est quoi ?

— Ben, ceux qui rigolent !

Le borgne serrait les lèvres, buté, l'air peu désireux de parler. Mais Fukusuke, prenant son courage à deux mains, revint à la charge :

— Rigoler, tu dis... ? demanda-t-il timidement.

L'autre aboya la riposte, avec l'irascibilité des mangeurs de piment rouge :

— Oui, quoi, briffer !

De guerre lasse, Fukusuke se tut. Près de la sortie du camp coulait une rivière, franchie à cet endroit par le viaduc de la ligne Jôtô. Le peu qui se laissait deviner était la forme d'un canal dont la masse d'eau croupissante emplissait les environs d'épouvantables pestilences tièdes qui l'assaillirent aux narines. C'est là que se scindèrent en divers groupes les hommes qui venaient de sortir du camp. Les membres d'un groupe se hissèrent sur le viaduc, outils sur le dos ; d'autres prirent place à bord de barques et de chalands amarrés à la rive, tandis que ses compagnons longeaient une conduite de gaz pour passer sur la rive opposée. Les compères à la charrette s'étaient débrouillés, mystérieusement, et Fukusuke et son équipe, agrippés maladroitement à la conduite, en étaient encore à s'efforcer de traverser que des bruits de roues leur parvinrent des ténèbres d'en face. L'oreille fine du borgne les perçut aussitôt :

— Merde ! Les gus au taxi ! murmura-t-il, mais le sens de ses paroles échappa à Fukusuke.

Il était alors vingt-deux heures. Jusqu'au lendemain quatre heures, soit durant près de six heures d'horloge, il fut astreint à « rigoler », sans une seule minute de repos. Six longues heures de travail éreintant, à l'issue desquelles avaient disparu sans laisser de traces non seulement le fricot, les tripes au riz et les abats dont il s'était lesté la panse la veille, mais encore, pour tout achever, ses ultimes forces, celles qui soutenaient encore la chique de guimauve à la dérive dans la ruelle Janjan, quelques heures auparavant. Au matin, en se glissant sur la berge, il ne pouvait plus articuler un mot, tant l'accablaient la fatigue et la sensation que partout en lui toutes ses cellules, sans exception, s'étaient vidées de leur dernière substance. Ses compagnons le soulevèrent de la vase où il gisait, dans la lumière grise du petit jour, et le transportèrent sur une barque qui le mena de l'autre côté, près du camp, mais de nouveau, à peine débarqué, il s'effondra dans la vase ; il resta vautré une trentaine de minutes à calmer sa respiration, avant de pouvoir enfin se relever et retourner chez le chauve. En lui tendant deux mille yen, ce dernier lui demanda s'il repartait, s'il restait encore une nuit ou s'il se joignait à eux, mais sans répondre, terrassé par la fatigue, Fukusuke s'affala en geignant sur le sol de nattes en lambeaux, au pied du placard. Dans sa chute, il eut une vision furtive, comme l'ombre d'un oiseau traversant à tire-d'aile son cerveau obscurci, cette interrogation muette : « Qu'est-ce qui distingue une poutre d'un corps humain ? – Pouce ! » fut sa réponse.

Ni lune ni étoiles cette nuit-là, nul éclairage le long de la ligne Jôtô ; au passage intermittent d'une rame, le faisceau des phares s'évanouissait, happé par l'ampleur de l'obscurité, presque inutile. Seule la lampe pendue à la ceinture procurait quelque lueur, de sorte que Fukusuke n'avait d'autre ressource que son corps pour se faire une idée de l'endroit où il venait d'échouer. Et il s'y employa, non sans mal, là encore.

Alors que jusqu'à ce qu'il fût parvenu à l'extrémité de la conduite de gaz il avait pu deviner vaguement, par leurs reflets dans l'eau, les silhouettes fantomatiques de ceux qui le précédaient, quand il eut regagné la terre ferme, il se trouva parfaitement désorienté, cerné par les profondes ténèbres. Et pour comble, le pagne, le blanc-bec, le caleçon long et compagnie, bien qu'au nombre d'une quinzaine, s'étaient en moins de rien enfoncés dans le noir, à la suite du borgne, ne laissant à Fukusuke d'autre moyen d'avancer que de se guider sur les bruits de leurs pas. Il eut alors la conviction qu'ils avaient une vue de chouette car, tandis que lui connaissait mille épreuves, chaque pas dans le noir lui valant de tomber dans un fossé, de heurter du front un amas de briques, de rouler dans un entonnoir, eux filaient devant lui comme le vent, sans la moindre hésitation. Sans doute devaient-ils venir là chaque nuit ; qui sait si la liberté n'est pas affaire d'habitude ? N'empêche, que pouvait bien être tout cela, ces ténèbres, ce terrain mouvementé, et sur une telle étendue ?

Fukusuke progressait au milieu d'une végétation drue et vigoureuse dont la crête filait haut et droit au-dessus de sa tête. Plongeant à tâtons une main jusqu'à la tige, il l'éclaira de sa lampe. Quelle ne fut pas sa surprise ! Ce qu'il aurait juré être des bambous, n'étaient-ce pas des *susuki*[1] ! Il laissa retomber sa main, ébahi. Rien ne disait l'étendue de cette jonchaie foisonnante. Le grondement des roues des trains parvenait en longs échos tremblés, se répercutant dans cette gigantesque caverne obscure d'entre ciel et terre qu'enveloppait de toutes parts un silence de sépulcre. Pareil espace, pareille prolifération végétale à moins de cinq minutes de train de la gare centrale, au cœur de la seconde agglomération du Japon ! Fukusuke essaya de se représenter grossièrement l'ampleur de l'étendue en s'aidant de la résonance creuse des roues des trains, de la résistance des herbes, du goût

1. *Susuki (miscanthus sinensis)*. Haute graminée apparentée au roseau, à panache blanchâtre en automne.

presque sableux du vent, mais dans celui-ci nul effluve, nulle saveur, rien qui annonçât la ville.

Il allait poursuivre le fil de ses méditations lorsque approcha un bruit de galopade et une voix sèche fusa :

— Eteins, corniaud !

Ces mots à peine jetés, la course reprit dans l'obscurité, en s'éloignant, ce qui obligea Fukusuke, avec la voix pour repère, à se glisser en toute hâte hors des fourrés, parti pour de nouvelles culbutes dans des entonnoirs pleins d'eau, d'autres télescopages avec des éboulements de briques, pour enfin rejoindre ses compagnons, après mille peines, trempé de sueur et crotté.

Le borgne et les siens s'apprêtaient à « rigoler » une plaque d'acier qui gisait dans le fond d'une excavation de diamètre incertain, où s'amoncelaient des briques recouvrant elles-mêmes un socle de béton. Une énigme de plus que l'épaisseur de ce socle, fiché jusqu'à des profondeurs insondables dans la croûte terrestre. La plaque était prise dans la masse du béton, une plaque de deux centimètres d'épaisseur, d'une surface voisine de celle d'une natte. Comment avait-on pu la déceler sous son amas de briques et une telle couche de béton ? De fait, elle était bien là, visible en partie dans le jet de lumière de la lampe, en dessous d'un coin de briques et de béton brisés où elle faisait étroitement corps avec la dalle coriace et si épaisse qu'on l'eût dit ancrée dans les entrailles de la terre. La main en abat-jour, le borgne balaya le chantier d'un bref rayon lumineux et dit à Fukusuke, laconique :

— V'là ce qu'on s'coltine.

Fukusuke, qui venait juste d'arriver à toutes jambes, hors d'haleine, resta interdit au spectacle inattendu qu'on lui présentait ; il ne put que demander :

— S'coltiner ? et il resta bouche bée. Et avec un truc comme ça, comment faut faire ?

— Enlever les briques, casser le béton et l'arracher, tiens !

— Toi, tu prendras une pelle.

— Une pelle ?...

— Oui, tu t'occuperas des briques.

— Et... c'te nuit ?

— Nature !

Couvrant toujours sa lampe de la main, le borgne lança un pinceau de lumière à deux reprises alentour. Sur l'amas de briques apparut alors la ruche fébrile des hommes qui, agglutinés auprès du brasero et des abats peu de temps encore auparavant, jasaient avec Kim sur le nombril négligé de sa femme. Ils maniaient la pelle ou la pioche en silence, tout à leur besogne. Le borgne lança un nouveau rai vers le ciel, et ce furent cette fois deux ou trois hommes qui surgirent du néant, lancés au pas de course le long de l'entonnoir, pour installer une chèvre de rondins et suspendre un treuil que Fukusuke n'avait pas vu transporter. Leur idée semblait être, les briques retirées, de briser à la masse la chape de béton pour pouvoir ensuite en arracher la plaque et la hisser hors du trou au moyen du treuil. Les hommes luttaient de toute leur détermination, aux prises avec la nuit et les décombres.

— Mince alors, vous doutez de rien, les mecs !

— Au boulot, et vite fait, l'ahuri !

La suite n'est guère aisée à raconter. Mêlé à ses compagnons, Fukusuke se jeta à corps perdu dans le travail de déblaiement, enfonçant la pioche, maniant la pelle, jetant les briques à main nue ; puis ce fut au tour de la chape de béton qui fut brisée à coups de masse et ses débris retirés par pelletées, par poignées. Après quoi, la plaque fut soulevée à l'aide du levier, ses boulons sectionnés à la scie à métaux, et une corde enroulée aux quatre angles ; celle-ci passée dans la poulie, tous unirent leurs efforts pour la haler, arc-boutés dans une même traction forcenée, aveugle, dont Fukusuke finit par émerger pour voir la plaque qui avait roulé sur le bord de l'excavation. Pas une parole ne fut prononcée tout au long de l'éprouvante opération que ponctuaient seuls les brefs échanges de consignes nécessaires à chaque nouvelle phase ; nulle plainte ne s'échappa de la bouche de Fukusuke, lors même que celui-ci, pendu à la corde, sentit des tressaillements gagner sa colonne vertébrale. Une fois, une seule : le travail venait de commencer et il plantait de toutes ses forces sa pioche dans la brique quand, dans la même fraction de seconde, une violente secousse lui engourdit le bras. La douleur lui arracha un hurlement :

— Ouaiaiaille !!! glapit-il.

Instantanée, la voix du borgne jaillit des ténèbres, sèche comme le fil d'un rasoir : « Arrête de gazouiller, on va avoir les flics sur le dos ! » Fukusuke ne sut comment ce dernier avait pu repérer sa mâchoire trop veule ; il encaissa un choc d'une violence et d'une précision inouïes qui le précipita à terre. Du coup, il alla cogner de la nuque le tas de briques et s'écroula en se tordant de douleur. Le borgne fut sur lui à pas pressés. Au lieu de l'aider à se relever, il ramassa vivement la pioche et la lui jeta sans douceur : « Au boulot ! » se contenta-t-il de dire avant de disparaître.

Comme le socle de béton, la plaque exhumée avait sensiblement les mêmes dimensions qu'une natte. Du borgne à Fukusuke, tous les hommes avaient pris une part égale aux manœuvres d'extraction de cette plaque ; de même, tous prirent une part égale à son acheminement. Alignés sur un rang, ils la dressèrent, la hissèrent sur leurs épaules. A l'instant précis où elle pesa sur la sienne, Fukusuke sentit une masse terrifiante l'envahir jusqu'aux pieds, des convulsions agitèrent des fibres musculaires jamais encore sollicitées, et son échine rendit un vilain soupir étouffé. Il se figura dans un éclair que ce son devait être celui qu'avait rendu sous la pesée un des tendres tampons amortisseurs isolant les vertèbres entre elles. Mais de nouveau, sans laisser à la terreur le temps de répandre son flot glacé jus- qu'à l'extrémité de ses membres, le borgne intervenait d'un cri :

— Allez, on fonce ! ce qui propulsa Fukusuke chancelant. Les porteurs de rondins, ceux qui traînaient les chaînes, les autres, ensevelis sous les marteaux, les pioches... tous, encadrant la plaque, s'élancèrent d'un même élan, emplissant le petit jour de la friche d'une cacophonie de quincaillerie.

Les gars atteignirent la rive la mine plus défaite les uns que les autres. Lorsqu'ils eurent abandonné la plaque dans l'herbe, chacun roula sur le sable, geignant, pleurant, le dos parcouru de contractions ; certains même se tortillaient comme des vers de terre, s'efforçaient de retenir leurs poumons au bord des lèvres. Peu à peu, la berge fut envahie par les membres des autres équipes qui arrivaient de ce maquis sauvage où, disséminés un peu partout, ils avaient passé la nuit en besogne. Celle-ci achevée, ils s'en revenaient déverser dans les touffes d'herbe d'affreux amoncellements de ferraille équivoques, mi-dépouilles mi-fauves menaçants. Vieux rails, tubes d'acier, brames, poutrelles... prenaient dans l'aurore des allures de monstres tapis au sol, dos rond, au pied desquels se tenaient, soumis et réduits au silence, les hommes pantelants et contorsionnés. En dépit d'une même débauche de muscles par tout le corps, nos solides gaillards n'étaient plus, à côté de toute cette ferraille, que chétifs pantins, plus flasques que guimauve, en proie à d'inquiétants tressaillements.

Un matin cendré, clair et vif, commençait à sourdre du sable humide, de la gadoue verdâtre, de l'eau croupie de la rivière et de dessous les corps rompus ; une lueur aveuglante à se répandre, pareille à une mince pellicule d'eau. A la vue des barques qui se rapprochaient, chacun des voleurs y alla de son cri, mêlé de râles : « De l'air ! », « Maman ! », « Ah, j'ai mon compte ! », « J'en chialerais ! », « On est des lions ! ». Un Fukusuke au bord de l'asphyxie et maculé de boue était étendu au milieu de ce tumulte frénétique et plein d'une grossièreté joyeuse. Ce fut le borgne, arrivé tant bien que mal à quatre pattes, qui lui permit enfin de se redresser sur son séant, en lui passant un bras sous les aisselles. Le voyant ainsi dans la vase, jambes étirées, appuyé sur ses deux mains, qui poussait des soupirs à fendre l'âme, l'autre lui tapota obligeamment l'épaule :

— T'as bien couru, mon gars !

Mais Fukusuke, à qui manquait la force de répondre, se retourna en geignant vers la colossale plaque d'acier couchée parmi les touffes d'herbe.

— Dis donc, fit-il au borgne, c'machin-là, combien de livres ça peut faire ?

L'autre, dont l'arrière-gorge laissait échapper des sifflements, gardait la tête baissée, mais la question le fit se retourner brièvement vers la plaque :

— Cinq cents, dit-il avec un sourire satisfait, mais il rectifia aussitôt : Non, cinq cent vingt, peut-être même dans les cinq cent soixante. On doit pas en être loin...

— Loin de quoi ?

— Des six cents livres, quoi !

Fukusuke se remit sur ses pieds en vacillant pour retrouver sa respiration. C'est alors seulement qu'il découvrit devant lui le panorama sauvage où il venait de livrer son ténébreux et acharné combat. Par-delà la jonchaie sauvage des *susuki*, se profilaient à perte de vue une forêt rouge de charpentes métalliques, un horizon d'herbes folles, de cheminées tronquées et de pans de brique, d'excavations et de crevasses, de tumulus, de dents de béton... où se délayait lentement la nuit, dans une luminosité brumeuse, grisâtre. Fukusuke ne put se retenir d'avaler sa salive à la vue de cette vaste désolation.

— Dis, ça s'appelle comment, c't'endroit ?

Le borgne faisait des pieds et des mains dans les herbes pour se glisser vers la plaque.

— La mine de Sugiyama, dit-il.

*
* *

C'étaient les vestiges de l'Enfer qui s'étendaient sous les yeux de Fukusuke dans le petit jour. Quartier de Sugiyama, arrondissement est, Ôsaka : là se trouvait naguère un arsenal de l'armée de terre. Durant la Deuxième Guerre mondiale, le Japon disposait de sept usines d'armement : deux à Tôkyô et une dans chacune des villes de Sagami, Ôsaka, Kokura, ainsi qu'à Inchon, en Corée. S'il est probable qu'un grand nombre d'ateliers de sous-traitance, disséminés dans tout le pays, fournissaient à ces sept usines une multitude de pièces, c'était néanmoins dans ces sept centres que se massait l'essentiel de l'effort de guerre, dans ces sept centres qu'il vit le jour. Et de tous, le plus vaste était celui d'Ôsaka, que l'on peut considérer sans exagération comme le plus important du Japon, autant dire vraisemblablement le plus vaste d'Asie. Que Fukusuke eût été cloué sur place à la vue du terrain, voilà qui n'avait rien pour surprendre : un million cent soixante-quinze mille mètres carrés, dont près d'un tiers bâti ! Sur ces trois cent quatre-vingt mille mètres carrés s'élevaient trois grandes usines, un laboratoire d'armement ainsi qu'une école technique, contrôlant des usines dans les villes respectives de Harima,

Hirakata et Iwami-Gôetsu. Les fabrications couvraient presque toute la gamme des armes : douilles, projectiles, fusils, canons, chars d'assaut, véhicules militaires, etc. De 1879 à la défaite de 1945 : soixante-six années d'adjonctions successives avaient abouti à ce formidable complexe. A la fin de la guerre, quelque soixante-dix mille personnes travaillaient dans l'arsenal. Déjà ravagé par des bombardements répétés, celui-ci reçut le coup de grâce le 14 août 1945 : la veille même de la proclamation impériale de la fin des hostilités, en plein jour de surcroît, il était anéanti par une effroyable attaque. Ainsi que l'ont révélé de nombreux documents rendus publics, plus d'une semaine avait déjà passé depuis qu'avait été acceptée la Déclaration de Potsdam. Comme quoi l'on est en droit de voir dans ces gigantesques décombres l'image même, dans toute sa crudité, de l'orgueil démesuré, des tergiversations des politiciens, de la clique militaire et de l'empereur. Combien réchappèrent des soixante-dix mille travailleurs embrigadés ? On l'ignore, mais on imagine sans peine le nombre de foyers de la ville et de sa banlieue où ne rentrèrent pas ceux qu'on attendait, au soir de ce 14 août, tous les pères et les époux, les frères et les sœurs dispersés aux quatre horizons ce jour-là, sacrifiés inutilement à la plus folle, à la plus stupide des vanités.

Jusqu'à la date du 14 août 1945, la population d'Ôsaka fut tenue dans l'ignorance la plus absolue de ce qui se passait sur ce million et quelques de mètres carrés. Longtemps, pendant des dizaines d'années, un écran invisible de règlements draconiens, un mur de palissades noires – au demeurant planches sordides –, des canaux sans fond furent dressés devant elle. Des ouvriers de l'endroit, muselés par un secret rigoureux et surveillés par la gendarmerie militaire, il n'était requis que les bras et le savoir-faire ; à cela se bornait leur participation et jamais rien ne filtra, malgré toute cette foule de gens qui franchissaient les portes matin et soir, la gamelle sous le bras.

La ligne Jôtô coupait l'enceinte en deux, mais c'était dans la tranchée du double rang des palissades noires que circulaient les convois, le long d'un canal, ce qui n'offrait aux voyageurs pour tout horizon, de chaque côté, que de longues enfilades sombres, des fils de fer barbelés avec, par endroits, des pancartes : *Appareils photo et matériel de dessin interdits*, *Défense de photographier et de dessiner*, qu'ils contemplaient d'un œil ensommeillé, ventre creux et bouche bée. Parfois, ils tendaient l'oreille à de mystérieuses pétarades ou suivaient des yeux dans le ciel d'aussi mystérieuses fumées. C'était en outre, à chaque arrêt aux gares de Kyôbashi et de Morinomiya, le va-et-vient des travailleurs, qu'ils regardaient monter ou descendre, puant l'huile, la rouille et les aisselles, et dont la meute vociférante se pressait aux issues étroites des vieilles boîtes en fer des trains dans un martèlement de semelles. Fureur et bruit, rien d'autre. Ce fut tout, durant soixante-six longues années.

Vint le moment où les palissades incendiées s'effondrèrent dans la vase de la rivière Nekoma, dévoilant un désert rougeâtre au cœur de la ville. Une jungle de charpentes métalliques barra d'un bout à l'autre un horizon sur lequel gisaient d'innombrables squelettes : grues, tours, obus amoncelés, canons, chars... mêlés à des wagons et des machines éparpillés sur un glacis de béton. Où que le regard se portât, ce n'était que béton, acier et brique. Avec leurs cheminées brisées et leurs grues ployées vers le sol, les bâtiments de brique rouge polarisèrent tous les regards, éventrés sous la nuée terne des rayons de soleil et sous la pluie. A la longue réapparut l'herbe, la terre s'imprégna de fer et les canaux se teintèrent du vert de la pourriture. L'enceinte noire disparue, on vit désormais plus clair à l'intérieur des voitures au cours de la traversée de cette désolation, mais les voyageurs, ventre creux et bouche bée, reprirent leur somnolence dans la promiscuité des chairs, entraînés vers d'autres temps imbéciles et douloureux.

A la fin des hostilités, ces décombres furent inscrits sur la liste des indemnités de guerre et réquisitionnés par l'armée américaine, qui saisit les armes et le matériel encore utilisables. Néanmoins, quand ils furent restitués, à l'entrée en vigueur du traité de paix, en 1952, on n'y dénombra pas moins de trente mille machines. L'ensemble, y compris ce qui dépassait du sol, fut nationalisé et placé sous le contrôle d'un bureau du ministère des Finances. Pour donner une idée des énormes quantités de fer subsistant encore, il suffira de dire que, certaines années, on récupéra jusqu'à une valeur de vingt millions de yen de ferraille, pour la bagatelle de trois cent mille yen de frais de main-d'œuvre. Le début de la guerre de Corée entraîna une hausse du prix de la ferraille dont la tonne atteignit trente mille yen, cent mille à certains moments. On vit bientôt tous les ventres-creux, désignés sous le nom de *kappa*[1], écumer les rivières les plus prometteuses des grandes cités, plongés dans la vase jusqu'en haut des cuisses à la recherche des morceaux de fer. Or, à elle seule, la « mine de Sugiyama » recelait, et à l'air libre uniquement, plusieurs dizaines de milliers de tonnes de ferraille, le tout abandonné aux intempéries, et sans qu'on sût rien ni de son contenu ni de son emplacement, qu'auraient seules pu préciser des opérations de récupération. L'ensemble appartenait au Domaine public, mais une partie considérable n'était pas inventoriée et n'avait

1. *Kappa*. Génie amphibie, de la taille d'un garçonnet, couvert d'écailles et, sur le dos, d'une carapace de tortue.

point encore fait l'objet d'une reconnaissance définitive de propriété. Aussi liberté est-elle laissée à chacun de se figurer la fabuleuse corruption – administration oblige – dont ce terrain dévasté fut, ou est encore, le prétexte.

Les ruines s'étalaient en plein cœur d'Ôsaka, entourées notamment par la préfecture, une station de radio, le château, la préfecture de police et un terrain de base-ball. Le soir, jusqu'à dix heures, le château d'Ôsaka étincelait au milieu des ténèbres, éclairé *a giorno* par des projecteurs. C'était sans doute la raison pour laquelle on avait fait patienter Fukusuke devant la cuvette emplie de tripes : on devait attendre leur extinction. Le château dressait ses remparts droit vers le ciel, à la lisière même des ruines ; de plus, à deux pas, se trouvaient l'école et la préfecture de police, et c'était là, sur ce véritable champ de mines, qu'avaient eu lieu les opérations dont Fukusuke avait été le témoin ! Voilà qui était d'une audace folle, et peut-être estimera-t-on que c'est pousser la plaisanterie un peu loin... mais nous y reviendrons bientôt plus en détail.

A la mairie, la question vint sur le tapis de savoir ce qu'il fallait faire pour redonner vie à cette immensité désolée. Tasse de thé ou verre de saké à la main, les employés se livrèrent chacun à un remue-ménage cérébral en règle, qui déchaîna les imaginations, et à l'issue duquel il fut convenu que, dans un premier temps, quatre cent mille mètres carrés seraient aménagés en jardin public. Ce sol que, soixante-six années durant, les mercenaires avaient consciencieusement truffé de pilotis de métal, coiffé de béton pour y appuyer toute la masse de leurs usines, où étaient nés les monstres les plus lourds que l'on pût produire alors : ce sol en butte aux assauts constants des techniques les plus modernes, auxquelles avaient été consacrées jusqu'aux dernières ressources de la nation, serait ainsi retourné et nivelé, et une toison nouvelle pousserait sur ce carré d'épiderme rongé de part en part d'éléphantiasis. Arrivés à ce point, force nous est bien d'admettre la justesse de ce qui a été dit de la sensibilité d'une poignée d'écrivains prodiges, qui surent faire preuve d'une excellente richesse de visions, qu'ils ne devaient à rien moins qu'à leur exceptionnel réalisme. En définitive, battrait-on l'archipel entier que l'on ne trouverait que deux cas de pareille ineptie paralysant à ce point une ville dans son fonctionnement et – à considérer la seule question du gaspillage d'espace – acharnée à se perpétuer dans son immensité : ce quartier de Sugiyama, à Ôsaka, et au-delà des douves du Palais impérial, dans le parc de Hibiya, à Tôkyô.

Le long de la ligne Jôtô, que nous avons vue traverser les décombres, coulait un canal, la rivière Nekoma, dont le lit profond et l'à-pic des berges interdisaient à quiconque l'approche de l'usine, du temps où celle-ci était encore debout. Cette rivière traversait ainsi la bande le long de la voie du chemin de fer et allait se jeter à angle droit dans une autre, canalisée également, la Hirano, dont les berges n'étaient pas tout à fait verticales, mais dont le fond disparaissait sous une épaisseur énorme de vase endormie. C'était cette rivière qu'avait franchie Fukusuke par la conduite de gaz, à sa sortie du camp. Pour parvenir aux ruines de l'usine, au-delà, on n'avait le choix qu'entre cette conduite et les barques. Certes, il existait bien un pont, le Bentenbashi, mais celui-ci donnait sur l'entrée principale de l'arsenal et était surveillé par des agents et des gardiens, en faction dans le poste de garde d'une annexe de l'administration des Finances, ce qui en interdisait le passage. En principe. En effet, nous avons déjà repéré des gars venus du camp qui disparaissaient le plus tranquillement du monde sur l'autre rive avec leur attelage aux roues de jeep, le « taxi », lequel ne pouvait ni passer par la conduite ni être passé en barque. Autant dire, semble-t-il, que si le pont Benten était interdit, il ne l'était que jusqu'à un certain point.

Quant au camp lui-même, c'était encore quelque chose d'assez fantastique ! Poussé au pied du pont par lequel la ligne Jôtô franchit la Hirano, le chancre actuel s'allongeait sur l'étroite bande de la rive opposée au terrain vague et abritait près de huit cents personnes, dans une centaine de masures qui boursouflaient le sol de leurs cloques. A la vérité, l'îlot n'avait pas une population stable car, s'il comptait un nombre assez élevé de sédentaires, d'autres habitants s'y ajoutaient en proportion égale, malfrats, vagabonds, chômeurs, immigrés clandestins, en un flux et un reflux continuels, sans que jamais rien de tout cela n'apparût au-dehors. Même au commissariat de l'Est et à celui de Jôtô, dont dépendait le camp, les dossiers établis par les inspecteurs responsables ne contenaient pour ainsi dire aucun détail sur sa situation interne. Comme l'arrivée des inspecteurs déclenchait l'alerte immédiate et générale et que tout le monde opposait la loi du silence aux interrogatoires, fût-on pris en flagrant délit de vol de ferraille dans l'arsenal, il était absolument impossible d'obtenir le moindre renseignement. A cet égard, l'endroit mériterait le nom de « Casbah d'Ôsaka ». On s'attendra à bon droit à ne discerner dans le caractère de cette population à la limite de l'inanition, mais nomade, aucune des lies et pourritures que dépose le réseau horizontal des solidarités sédentaires. C'est ce que nous allons observer peu à peu.

On ne sait trop quand était apparu ce camp, plaqué au sol comme un lichen. Une anecdote circulait, une blague énorme où rien, là encore, ne permettait de faire la part de la vérité et de l'affabulation. Citons-la néanmoins puisque c'est la seule dont nous disposions. Au lendemain de la guerre, le hasard de son trottinement amena une vieille femme à s'établir, furtive comme une souris, dans l'étendue encore sans âme qui vive et abandonnée à la brique et à la végétation qu'était le quartier. Les habitants actuels du camp disent « Mémé O.Kiku » en parlant d'elle, mais rien ne la distinguait des autres, et elle aurait pu tout autant s'appeler O.Taki ou O.Hana. Lorsque, debout au pied du viaduc, elle aperçut la luxuriance de lumière, de verdure et de ciel qui s'étendait au-delà de la Hirano sur le million de mètres carrés, l'obsession s'empara de son esprit que tous ces biens vacants n'attendaient qu'un maître. De ses bras secs comme de vieux sarments, elle se construisit un abri, à peine de quoi s'y glisser, ensuite elle se mit à prendre à témoin de sa nostalgie les rares passants et, devant les hochements de tête qu'elle remarqua chez certains, elle répéta son manège, jusqu'à sembler y croire elle-même dur comme fer. La conviction avec laquelle la vieille sut parler impressionna ses auditeurs, tant et si bien qu'elle en arriva à monnayer ses plaintes.

— ... Moi aussi, vous savez, avant guerre, j'étais ici... se lamentait-elle. Tous les fantômes qui erraient sans feu ni lieu dans la ville s'installèrent bientôt sur l'emplacement de l'ancienne demeure de Mémé O.Kiku, et sur celui de l'usine de son énergique époux. Elle n'eut pas la mesquinerie de réclamer tant du mètre carré, mais constitua des parcelles propres à satisfaire chacun et qu'elle céda à un prix avoisinant mille yen, pour surenchérir ensuite jusqu'à vingt mille. Son bagout, sa façon de faire monter les prix et de traiter comme il convenait ceux qui voulaient marchander lui permirent d'amasser un joli magot, avec lequel elle leva le pied, une nuit. Une histoire à dormir debout ! Un jour réapparut celui dont la signature figurait sur le registre de propriété, le directeur d'une compagnie de produits pharmaceutiques, rescapé des dures années d'après-guerre. De retour sur ce qui avait été son domaine, ce fut pour découvrir le fond de la déchéance et de la misère, un sol où s'accrochaient, pareils à des cloportes, une meute pitoyable d'hommes, de femmes et d'enfants, pêle-mêle au milieu des odeurs d'urine et de sueur. L'homme attaqua en justice les quelques dizaines de familles, en bloc, pour occupation illicite de propriété, mais tous, convaincus de leur bon droit, qu'attestaient les diverses sommes versées à Mémé O.Kiku, répondirent par une tempête de cris et d'imprécations, émis dans les patois les plus variés ; Mémé O.Kiku fut abreuvée d'injures, la compagnie vouée à tous les maux. En fin de compte, priorité fut accordée aux squatters, et tout ce petit monde s'incrusta. Le prurit nauséabond put reprendre sa prolifération anarchique, gagner de proche en proche, déborder les limites du domaine de l'usine pour s'en aller envahir les terrains voisins, propriété municipale. Cela seul suffisait d'ores et déjà à constituer le délit d'occupation illégale.

Chez les occupants du camp, logés à la même enseigne que Fukusuke, état civil, nom, voire pour certains nationalité, étaient toutes choses problématiques à l'extrême. Ils avaient vécu d'abord de petits métiers : chiffonniers, *kappa*, terrassiers, mais en définitive, sous les effets conjugués de la faim et de ce phénomène d'identification qui s'empare fatalement de quiconque s'hypnotise trop longtemps sur un objet unique, dans leur esprit germa la même hantise du million de mètres carrés de ferraille et de ciel, en rien différente de celle qui avait pris possession de Mémé O.Kiku. Un jour, il advint qu'un homme, qui avait pénétré par hasard dans l'ancienne usine, heurta violemment du poing une masse métallique qui semblait être un reste de quelque tour. Rongée par les intempéries et dévorée de rouille, celle-ci s'écroula sans résistance sous le choc, dans un grand fracas. L'homme jeta alors un regard autour de lui et aperçut une myriade de bouts de fer s'enfonçant dans la terre. Ses réflexions ne s'embarrassèrent d'aucun méandre : « Quel gâchis ! »

L'homme venait de se rendre coupable par là même de dégradation de bâtiment public, de violation de domicile ainsi que de vol, pour être passé aux actes après sa découverte ; de plus, en empruntant le pont du chemin de fer pour gagner l'autre rive, il avait enfreint l'article 37 du *Règlement sur les Chemins de fer* stipulant : « Il est interdit de pénétrer sans autorisation sur le domaine de la compagnie. » Quelqu'un présent alors aurait pu le dénoncer sur l'heure, pour trois flagrants délits, et dans un souci de prévention. Mais que ce même témoin eût été un penseur décidé à faire la preuve de l'utilité et de la valeur de tout ce que porte notre planète, et à affronter vents et marées pour imposer sa thèse, et il aurait eu un rien chaud au cœur en comprenant, par cette action de notre homme et une certaine lueur qui avait gagné son œil terne, qu'un être pragmatique, un peu brutal certes, mais efficace, venait de voir le jour.

Peu de temps sépara le retour par le viaduc de l'homme qui avait donné du poing du moment où les huit cents habitants au grand complet, des petits-enfants aux grand-mères, se firent voleurs. Un grand sac de jute sous le bras, les enfants s'en allèrent glaner la ferraille, revenant deux heures plus tard la vendre au ferrailleur, huit yen la livre. Si tous étaient parfaitement conscients de la présence des gardiens, des policiers, du bureau des Finances, de la loi, ils ne parvinrent pas, malgré l'accumulation des épreuves et des efforts, à bâillonner un estomac décidément incapable de s'accommoder jamais du repas quotidien unique – tout au plus suivi d'un second, parfois – et réduit encore à un pauvre brouet de riz limpide ; ni à réduire au silence la faim qui les tenaillait de sa blessure vive, devant cet étalage de pâture d'un million et plus de mètres carrés. La certitude d'avoir affaire à des biens abandonnés et leur défiance à l'égard des ronds-de-cuir étaient pour eux des encouragements à agir : ils se ruèrent dans la lande, où ils se répandirent, gonflés à bloc, outils au poing. Si les premières opérations furent sporadiques et confuses, car chacun agissait de son propre chef, lorsqu'il apparut que la police, à la requête de l'administration des Finances, se décidait à intervenir et à frapper, il devint nécessaire de s'organiser. Plusieurs groupes se constituèrent à l'intérieur du camp, avec dans chacun un écheveau de tâches bien ordonné grâce à une répartition qui tenait compte des capacités individuelles. S'ils jetèrent toutes leurs énergies dans la récupération des rebuts, ils mobilisèrent du même coup les ressources de pauvres intelligences pour permettre à tout ce qui se comptait de déchets, humains ceux-là, de se rendre utile une dernière fois. Face à la matière brute, et face à la loi contraire, nos vieux renards intrépides, tragiques et cocasses ne se départirent jamais d'une vitalité sans bornes.

2

Caïds, lieutenants, arpettes, passeurs et plongeurs

Ah, voilà bien les plus adroits,
Quand personne ne les gêne
Dans leurs luttes pour des proies
Qui point ne leur appartiennent.

BERTOLT BRECHT

Il était près de quatre heures et demie du matin quand la barque ramena Fukusuke à la rive attenante au camp après avoir laissé en arrière le Borgne et les autres pour achever la dernière phase de la besogne : rapporter la plaque et tous les outils. Ce fut grâce au Borgne que Fukusuke put revenir avant tout le monde, tant il faisait pitié à voir, vautré hors d'haleine dans la vase ; l'autre s'était extrait des herbes à quatre pattes pour le rejoindre et l'avait aidé à se relever, sans un mot. Le malabar, dont l'œil abîmé s'emplissait d'une humeur trouble de glaire, avait un corps, des épaules, des cuisses en larges paquets de muscles, massifs comme chêne ; ce fut néanmoins en tanguant, d'une démarche semée de faux pas, comme s'il venait de vider une grande bouteille de saké, qu'il accompagna Fukusuke jusqu'à la barque. Chaque faux pas crispait son visage livide et il grimaçait un sourire entre deux halètements.

— Ah, j'suis crevé, crevé !

Une effervescence de champ de foire régnait sur les berges du canal, entre lesquelles quatre ou cinq barques faisaient la navette pour rapporter les ferrailles en tous genres dégagées des ruines. Massés sur la rive contiguë au ghetto, des membres de chaque clan, des deux sexes, guettaient l'arrivée des embarcations et s'abattaient comme des criquets sur chacune pour en décharger la cargaison, laquelle était alors soit transportée au camp en charrette, soit vendue immédiatement sur place. Venus d'on ne sait où, des camions et des motos s'alignaient en rang serré sur la levée de terre qui surplombait la rivière et la berge ; des hommes bottés de caoutchouc tournaient et retournaient autour des masses de ferraille informes jetées sur le sol, et d'un coup de pied, d'un coup d'œil en évaluaient le prix, cependant que d'autres – les chefs de bande apparemment – s'efforçaient à grands cris de faire monter les enchères. Après avoir débarqué avec l'aide de ses compagnons, Fukusuke trouva le caïd Kim marchant de long en large sur la berge, hurlant dans la direction du Borgne, en face, pour lui enjoindre de se hâter de faire passer la plaque. Les uns chargeaient la ferraille que d'autres débardaient, tandis que certains lançaient des ordres à d'autres encore qui la transportaient. Hommes et femmes étaient lancés à corps perdu dans un indescriptible pêle-mêle. Sarabande effrénée d'imprécations et de plaintes au milieu desquelles tanguaient dangereusement, ivres de fatigue, les grands diables eux-mêmes, qu'un faible choc précipitait à terre comme des bambins et qui se relevaient au prix d'efforts surhumains pour reprendre, pantelants, leur course tout aussi maladroite. Toutes ces clameurs de halle aux poissons à la criée étaient couvertes encore par l'écho strident des voix des femmes, du camp sans doute. En pantalon bouffant, la taille ceinte d'une corde de grosse paille, ces dernières distribuaient à grands coups de gueule les ordres à leurs hommes, lesquels, à chaque injonction, s'élançaient à droite, filaient à gauche, en frottant leurs yeux noyés de brume. Fukusuke regarda les membres d'un clan décharger des rails bombés comme des côtes de baleine. Sans doute avaient-ils mis trop de hâte à participer à la curée, car la barque, chargée avec fébrilité, avait commencé à prendre une bande inquiétante sous l'énorme fardeau ; sa proue pointait hors de l'eau et elle n'avait dû qu'au seul hasard de pouvoir traverser le canal et de venir échouer contre la rive, immergée à ras bord. Une commère avait mis les pieds dans l'eau, était grimpée sur la proue d'où elle glapissait, allègre, des commandements aux hommes, couverts de boue de la tête aux pieds, qui retiraient les rails de l'eau et les transportaient sur leur dos jusqu'au remblai. L'enjouement excessif de la virago intrigua Fukusuke qui, lorsqu'il fut descendu de la barque, passa à côté d'elle, mais ne put distinguer aucun relent particulier d'alcool. Attentive, elle surveillait les hommes qui emportaient les rails d'un pas mal assuré ; l'un d'eux trébucha sous le fardeau, qu'elle invectiva aussitôt, comme à plaisir.

— Hé, du nerf, mollusque !

Des rires fusèrent des poumons transformés en soufflets de forge, mêlés aux halètements douloureux des gars qui s'éloignaient, patauds sous leurs rails, vers les camions postés sur le remblai.

Le caïd Kim se tenait sur la berge, une serviette à petits pois nouée autour de son front dégarni ; une brume fraîche et légère, couleur de cendre, estompait son visage. Lorsque, débarqué, Fukusuke eut, dès le troisième pas, piqué une nouvelle tête dans la gadoue, d'où il ne put se tirer seul, Kim l'aida avec obligeance à se remettre debout et lui demanda, bourru :

— Alors, t'as rigolé un bon coup ?

Quelques instants passèrent, occupés par Fukusuke à respirer profondément, puis, son souffle retrouvé, il pensa à ce que lui avait dit le Borgne :

— Charriez pas ! Vous parlez si j'ai rigolé ! Tiens, j'ai jamais été si crevé !

Kim rit sans répondre, suivit des yeux la course éperdue des hommes qui fendaient en tous sens le demi-jour de la berge.

— Si on se magne pas, les flics vont rappliquer, fit-il.

Ce n'avait été qu'un marmonnement banal, mais la voix était inquiète et farouche, et Fukusuke revit la scène du chantier, quand, au moment de fendre la brique, il avait poussé un cri qui lui avait valu d'encaisser un rude coup du Borgne.

— Dites... fit-il à Kim, timide.

Ce dernier faisait les cent pas, nerveux, mis hors de lui par la nonchalance du Borgne qui, en face, n'avait toujours pas pu faire charger la plaque. Fukusuke s'approcha et demanda, discrètement :

— Euh... dites, moi, j'étais venu pour donner un coup de main, comme c'était entendu, et puis voilà... Finalement, c'est de la fauche, pas vrai ?

Mais Kim se mordait les ongles, l'air exaspéré, trop occupé à regarder l'autre rive, et ne répondit pas. Fukusuke abandonna sa question et resta sans penser à rien. Un moment plus tard, l'autre se retourna vers lui et demanda avec méfiance :

— Qu'est-ce que t'as dit ?

— Ben... qu'est-ce que je fais, maintenant ?

— Rentre dormir chez moi. Ton fric, tu l'auras après.

A ces mots, Fukusuke tourna son regard dans la direction du camp, par-delà le talus, mais il eut pour toute vision celle d'un sol affecté d'eczéma au dernier stade inflammatoire, d'où partait la mêlée confuse des toits et des murs empilés, adossés les uns aux autres, au milieu desquels s'évanouissaient voies et carrefours. Il ignorait le chemin de chez Kim, pour la bonne raison que c'était de nuit qu'il y était arrivé, avec la femme de l'autre, après avoir été ramassé par elle au Nouveau Monde ; en outre, il avait été entraîné un peu partout au hasard du dédale, tant et si bien qu'il était incapable de localiser la maison. Il ne savait que faire, mais ne pouvait appeler Kim qui se montrait tellement irascible ; il resta bras ballants, à apaiser sa respiration. C'est alors qu'arriva Kim, qui s'était mis à arpenter en tous sens les pavés de la berge en hélant la barque enfin détachée de l'autre bord. Il vint heurter Fukusuke de plein fouet. Il reconnut celui qu'il venait de bousculer et aboya :

— Abruti ! J't'avais pourtant bien dit de rentrer !

— Rentrer... rentrer... et comment ? Je sais pas où est la maison, moi !

— Bourrique ! Tu peux pas demander à quelqu'un ? A force de lambiner comme ça, les bourres vont se pointer et tu vas voir ce que tu vas déguster !

— C'est donc ça, hein ? De la fauche ?...

Mais Kim s'était déjà élancé le long de la berge, et il disparut en criant car la barque, en cours de traversée, s'était mise à s'incliner sous le poids énorme de la plaque et était en train de couler.

Kim éclipsé, Fukusuke dut se résoudre à grimper sur le talus et prit la direction du camp ; il se joignit à quelques-uns dont la tâche était terminée et qui s'apprêtaient à rentrer, marteau ou pioche à la main, cordes ou chaînes sur l'épaule. A proximité de l'entrée du camp, à l'affût contre les piles du viaduc de la ligne Jôtô, plusieurs petites gargotes ambulantes guettaient le client, auquel elles proposaient *shôchû* [1], ragoûts, grillades.

---

1. *Shôchû*. Alcool distillé de patates, pommes de terre, riz, sarrasin, orge, etc.

— Alors, z'en avez briffé lourd ? s'enquit un vieux tenancier avec un air de fin matois.

Plusieurs réponses s'élevèrent :

— Dix quintaux ! Dans les dix tonnes ! Trois pleins taxis !

— J'offre l'eau, amenez-vous ! couina le vieux renard de derrière l'espèce de petit rideau de serpillière barrant le haut de l'entrée, ce qui eut pour effet immédiat de faire choir bruyamment les outils des mains et des épaules.

— Bon ! Gare, on arrive ! s'exclamèrent les gars.

Le regard de Fukusuke plongea machinalement à l'intérieur de la bicoque : autour d'un petit brasero luisaient les fleurs écarlates d'un amas de tripes en brochettes, baignant dans la lumière d'une lampe à acétylène. Une épaisse et visqueuse fumée de graillon, mêlée à l'insupportable parfum de grains de poivre pétaradant au-dessus du feu, le prit aux narines et l'aveugla. Contre la bicoque gisaient les cadavres de grandes bouteilles de saké, à côté d'un seau où surnageaient, telles des salamandres géantes, d'énormes estomacs et intestins de bœuf, dans un bouillonnement sanglant. Fukusuke aperçut également un homme allongé à même le sol et qui ronflait, déjà ivre. Une étrange griserie, déchaînée, féroce, ricanante, se répandait autour des voiturettes, semblait taper les hommes à l'épaule.

De tous ceux qui avaient rejoint le camp du même pas flou, les plus sobres n'oscillaient pas moins que les autres sur leurs jambes arquées ; pas un seul qui n'eût le dos courbé, la mâchoire pendante. L'épuisement s'attardait dans les yeux, dans une grisaille qui ternissait les regards passaient encore des éclairs de haine pour le béton et le fer. Fukusuke rapprocha ce que lui avaient dit le Borgne et Kim, héla un petit groupe dont l'écorce du crâne semblait avoir un peu mieux résisté aux infiltrations de poivre, et leur demanda où se trouvait la maison de

Kim, mais des « Droite... », « Tout droit », « ... Gauche », « T'y es », agressifs et lancés de fort mauvaise grâce avec de paresseux mouvements de menton, furent tout ce qu'il put obtenir comme réponse. Aussi lui fallut-il faire presque un tour entier du camp pour parvenir devant un quadrilatère qu'il reconnut.

Comme il entrait en écartant la porte avec le pied, deux ou trois enfants bondirent du dedans, le regard passablement farouche eux aussi. L'un deux reconnut Fukusuke et dit :

— Tiens, l'arpette d'hier au soir !

Fukusuke retira ses *jikatabi* et débarrassa ses pieds de leur sueur grasse d'un raclement énergique sur l'arête du plancher crevassé et gondolé du vestibule. Il avisa l'un des enfants, lui demanda où était sa mère. Si le garçonnet, le plus petit de tous, les côtes saillantes et un ballon pour ventre, avait tout d'une poupée de terre cuite avec son nez aplati réduit au strict minimum des deux narines, chose navrante, à son âge, il semblait avoir déjà assimilé l'argot des voleurs :

— L'a été b'iffer de la came'ote, ânonna-t-il.

Celui qui avait traité Fukusuke d'arpette, à son arrivée, paraissait l'aîné avec ses neuf ou dix ans ; il le vit, accroupi dans l'entrée sans penser à rien, et lui dit, plein d'assurance, avant de s'éloigner dans la cuisine :

— Papa, la bouffe est prête. Qu'est-ce que tu dirais de becqueter sur le pouce ?

A ce signal, les autres petits camards disparurent dans le fond de la maison, comme des moucherons chassés d'une pichenette. Fukusuke passa dans une pièce grande de quatre nattes et demie, voisine de celle où la veille il avait gueuletonné avec tout le monde ; il vit une petite table basse coiffée d'une serviette, et le garnement déjà attablé en tailleur, qui attendait auprès de la huche à riz. Celui-ci se saisit d'un coussin pas plus épais qu'un paillasson et abandonné dans un coin de la pièce, le retourna prestement et le lança à Fukusuke qui s'apprêtait à s'asseoir :

— Prends ça !

La serviette retirée, apparurent plusieurs bols et petites assiettes d'un repas tout préparé. Fukusuke prit place sur le coussin tandis que le gosse lui servait un plein bol de riz. L'accompagnement consistait en légumes et en viande cuits dans la sauce de soja, mais si les premiers se laissèrent avaler, il n'en fut pas de même de la seconde qui résista à toutes les tentatives de Fukusuke pour planter ses dents dans les nombreuses verrues qui en paraient la surface et sur lesquelles elles rebondissaient comme sur du vieux caoutchouc. Il eut beau s'escrimer, tourner et retourner en tous sens le morceau, le mastiquer par un bout, l'attaquer par le milieu, rien n'y fit, la viande ne se laissa pas entamer. Le gosse le regardait tranquillement se démener, sans manifester compassion ni mépris, mais ce fut toutefois sur un ton visiblement supérieur qu'il parla, comme s'il n'attendait que cela :

— Y a donc rien à faire, quoi !

— Tu parles ! Ça m'fait l'effet de mâcher du pneu. Faut un gésier en zinc pour avaler ça, ma parole !

— Penses-tu !... Ici, c'est tous les jours !

— Et c'est quoi, ce machin ?

— De la serpillière, à ce qu'y paraît.

— A ce qu'y paraît ?!

Eberlué par le verbe précoce du gamin, Fukusuke n'avait pu s'empêcher de répliquer ; mais l'autre pêcha de la pointe d'une baguette un bout de pneu identique qu'il enfourna d'une bouchée, puis avala sans sourciller après deux ou trois mouvements de mâchoires. Fukusuke crut voir de façon distincte, sous la peau, le morceau descendre vers l'estomac et étirer avec lui l'œsophage de l'enfant, au fur et à mesure de sa progression. Son expression amena chez le gosse un sourire de malice, il essuya ses lèvres du revers de la main d'un geste d'ivrogne accompli :

— Papa, le coup, c'est d'avaler sans mâcher. Mâcher, c'est une gentillesse pour les dents. On en a, faut bien faire semblant de s'en servir, histoire de leur faire plaisir.

Ce disant, le gamin prit le bol des mains de Fukusuke et le remplit. Au mot de « serpillière », ce dernier avait enfin compris que ces bouts de pneu étaient en fait du gras-double, mais l'autre avait été un peu fort à son goût et il s'avisa de le railler un peu :

— Dis donc, t'as comme qui dirait une poubelle à la place de l'estomac, toi !

Quelque chose passa dans la tête du gamin qui s'esclaffa joyeusement :

— Et toi, t'es bien un clodo à ce qu'on dit, non ?

Jamais il n'aurait le dernier mot avec lui, comprit Fukusuke qui écarta la viande sur le bord de son assiette, triant les seuls légumes qu'il mangea avec son riz. Assis maintenant bien droit en face de lui, l'autre le regardait sans broncher ; un moment, il murmura pour lui-même :

— Ouais, la serpillière, c'est p't-être pas terrible, mais ça vaut mieux que le flic-flac, toujours !

Comme Fukusuke se taisait, il répéta :

— Le flic-flac, y a pas pire !

« Il y aurait donc quelque chose qui lui résiste, ce lascar », se dit Fukusuke qui lui demanda :

— Ton flic-flac, c'est quoi ?

— Quand y a de l'eau au lieu du riz, répondit le gosse qui tapotait le bol de ses baguettes.

Fukusuke demeura silencieux ; l'autre se leva de table sans rien ajouter et se rendit dans la cuisine où, après avoir ouvert le robinet, il se mit en devoir de laver bols et assiettes tout seul. Il ne semblait pas que ce fût pour cacher quelque trouble. Son repas achevé, Fukusuke se tourna vers la frêle nuque qui apparaissait dans la pénombre de la cuisine et lui cria :

— Bon, eh ben, j'vais m'coucher !

La réponse fut là, instantanée, lancée par une voix déjà adulte :

— Ton pieu est fait, au premier !

*
* *

Fukusuke fut officiellement admis chez les Apaches dans les circonstances suivantes.

Après le repas servi par le garnement, il était monté dormir au premier étage où il s'était abandonné à ce qu'il serait difficile de qualifier de matelas et d'oreiller, tant la couche était infâme. Il était environ deux heures de l'après-midi quand il rouvrit les yeux. C'était donc près de neuf heures d'affilée qu'il venait de dormir, grâce à quoi, n'eussent été les élancements de son dos et l'arrivée de Kim, il avait pour ainsi dire oublié les événements de la nuit, preuve qu'il était assez bien remis. La sève avait réintégré à son insu les plus petites cellules de son corps ; toutes les fibres des muscles avaient retrouvé leur douce tiédeur et se dilataient au soleil. Fukusuke respira profondément, mais s'immobilisa soudain, le corps bandé ; il sentit ses forces quitter son torse et s'insinuer plus bas, tout comme l'air qu'on insuffle dans une poche robuste, se répandre dans ses membres, s'arrêter aux extrémités puis, sans qu'il s'en fût perdu une seule goutte, refluer en une multitude de vaguelettes réconfortantes et remonter de l'abdomen aux reins. Il ne quitta pas la position couchée ; sa première impression fut que la chambre était inclinée. Puis, songeant au petit gredin, il tenta d'imaginer son existence passée, aux lézardes et aux graffiti des murs. Le verre dépoli d'une vitre de la fenêtre gardait encore les traits au crayon de couleur d'un *0 + 0 = la tête à Toto* inachevé ; il se figura l'enfant, pressé de dire qui en était l'auteur, et, contre toute évidence, répondant – il en aurait juré – que c'était le chat de la maison, ou quelque chose dans le genre, et se hâtant de filer en profitant de la surprise de l'autre. Aussitôt, il se fit la réflexion que, s'il s'intéressait à autrui comme il était en train de le faire, c'est que son estomac était satisfait. Il se mit à plat ventre sur le plan sensiblement incliné des nattes – ce qui, et d'autant qu'il concentrerait ses sens sur cela seul, suffisait amplement à expliquer l'emprise envahissante de son malaise, semblable à celui que donne l'impression de glissade inexorable au bas d'une dune – puis il regarda les rayons du soleil piquer à pleine fenêtre et, avec en tête des images de vaches en train de ruminer dans un pré, prit tout son temps pour se laisser rouler sur le côté d'un mouvement lent et langoureux. Seule cette sale échine trouvait à se plaindre, et une douleur sourde alourdissait de courbatures la chair autour de ses reins ; toujours tassées, les petites jointures fragiles des vertèbres semblaient vouloir lui rappeler qu'elles n'étaient pas encore revenues en place. Après tout, c'était sous une plaque de pas moins de six cents livres qu'elles avaient été écrasées, et on a beau dire que les os ça vit, il en aurait encore pour un certain temps.

Fukusuke en était là de ses divagations quand Kim le chauve monta les escaliers menant au premier étage ; en caleçon mi-long et maillot de crêpe blanc, il pénétra dans la chambre comme un félin, à pas retenus où entrait le souci manifeste de ne pas ébranler les murs et les piliers sous son poids. Défoncées par d'innombrables talons, creusées de nids-de-poule en plusieurs endroits, les nattes avaient acquis le relief inégal d'un terrain détrempé. Kim approcha sur la pointe des pieds, attentif à ne pas trébucher dans l'un des trous, ce qui aurait secoué les murs ; il s'assit au chevet de Fukusuke, jeta plusieurs billets froissés de cent yen devant lui.

— Pour cette nuit, dit-il en réponse au regard de Fukusuke et, sans rien ajouter, il prit un mégot qu'il portait à l'oreille, frotta une allumette tirée d'une boîte modèle familial.

Au Kim du matin avait fait place un autre, qui contemplait en fumant les rayons du soleil par le cadre de guingois de la fenêtre. Il rejeta avec nonchalance la fumée, lâchant une bouffée qui parut interminable à Fukusuke, puis, au regret de l'avoir laissée échapper, en aspira une nouvelle que son nez cette fois libéra en direction de la fenêtre, dans un nuage transparent à se confondre avec l'air, chaque atome de ses composants parfaitement filtré. Tout à coup, il tourna la tête vers Fukusuke :

— Ouais, v'là déjà l'été.

Comme celui-ci se taisait, les yeux rivés à la liasse, sans même y toucher :

— C'est pour bientôt, la fête des Morts, reprit-il.

« Lui aussi, il a le ventre drôlement pourvu », se dit Fukusuke qui se demandait où était passé l'inquiétant escogriffe qui, le matin même, aboyait encore à son adresse des « Abruti ! » et autres « Corniaud ! ».

Rassasié, Kim semblait effectivement nager en pleine béatitude ; à preuve la série de questions personnelles qu'il se mit à poser aussitôt. L'intermède saisonnier terminé, il tourna vers Fukusuke son regard empreint d'une ruse de chaque instant et de cette méfiance derrière laquelle semblait se dérober continuellement une pointe brillant au coin de l'œil.

— Dis-moi, mon gars, où est-ce que tu vas aller maintenant ?

La réponse s'imposait, mais Fukusuke se taisait ; la tête sur les avant-bras, yeux mi-clos, il était toujours perdu dans la contemplation des quelques billets. L'autre laissa passer un moment avant de poursuivre, sans cesser de distiller avec application sa nicotine.

– C'est vrai qu'ici y a tellement de boulot qu'on sait pas où donner de la tête et qu'on accepte toutes les bonnes volontés ; c'est pour ça qu'on t'a fait trimer comme une bête, cette nuit, toi aussi. Si y a eu maldonne, c'est de ma faute, fais excuse.

Lentement, Kim se mit en devoir de lui révéler le pot aux roses, dévoilant une fois de plus un monde inquiétant au possible et semé d'invisibles embûches.

Il était de son état récupérateur en ferraille et employait quatorze personnes, expliqua-t-il pour commencer. S'il était malaisé de s'en rendre compte pour qui n'était pas de la partie, puisqu'il n'avait ni enseigne ni pignon sur rue, n'empêche qu'il était un courrier honorablement connu, se plut-il à répéter à maintes reprises. Comme on était à l'étroit dans la maison, il avait fallu sous-louer deux garnis dans le camp pour y loger ses gars. Le camp comprenait cinq grands clans, avec chacun son caïd et ses hommes, pour lesquels il existait des meublés et diverses boutiques, dont des petits commerces en tout genre et des épiceries. Les gars ne se réunissaient chez le caïd qu'aux heures des repas et pour les réunions de préparation du travail ; le reste du temps, ils avaient quartier libre. Fukusuke n'aurait besoin de rien, car tous les outils nécessaires étaient loués par le chef. Dans tout travail importait, d'abord et avant tout, le rendement ; il existait plusieurs systèmes de rétribution qui variaient d'un clan à un autre. Ainsi, dans l'un, le chef rachetait les prises de ses hommes au prix courant, après avoir prélevé une commission, puis répartissait la somme globale, sans considération de la valeur du butin, et il ajoutait une rallonge, éventuellement. Le partage se ferait-il moitié-moitié ? aux deux tiers ? à quelle fraction serait fixée la rallonge ? Tout était convenu après discussion, sans la moindre pression de l'un ou de l'autre.

— Si des fois, poursuivit Kim, il t'arrivait d'avoir à te plaindre de moi, tu pourrais filer chercher mieux dans une autre bande, je n'aurais rien à redire et je ne te retiendrais pas. Si t'étais pas content là-bas, tu pourrais revenir, je serais toujours prêt à te reprendre. Chez nous, c'est pas la pègre ni les chantiers de construction : contraintes sociales et morales, on n'en a rien à foutre, aussi peu que de nos ongles en deuil. Et on n'est pas forcé de travailler, on ne te retiendra rien sur ta part parce qu'il te sera arrivé une fois de chômer. Même, tiens, si monsieur a les dents longues et qu'il veut s'élever, il peut creuser pour son propre compte, en franc-tireur, et vendre sa camelote au ferrailleur, je n'y vois pas d'inconvénient. De la ferraille, y en a en veux-tu, en voilà, suffit de creuser ; le boulot, c'est pas ça qui manque. Aucune contrainte : si t'as envie de bosser, tu bosses, si c'est de boire, eh bien, tu bois. Ici, toutes les fredaines sont permises. Tiens, je vais te dire une chose : suffirait d'un peu plus d'hygiène, et on l'aurait ici la société idéale, dans notre communauté, rapport au degré de liberté dont on jouit. La preuve, tiens, c'est cette foule de pauvres types qui nous arrivent de tous les coins du pays, tous les jours, rien que sur des on-dit.

Tel fut en substance le discours que Kim tint à Fukusuke. Il voulait une réponse et, au fil du récit, le ton était enflammé ; le Kim qui avait lu l'approche de la fête des Morts dans les rayons du soleil dardant par la fenêtre avait retrouvé son élocution du matin et était à présent méconnaissable.

— Alors, mon gars... fit-il, ici, c'est la famille tout-venant, tu sais. On est des Coréens, des Japonais, des gens d'Okinawa, des pas-de-frontières ; les impôts, ça existe pas, l'état civil, on sait pas ce que c'est. Pas de trente-huitième parallèle pour les Coréens de chez nous. Y a des cambrioleurs comme y a des voleurs de bicyclettes, des casseurs en cavale et des immigrés clandestins, et même un ancien mineur viré pour fait de grève. Tu piges le topo ?

Soudain, Kim écrasa sur une vitre un mégot minuscule qui menaçait de lui griller les doigts ; il se pinça le lobe de l'oreille pour apaiser la douleur, puis regarda Fukusuke :

— Avec une compagnie aussi louche, des gars aussi peu rassurants, ma foi, sûr qu'il y a à redire, et pas qu'un peu ! Les gens, quand ils se mettent à rouspéter, ça n'en finit pas. Mais en tout cas, tu peux me croire, ici, il n'y a pas un seul clodo.

Fukusuke réfléchit un long moment puis, détachant son regard de la liasse de billets, eut la malice de saper par une question l'assurance excessive de Kim :

— En fin de compte, hein, c'est-y pas que vous en êtes tous, des clodos ?

Kim arbora l'expression de quelqu'un qui a affaire à un idiot indécrottable. Avec un violent claquement de la langue, il se tapa sur les cuisses comme pour annoncer qu'il retirait sa proposition, réprima un élan de mépris, puis, enfin rasséréné, reprit calmement, bien que d'un ton vulgaire et abrupt :

— Tes idées à toi, c'est tes oignons, mais mets-toi bien ça dans ta petite tête : ici, y a pas de clodos, et d'une ! Et pas de crimes non plus. A la rigueur, y a des fois un gars pour aller voir une gonzesse en douce la nuit, mais ça s'arrête là. Et puis quoi ? On en a ou on n'en a pas ! Y a pas une bobonne du camp qui soit assez bornée pour se foutre en rogne parce que son homme a un rancard nocturne. Aussi bien, il se pourrait qu'il n'y ait que les Coréens pour faire ça : et après tout, hein ?... c'est bien comme ça. Et puis, ça n'a rien à voir !

Cela dit, il marmonna quelque chose, un peu égaré, puis se tapa sur le crâne avec un sourire contraint et regarda Fukusuke.

— Surtout, va pas t'imaginer que moi j'en ai envie ! se récria-t-il à voix basse. Allons, je veux pas te forcer la main. Prends ton temps pour réfléchir. C'est l'un ou l'autre : ou t'as envie de crever l'estomac vide, ou pas. Pas plus compliqué que ça. Alors, qu'est-ce que tu choisis ?

Pressé de répondre par un Kim à l'œil curieusement vif, Fukusuke se sentit acculé et demeura silencieux. Pour l'heure, il n'avait nulle envie de retrouver les massifs clôturant le zoo ; certes, il avait le dos en capilotade, mais quoi qu'il dût en être de l'avenir que les paroles de Kim faisaient miroiter, il lui fallait reconnaître que son sort actuel était loin d'être désespéré. Vivre dans le jardin public ? vivre ici ? Disons que le suicide ne le tentait pas. Quelqu'un qui n'ait pas envie de vivre, ça existait donc ? Et même dans ce cas, continuer de vivre, alors même que c'est sa propre mort qu'on s'est donnée pour but... Pas de quoi faire le mariole ! Il opta pour la solution la plus rapide, la plus virile ; les ponts sont faits pour franchir les rivières, les maisons pour y vivre, alors, tant qu'à faire...

— Alors, mon gars, qu'est-ce que tu décides ?

Fukusuke sentit confusément que le moment était venu d'en finir, en tout état de cause, et il se redressa lentement, regarda Kim. L'intuition de ce dernier l'avertit de la décision de Fukusuke, un déclic joua à la seconde même quelque part dans son esprit. Que Fukusuke accepte d'entrer chez lui, il ne demandait certes pas mieux ; il lui avait montré ce dont il était capable en se donnant comme il l'avait fait cette nuit-là, murmura-t-il à peu près, avant de relever vivement la tête.

— T'as vu le coin où t'as été, hier soir ? demanda-t-il.

Fukusuke prit un air indifférent pour répondre.

— Hum, ce qu'on appelle la mine de Sugiyama... Plutôt grand, dis donc ! Du diable si je m'y retrouve !

Kim reprit la parole. En tant que membre du clan, il ne pourrait améliorer son efficacité que s'il connaissait comme sa poche la topographie de leur théâtre d'opérations et les techniques de travail. Un seul coup de masse lui conférait droit intégral au partage de la recette – ce que le Borgne et les autres lui reconnaissaient de bonne grâce, lui-même en premier – et cela même s'il était d'une grande gêne pour la bande ; seulement, pour lui, ce ne serait pas une situation très confortable. Chacun de ces milliers et milliers de mètres carrés était un casse-gueule. Avec ça, la nature de la camelote commandait la façon d'utiliser l'outillage, et ce n'était pas simple. Et d'abord, il importait de savoir fuir, et où, en cas de descente de police ; comment détourner l'attention des gardes, juger de l'opportunité d'entrer avec tel garde de service plutôt qu'avec tel autre. Et puis, quelle était la camelote la plus rentable ? où était-elle enfouie ? quels mots de passe échanger avec les camarades ?... Et un tas d'autres choses dont Fukusuke ignorait déjà la première. Kim lui raconta deux anecdotes. Poussé par la faim, un chômeur de la ville voisine d'Amagasaki s'était introduit nuitamment dans la mine pour déterrer de la ferraille, mais, presque aussitôt égaré dans les lieux que l'obscurité lui cachait, il s'était rompu le cou en tombant dans une citerne de l'ancien arsenal. Une autre fois, c'était un manœuvre qui, lui, avait ramassé de la ferraille, mais s'était fait écraser par un convoi de marchandises alors qu'il empruntait la voie.

Perdu dans cette envolée de faits débités coup sur coup, Fukusuke ne savait plus où Kim voulait en venir, et il le dévisageait, contraint au silence, lorsque l'autre, dont l'œil lançait des étincelles vives et acérées comme des pointes d'aiguille, changea de sujet de conversation.

— Alors, tu partages la pension avec les jeunes pue-la-sueur, ou bien tu viens loger chez moi, tout seul et peinard, dans cette carrée ?

— Ça m'est égal...
— Tu loges ici, alors ?
— Pourquoi pas...
— Bon...Alors j'dois retirer le prix des repas, murmura Kim, et Fukusuke eut enfin le sentiment d'avoir compris où menaient toutes les digressions de l'autre.

Kim était quelqu'un plein de tact et il donna immédiatement à la conversation un tour plus léger.

— Comme c'est moi qui me charge de t'apprendre tout ce que je viens de te dire, j'ajoute les frais de leçon, ce qui nous fait mettons deux cents yen par jour, pension complète. C'est le tarif dans chaque équipe. C'est la vie de famille.

— ...

— Les repas, ça change tous les jours, mais disons qu'en général c'est comme pour ce matin : du nourrissant d'abord et avant tout.

— ...

— Les outils, maintenant. Je loue tout ce qu'on veut, barres à mine, palans... Seulement, vu qu'en cas de perte je suis forcé d'en racheter, je vais te demander des arrhes. Que veux-tu, on peut pas y couper ; les frais professionnels, autant dire !

— ... Et ça fait combien ?

— Pour le moment... disons... va toujours pour deux cents yen !

— ...

— Avec ça, enchaîna Kim qui, sans plus regarder Fukusuke, tendait déjà la main vers les billets, hier au soir, pour aller, t'as pris la conduite de gaz, mais au retour, c'est le bac que t'as utilisé, hein ? Et le passeur, c'est le passeur, s'il amène sa barque à cet endroit, c'est pas un hasard, c'est que c'est son boulot, et ça se paye, normal !

— Et combien ?

— Avant, il prenait dix yen par tête de pipe et par passage, mais ces temps-ci, les flics rappliquent pas mal et lui saisissent souvent sa barque, alors il a augmenté.

— ...

— Cinquante yen. J'me paye...

Fukusuke vit s'allonger des doigts dont la dernière phalange tordue faisait une véritable pince, des doigts à toute épreuve couverts de rouille, de cambouis et de coupures, aux ongles solidement enfoncés au fond de la chair, et qui s'emparèrent avec vivacité de plusieurs des billets jetés sur les nattes. Tout semblait avoir été prévu car, sortant d'un paquet de cigarettes une pièce de cinquante yen :

— Ta monnaie, fit-il. C'est peut-être pas grand-chose, n'empêche qu'il faut être réglo ! Avoir des histoires après pour trois fois rien, manquerait plus que ça !

« Enfin, ça y est, voilà une bonne chose de faite », eut-il l'air de se dire, et une expression de satisfaction effaça l'étincelle de son regard et envahit son visage. Il tapota l'épaule de Fukusuke :

— Le boulot, c'est toutes les nuits. Tâche de bien dormir, ça te retapera.

Sur ce, il sortit de la chambre comme il était venu, contournant sur la pointe des pieds les creux des nattes. Fukusuke laissa retomber ses épaules en un soupir involontaire, regarda sur les nattes, mais il ne restait plus qu'un billet de cent yen et la pièce. Indifférent aux répercussions que son poids pouvait avoir sur les murs et les piliers de la chambre, tous muscles relâchés, il se laissa choir à la renverse sur le matelas.

*
* *

Un tour de passe-passe de Kim avait réduit à rien les velléités de Fukusuke, dissipées en buée comme la fumée de la cigarette au sortir de ses lèvres. Cependant, la suite devait lui montrer, lorsque sa vie au camp lui eut permis d'en apprendre davantage, et ses propres expériences aidant, que tout n'avait pas été vantardise dans le récit de Kim.

Le camp était partagé entre cinq clans, dont les caïds répondaient aux noms de Izawa, Tokuyama, Ôkawa, Matsuoka et Matsuzawa, mais tout donnait à penser que c'étaient là des noms de fantaisie. De fait, Izawa, par exemple, était « Kim le chauve » pour ses hommes et pour tout le camp, et de la préférence qui se lisait sur son visage à ce dernier nom, on avait conclu que celui-ci devait être le vrai ; toutefois, quant à savoir si tel était son véritable patronyme, nul ne pouvait s'avancer avec certitude. Une extrême indifférence était de règle chez la plupart des gens du camp pour ce qui touchait aux noms, au passé, et s'ils étaient nombreux – en fait, c'était le cas de la majorité – à être affublés de sobriquets suggestifs, du genre la Bécane, Coffre-fort, Tac-au-tac, on n'aurait su dire si, dans un passé décevant, le premier avait réparé des bicyclettes, le deuxième vendu des meubles métalliques et le dernier été duettiste comique. Personne ne cherchait à percer les anonymats, et cela n'intéressait personne. Simplement, il leur arrivait parfois de se laisser aller à une ostentation mesurée, lorsque tripes et *shôchû* avaient fait monter la pression en eux, un peu plus que de coutume, et suscitaient des poussées d'amour-propre ; on avait alors droit, ponctuées de petits sourires d'aise, à de brèves remarques sur les particularités de tel cadenas, la façon de se repérer dans l'obscurité, et bien d'autres, qui laissaient entrevoir l'amorce d'un volumineux iceberg de connaissances. Ainsi recueillait-on certaines échappées ombreuses d'un passé, d'un ancien art, dont on se satisfaisait, en se gardant de l'indécence de pousser l'inquisition plus avant, à moins que l'autre n'y engageât.

— Voilà, c'est comme je viens de te dire...

— Ouais...

— Alors, intéressant, pas vrai ?

— Un peu, oui !

— Ça t'en bouche un coin, je parie...

— Hmm...

C'est ainsi que, le soir venu, Kim présenta une nouvelle fois à toute la bande le clochard malpropre et à demi mort de faim ramassé au Nouveau Monde.

— Voilà Fukusuke, dit-il, après un regard oblique sur le crâne étroit. C'est comme ça qu'il veut qu'on l'appelle, lança-t-il ensuite d'autorité, sur quoi l'intéressé avait incliné la tête en guise de salut, sans rien dire, laissant l'assistance entière confondue par la puanteur qui se dégageait de sa chevelure en broussaille.

La Bécane, Coffre-fort et Tac-au-tac appartenaient à la bande où venait d'entrer Fukusuke, pour les membres de laquelle ils étaient les « lieutenants » ; d'autres lieutenants se joignaient à eux, tous du même acabit, qui avaient nom Tama, Raba, Ma Tante. Le dénommé Gon paraissait être le dépositaire misérable de tout le poids d'une lourde tare héréditaire. C'était un gaillard vigoureux, mais dont le faciès monstrueux supposait chez ses géniteurs d'autres traits repoussants au-delà du concevable. Malgré cela, l'homme n'avait pas son pareil dans le camp pour doser la sauce alliacée des tripes, et il s'avérait alors plein de raffinement. Le deuxième, Tama, un pêcheur de l'île d'Itoman, près d'Okinawa, s'appelait en fait, disait-on, Tôken Tamagusuku, ce qui par commodité avait été abrégé en Tama. Outre une magnifique silhouette, le personnage se distinguait à trois choses : sa physionomie, ses poumons et son cerveau. Sur des traits harmonieux et d'un beau relief étaient plantés des cils tellement longs et drus qu'ils créaient l'illusion de les entendre s'entrechoquer ; les lèvres étaient épaisses.

S'il est exact que le sang des anciennes populations de Polynésie s'est mêlé à celui des aïeux des habitants d'Okinawa et que, de plus, comme l'avance Thor Heyerdahl, du sang inca coulait dans les veines des premières, il n'est pas impossible qu'il y eût quelque part, en Tama, une ou deux cuillerées du sang de ce lointain peuple majestueux, auxquelles il serait alors redevable de son beau visage : il était le pendant à la beauté de ce qu'était Gon à la laideur. Hélas, cette esthétique impeccable était bel et bien trahie par une cervelle d'oiseau, et il était définitivement réfractaire à une conversion du genre : 4 *kan* = 15 kg. Mais il compensait cette faiblesse de matière grise par des poumons d'un exceptionnel développement, comme nous le verrons bientôt.

Japonais de la métropole, les deux derniers lieutenants étaient eux aussi dotés d'une magnifique musculature. Le passé de Raba semblait renfermer une part obscure. Quelque heureux événement lui arrivait-il :

– Allez, mon gars, prends-moi des *raba*, lançait-il aussitôt à l'adresse du premier venu.

C'était sa rengaine, tellement ressassée qu'on avait fini par en déduire qu'il devait avoir fait le trafic de sandales de caoutchouc, quelque part dans l'Ôsaka d'après-guerre, *raba* venant de l'anglais *rubber shoes*.

Restait « Ma Tante ». Chez lui aussi on flairait une conscience peu nette. Si, à la différence de Raba, il évitait les allusions par trop explicites, c'était avec de petits sourires vicieux, et pas fâché d'être moqué, qu'il accueillait les ragots le prétendant du dernier bien avec Tama ; bas-ventre en alerte chronique, il laissait aller son regard plus volontiers sur les silhouettes masculines que sur les hanches des femmes. Il était de notoriété publique qu'il pouvait donner de mémoire, sans en oublier un seul, les noms de tous les professionnels invertis des quartiers du Nouveau Monde et de Tobita. « Tiens, il fait la queue du tandem, aujourd'hui », plaisantait-on à chacun des passages du météore filant avec son butin.

Nos cinq compères constituaient en quelque sorte le noyau de choc de l'organisation que dirigeait Kim. Gratifiés les uns comme les autres par la nature de muscles généreux, ils faisaient preuve d'une efficacité proprement effarante dans le travail des jarrets et des biceps. Un emplacement était-il déterminé, ils filaient le fouiller, ne s'arrêtant qu'à la découverte des proies, jamais manquées, et chacun prenait comme une plume une centaine de kilos sur son épaule. Un policier venu en surveillance les aperçut, un jour qu'ils avaient découpé à la scie métallique et brisé à la masse des rails de cinq, dix tonnes, et de dix ou vingt mètres de long, et qu'ils s'éloignaient, lancés à un train d'enfer en scandant leur course de *Yoï Yoï Yoyoï Noyoïyoï !*, avec un mépris souverain pour les trous de bombe et les monticules soulevés par les déflagrations. Il en avait oublié sa mission et n'avait pu – disait-on – retenir une franche exclamation d'enthousiasme :

— Vingt dieux ! Mince de fend-la-bise !

C'était au grand jour qu'ils venaient de commettre leur forfait, au nez et à la barbe de l'inspecteur, avec une intrépidité folle. Aussi bien, l'étendue du terrain, cadre de leur équipée, était telle qu'elle réduisait à l'impuissance un policier solitaire, et celui-là n'était pas revenu de sa surprise que les autres s'étaient déjà évanouis dans la nature. Mais assaillis par des policiers en tenue de combat, ils se regroupaient avec des échanges vifs de consignes lancées en coréen ou en dialecte des Ryûkyû, prenaient la fuite en ne laissant derrière eux qu'un vague sillage qui ne semblait jamais être autre chose, de loin, que des sifflements divers.

L'ampleur du décor, leur tactique d'escarmouches par petits groupes, les cris appelaient la comparaison et, sous la plume d'un journaliste venu aux informations avec les policiers, naquit un mot, *Apache*, bon dérivatif à l'ennui, qui dut satisfaire le goût de son créateur pour les néologismes.

*
* *

Le groupe des lieutenants était chargé des plus importantes des opérations qu'effectuait le clan, dont il constituait le fer de lance et où il abattait une besogne considérable. A côté existait un autre groupe, celui des tâcherons : femmes, enfants, vieillards, infirmes. Ces « arpettes » ne pouvaient faire le travail des premiers, mais avec leur autorisation trouvaient à s'employer à la mesure de leurs moyens et recevaient même un salaire égal au leur. Ainsi voyait-on dans le camp un certain nombre de crève-la-faim désœuvrés, des Patte-Folle, Manchot, Sans-Doigts, Gâteux, Bossu, pour ne citer que ceux-là qui, l'accord du chef de groupe ou du caïd arraché, allaient pendant la journée à la recherche des filons, ou bien, en prélude à une expédition nocturne, se planter sur la berge de la Hirano d'où ils surveillaient les faits et gestes des agents et gardiens préposés à la mine ; ou encore, passer en clochards des journées entières assis en face du commissariat, à épier les allées et venues des gardes mobiles. La sortie précipitée d'un peloton d'agents se ruant sur les motos ou les jeeps les relevait soudain, et ils se bringuebalaient vers la cabine de téléphone la plus proche, s'y engouffraient, introduisaient une pièce pour contacter quelqu'un hors du camp, lequel s'empressait d'aller donner l'alerte. Dès ce moment, du caïd au chef de groupe, du chef de groupe aux lieutenants, puis du veilleur du talus vers tous les membres dispersés dans la mine, c'était un relais d'appels tonitruants, jetés face au ciel, à la ferraille et aux herbes :

— Les fliiiics !!! Les bourres !!!

L'importance des opérations de renseignement – aussi vitales que celles de fouille et de transport – justifiait la faveur dont se voyaient honorées les arpettes : même part pour tous. Quoique, dans la pratique, si chaque clan distribuait des salaires qui n'étaient subordonnés ni au degré de difficulté des tâches ni aux obligations de groupe, il n'en était pas moins vrai que les Patte-Folle ou les Sans-Doigts ne manquaient jamais, de leur propre initiative, de gratifier les lieutenants de quelque cadeau. Une opération était-elle menée à bien, la quincaillerie ramenée et convertie par le caïd en espèces sonnantes et trébuchantes, ils allaient rendre visite à Raba et à Ma Tante, à qui ils apportaient du *shôchû*, de l'*awamori* [1], ou un calmar séché enveloppé dans du papier journal. Ils les trouvaient en train de tamponner d'eau salée leurs épaules à vif, le corps secoué de violents soubresauts. Par l'effet des douches saumâtres sur l'accumulation des balafres, les épidermes couturés avaient pris une couleur violacée et offraient au toucher la rugosité de l'écorce du pin.

— Dites, ça va ? C'est pas raisonnable, vraiment, vous savez… Ça va, vous êtes sûrs ?... s'inquiétaient-ils à tout instant en frictionnant eux-mêmes, à gestes prudents, les épaules que la palanche avait rabotées comme l'eût fait une varlope.

Mariant le sang et les chairs, l'eau salée refermait les blessures, provoquait du même coup les protestations des vaisseaux qui se dilataient sur les fronts pourtant blasés, secouant de frissons les corps, des pieds à la tête. Le tohu-bohu atteignait des sommets avec la course effrénée

1. *Awamori*. Originaire des îles d'Okinawa, alcool de millet (jadis), de riz.

et beuglante des deux hommes demi-nus autour de la chambre. Ils fendaient l'air d'une épaule aussi écarlate que si elle avait été marquée au fer, se ruaient au-dehors, pieds nus, éructant des chapelets entiers d'obscénités les plus crues.

Le rôle de Manchot consistait à jouer au lézard devant le commissariat de police, celui de Gâteux à se tenir sur le remblai ; quant à Patte-Folle, il devait détecter la ferraille en fouillant le sol à la pelle. Il revenait discrètement avertir le caïd d'une découverte :

— Par là, ça renifle.

Le Borgne, chef de groupe, se rendait sur les lieux, murmurant simplement au retour :

— Bon, ça peut aller.

Sur ce, on passait à l'organisation du commando : la Bécane, Coffre-fort, Ma Tante, Tac-au-tac, Tama, Raba, Fukusuke creuseraient, martèleraient, arracheraient, scieraient, donneraient du poing.

Alors entraient en scène d'autres individus singuliers : les « passeurs ». Leur crânerie était pour Fukusuke une source d'ébahissement sans cesse renouvelée. A partir du camp, l'accès à la mine était possible par la conduite de gaz, la Hirano, le pont Benten et le viaduc de la ligne Jôtô, mais de ces quatre passages c'était la Hirano le plus fréquenté. Cette rivière menait en effet directement à la mine, sur son autre rive, et permettait aussi d'accoster au beau milieu du désert par son affluent, la Nekoma. La conduite de gaz n'autorisait pas l'acheminement de butins volumineux ; d'autre part, les passages de convois rendaient dangereux le viaduc ; le pont Benten, lui, n'était pas sans avantages, mais il fallait agir de manière à éviter de discréditer les vigiles et les agents. Tout ceci expliquait la présence de plusieurs barques amarrées à demeure à la berge de la Hirano contiguë au camp. Si quelques-unes appartenaient à des caïds, la plupart étaient la propriété de compères qui s'étaient fait une spécialité dans la batellerie. Moyennant cinquante yen par homme et par traversée, ils se chargeaient d'emmener en face lieutenants et arpettes puis, leur rôle momentanément terminé, revenaient se coucher pour ressortir au petit jour et aller attendre les équipes de rapaces qui, de l'autre côté, rejoignaient en hâte la rivière, écrasés sous le butin, au bord de l'asphyxie. Les passeurs étaient servis comme sur un plateau : ils les rejoignaient à coups de rames nonchalants et récupéraient porteurs et fardeaux qu'ils revenaient déverser sur la berge, après quoi ils réclamaient leur dû. Il arrivait à l'occasion qu'une barque coulât sous une cargaison trop lourde ; dans ce cas, la victime s'empressait auprès du caïd concerné pour obtenir réparation. Ce dernier réglait, mais finissait toujours par se retourner vers ses protégés et prélever sur la part de chacun un pourcentage égal. Responsabilité collective oblige.

Fukusuke avait d'abord pris les passeurs pour d'anciens marins poussés à se fixer dans le camp par la faim et la misère, mais une oreille attentive lui apprit qu'ils étaient loin d'être d'aussi honorables citoyens. Tous étaient des Apaches qui, grâce à quelques notions de navigation, une certaine prédisposition pour l'oisiveté et pas mal d'esprit de décision, avaient vu là une activité de tout repos, si elle n'était guère rémunératrice, et s'étaient convertis à cette nouvelle occupation qui répondait à leurs prétentions et à leurs compétences. Un cas typique était celui de Tôjô Hirohito[1]. Derrière ce pseudonyme

1. Tôjô Hideki, général et Premier ministre (de 1941 à 1944), exécuté pour crimes de guerre en 1945. Hirohito, nom personnel de l'empereur Shôwa qui régnait alors (jusqu'en 1989).

se dissimulait un homme qui avait ainsi radicalement occulté son passé et sur lequel le seul fait acquis était, par la force des choses, sa présence en ces lieux.

— Ça jette son jus, un blase pareil, hein ? Avec ça, je suis paré ! Les méninges, faut les faire fonctionner, dit-il un jour à l'adresse de Fukusuke.

— Toi aussi, alors, tu l'as chouravé ? lui demanda ce dernier, impressionné, crochant son index d'un geste significatif.

L'autre était parti d'un rire gouailleur :

— Si je suis épinglé, je donne ce blase, et après, motus et bouche cousue ! Autant qu'il y ait que moi à savoir ce que j'ai fait. Faut pas causer trop, mon gars, ça crée des ennuis aux autres.

Un épais rideau de fumée venait d'être tiré.

Tôjô avait une façon incomparable et bien à lui de considérer le concept de « possession de choses sans maître », auquel il donnait une interprétation très extensive, puis de passer à l'action. Un jour où il se tenait sur la berge, au soleil, une impérieuse envie lui vint d'aller au cinéma et il prit la direction du quartier de Kyôbashi, en laissant sa barque à l'amarre. Ce dont profitèrent pour passer en face, sur ces entrefaites, des membres d'un autre groupe qui voulaient devancer leurs compagnons. Ils s'apprêtaient à déterrer de la ferraille lorsque des policiers les surprirent ; ils avaient omis de placer un guetteur. Fuyant à toutes jambes devant leurs poursuivants, ils se ruèrent dans le bateau, mais avec une telle précipitation qu'ils le firent chavirer. Tous tombèrent à l'eau et purent traverser à la nage, mais la police repêcha l'embarcation comme pièce à conviction et, en fin d'après-midi, une vedette de la brigade fluviale remontait la rivière, la prenait en remorque et disparaissait avec elle.

Ce fut une douche froide pour Tôjô en goguette. « Bande de corniauds de p... », grommela-t-il. Le soir, il entraînait les coupables au même Kyôbashi, leur imposait une ponction à les laisser exsangues, accablés de voir leur argent disparaître comme eau dans le désert. Jurant qu'il allait vider la bourse de tous les membres du clan Matsuzawa, du caïd à la dernière des arpettes, il les mit littéralement au supplice par une tactique aussi vicieuse qu'efficace, qui consistait à rendre le saké ingurgité en se plongeant deux doigts dans la gorge, à boire de l'eau pour se rincer l'estomac et à la recracher de la même façon, avant de reprendre sa place et son verre. Pour finir, cette nuit-là, on perdit sa trace.

On ne le revit que cinq jours plus tard. Vêtu d'un caleçon immaculé, à l'exemple de Kim, Fukusuke se tenait à rêvasser sur la berge, le nez plein des odeurs de vase et d'herbes, lorsqu'il aperçut Tôjô baigné de sueur remontant la rivière à la rame sur une barque de la voirie. La marée avait précisément commencé à refluer, l'obligeant à souquer désespérément contre le courant.

— Où t'étais donc fourré ? lui lança Fukusuke, de la berge.

— Et ta sœur, tu le sais, où elle est fourrée ?

Après avoir attaché la barque au bord, Tôjô se rendit au camp, emprunta au caïd du clan Matsuzawa un rabot ainsi que quelques hommes. A ceux-ci, il fit jeter à la pelle les ordures qui s'entassaient dans la barque, après quoi, lui-même fit disparaître au rabot le nom du propriétaire, gravé au fer rouge dans le bois, et lui substitua une nouvelle marque à l'encre de Chine. Les jeunes du clan étaient épuisés par les procédés de Tôjô et son entêtement à vouloir rentrer dans ses frais.

— Papa, où tu te l'es chauffée ? demanda l'un deux, en nage sur son tas d'immondices.

Dans un coin de l'œil de Tôjô scintilla l'éclair particulier aux gens du camp.

— C'est pas des branlotins dans votre genre qui en seraient capables ! se contenta-t-il de lancer, avec un ricanement.

Telles furent les formalités de changement de propriétaire de la barque, rebaptisée *Le Soleil Levant*.

Et tels étaient les passeurs.

Une souplesse extrême caractérisait la division du travail au sein du camp. L'éclat en fut rehaussé par l'entrée en scène de deux nouveaux protagonistes : Limonade et le Plongeur.

*
* *

Un jour, le camp vit arriver un bien pauvre bougre.

Ce fut l'affreux Jojo, l'aîné de Kim, qui l'amena. L'enfant s'était introduit dans le champ de décombres pour glaner des rebuts de ferraille, poussé par la nécessité de se procurer l'argent que l'école allait extorquer aux élèves pour la cotisation à l'Association des parents d'élèves et enseignants. En parler au vieux ? Il y avait songé, or non seulement cela ne lui vaudrait pas un seul yen de plus, mais même, il était sûr d'avoir droit à l'inévitable tirade d'imprécations dirigées contre l'école, tirade au bout de laquelle l'autre aurait encore assez de ressources de reste pour s'en prendre à tort et à travers à sa pauvre cervelle.

Le gamin avait quitté la maison à l'insu de tous, un sac de jute sur l'épaule. Le soir tombé, quand il eut fini de gambader par-ci par-là autour des trous de bombe et des pans de murs de brique, il avait déjà gagné sa contribution, ainsi que son argent de poche pour quelques jours. Tout heureux à la perspective de la quantité d'illustrés qu'il allait pouvoir obtenir du prêteur de livres du quartier grâce à ses trouvailles, il rapporta celles-ci au camp en plusieurs voyages, par la conduite de gaz. Il ne s'agissait que d'objets qu'il pouvait porter séparément, comme des bouts de fils électriques, des vis et écrous rouillés, des outils variés, mais le bric-à-brac s'était avéré trop pesant pour un seul voyage. Après s'être entendu avec le patron de la boutique Daitokuya, un ferrailleur professionnel du camp qui acceptait de lui racheter son butin, il s'affaira à le ramener, petit à petit, comme fait une fourmi avec des miettes de biscuit. A son dernier voyage, la nuit était tombée depuis longtemps déjà, et il ne voyait plus rien devant lui en passant la conduite dont il atteignait l'extrémité, quand il rencontra un homme.

A travers la pénombre, il distingua un vieillard passablement âgé, les reins cassés à angle droit et accroupi sur le remblai, le regard tourné en direction du camp. Le gamin allait passer son chemin avec son sac sur le dos lorsque le vieillard le héla :

— Gamin...

L'enfant se retourna et l'autre reprit :

— Gamin... J'en ai entendu parler en taule... Le camp des Apaches, c'est bien là ?

— Ouais...

— J'ai fait le chemin à pied depuis la gare, le long de la voie... J'suis crevé...

— ...

— Y avait deux rats écrabouillés sur les rails. Pour qu'il y en ait jusque sur la voie aérienne, je m'suis dit qu'y devait y avoir une bonne raison...

« Un hydrocéphale », se dit le gamin.

Les propos du vieux étaient incohérents, mais sa façon de parler, curieusement fiévreuse, la désinvolture dont il semblait faire preuve lui avaient fait juger l'autre. Il l'avait taxé ainsi, en dépit de la grosseur banale de la tête, car ce mot, souvent entendu dans la bouche des adultes, avait pour lui quelque chose de grave, d'imposant, que n'avait pas « crétin ».

— Pépé, j'suis occupé, tu sais ! Qu'est-ce que tu me veux ? demanda-t-il à tout hasard.

Le vieux eut un ton débordant d'admiration.

— Ah ! Etre occupé, ça c'est bien ! L'inaction, ça vaut rien pour un homme. Y a pas mieux que d'être occupé !

Le gamin crut sentir le sarcasme et l'idée l'amusa de se payer sa tête en retour, mais il se rappela que le vieux du Daitokuya lui avait précisé qu'il n'aurait son argent que contre livraison sur place. Ce n'était donc pas le moment de se laisser tenir la jambe par un pareil hydrocéphale.

— Pépé, je me sauve.

— Ah bon ? Comme ça, tu t'en vas ? Tu sais ce que tu veux, toi, au moins. Quand j'ai vu les rats crevés sur la ligne, le camp des Apaches doit pas être loin, que je me suis dit. On dit que vous êtes de drôles de trapus, hein ?

— Dis donc pas d'âneries. Qu'est-ce que tu veux ?

— Ben, j'voudrais bien bouffer.

— T'as qu'à boire de la flotte.

— Ah non, j'ai mon compte ! Je pue la craie de partout, à force !

— Qu'est-ce que tu veux que je foute de toi ? Enfin, amène-toi toujours à la maison.

Revenu au camp, le garnement livra son dernier chargement au Daitokuya en priant le patron de ne rien révéler à son père, empocha son argent et rejoignit la maison en compagnie du vieux.

On était précisément en pleine réunion, et tous les lieutenants, le Borgne le premier, avaient quitté leur tanière pour venir se rassembler chez Kim autour d'un brasero, qui vautré sur les nattes, qui le menton sur les avant-bras, qui occupé à se gratter l'entre-orteils, au milieu d'une épaisse fumée de viande mise à griller. Ils avaient examiné le rapport de Patte-Folle, sorti en « démarchage » pendant la journée : en creusant, celui-ci était tombé par hasard sur une conduite de vapeur provenant de l'ancienne usine. Couverte de rouille, mais en acier, avait-il estimé, car la conduite avait résonné longuement au coup qu'il lui avait donné. Cela en valait la peine. D'autant que, guidé par son flair, Patte-Folle avait creusé un peu plus profond et découvert la présence de tubes empilés les uns sur les autres et munis d'énormes valves. Son rapport achevé, le Borgne était parti s'en assurer, et il était de retour depuis quelques instants quand apparurent les deux arrivants.

— A vue de nez, les trois quintaux y sont. Les tubes, ça vaut pas grand-chose, mais les valves, c'est du bon. Dedans, y a des joints avec du bronze. C'est ça qui vaut le coup. C'est ça qu'on va piquer, en même temps que les valves. Le bronze, ça paye.

L'assistance était en train de décider qui scierait les quatres tubes, qui déterrerait les valves. Justement, la police était bien discrète depuis quelque temps, et chacun sentait qu'une expédition, une de ces nuits, s'avérerait hasardeuse. Il importait donc d'agir avec célérité.

— Trois gars par tube, deux pour la scie, un côté pour l'eau de savon. On marche par roulement : il y a quatre tubes, mais on les débitera deux par deux. Faut donc six gars, plus un planton. Quatre gars pour les valves, ça devrait faire. Si des gardes se pointent, cognez. Si c'est des flics, qu'il y en a qu'un ou deux, faut leur sauver la mise, pas de bruit surtout ! Si c'est des gardes mobiles, filez rien qu'avec vos outils. Et n'allez pas au diable ! S'agit de se replier momentanément dans les parages, le temps qu'ils repartent. Foutez pas le camp, surtout, je veux pas de ça !

L'entrée du garnement et de notre vieillard eut lieu au moment des explications du Borgne. S'était-il produit un court-circuit quelque part dans sa tête pendant qu'il marchait ? Le vieillard gardait les lèvres obstinément serrées. Le garçon se frappa légèrement le front de l'index, à l'intention de son père.

— L'est maboul. Il m'a arrêté pour me demander à bouffer. On pourrait peut-être lui filer de la serpillière. Il a même demandé pour du boulot, prétendit-il ensuite avant de filer chez le prêteur de livres.

Une bien pitoyable créature apparut aux yeux de Fukusuke. Un coin de cerveau détraqué, tous les doigts de la main droite perdus – la gauche n'en conservant que trois –, l'homme était de surcroît affligé de claudication, et sans doute les nerfs moteurs étaient-ils atteints eux aussi, car les membres s'animaient en une gesticulation totalement désordonnée et en mouvements d'une extrême langueur. Après s'être hissé de l'entrée sur les nattes de la pièce, il se dirigea vers le brasero à quatre pattes dans une progression qu'il serait plus exact de comparer à l'avancée vermiculaire d'un mollusque. Au fond des pupilles voilées se devinait une lueur tournée vers la viande, en direction de laquelle les organes tiraient le corps à hue et à dia, chacun pour son propre compte, dans leur hâte d'arriver. Nos hardis baroudeurs apaches eux-mêmes ne purent soutenir la vue de ce pantin saccadé, qui s'efforçait de se traîner de faux pas en culbute, et ils détournèrent la tête avec un bel ensemble. Devait-il cela à une machine ? A un médicament chimique ? A la syphilis ? On ne savait. Toutefois, l'ossature du vieux, où s'accrochait une peau chiffonnée, montrait clairement qu'il avait été un travailleur manuel. Quelque chose était passé au travers de ces chairs, mais quoi ? A quelle vitesse ? A quelle profondeur ? Aucun n'eut le cœur de se le demander. La créature disgraciée approchait sans rien dire des morceaux de viande convoités. Kim eut l'air gêné :

— Sers-toi, mon gars, lui dit-il simplement, et il avança le brasero et la cuvette.

Or, les Apaches tirèrent parti de cette épave. A l'ébahissement de Fukusuke. Il était venu à pied depuis la gare en suivant la voie, il avait vu deux rats écrasés sur les rails, et puis cette histoire de sécateurs... Inlassable, le vieillard rabâchait son monologue tout en dévorant les tripes, sous le regard discret mais insistant d'un Kim à l'air absorbé. Cette nuit-là, il l'expédia sur le champ de bataille en qualité d'auxiliaire du commando.

Porteur d'une lampe à la ceinture, de trois grandes bouteilles d'eau qu'il s'était ficelées au moignon droit, il partit au hasard du million de mètres carrés de nuit vendre son liquide aux voleurs disséminés un peu partout, lesquels, à l'apparition du vieillard bringuebalant et serrant sur sa poitrine le précieux fardeau, se disputèrent le liquide pour cinq yen le verre. Pendant le travail exténuant, ils avaient soif, mais ne trouvaient pas la moindre goutte d'eau dans la mine ; qui plus est, une gourde les eût embarrassés dans leur fuite en cas de raid de la police. D'où les cris qui saluèrent son arrivée, en même temps que tombaient les outils :

— Bon Dieu ! Ça c'est un mec !

Cependant, comme des pièces de monnaie auraient tinté dangereusement au fond des poches, les Apaches étaient toujours sans le sou pendant le travail ; aussi le vieillard, sur les conseils de Kim, éclaira d'un rapide pinceau lumineux le visage des clients en train de boire, leur demanda leur nom ainsi que le nombre de consommations et, de sa main gauche où ne subsistaient que trois doigts, il consigna le tout sur un épais registre relié à sa ceinture par une ficelle de chanvre, si solide qu'on l'eût dit décidé à ne s'en défaire que dans la tombe.

Mais un soir, Fukusuke lorgna discrètement le registre où le vieillard était en train d'écrire. Ce fut pour découvrir, au lieu de noms, une quantité de signes : ronds, deltas, croix ; rien d'autre. Le vieil homme ne savait pas écrire. Or, trois ou quatre centaines de gars peuplaient le camp. Combien lui fallait-il donc de ces symboles pour les représenter tous ?

— Papa, tu peux tout retenir comme ça ? s'enquit Fukusuke, avec l'impression que l'eau qu'il venait d'avaler avait commencé à lui remonter à la gorge.

Le vieillard continua d'enfoncer dans le goulot un bouchon de papier journal, sa tête girouetta, distraite, et il fit une réponse où perçait une dérisoire vanité mâtinée d'un brin de honte :

— Héhé, cette question !

Voilà pour Limonade.

Venait enfin celui qui s'inscrivait en point d'orgue dans l'organisation du camp : Tama, le pêcheur des Ryûkyû. Ce lieutenant, parmi les meilleurs du clan Kim, et que l'on a vu comme tel lancé en véritable bolide à travers l'étendue désertique, fut bientôt amené à accepter une activité supplémentaire que lui autorisait son souffle singulier. Personne ne voulait se charger de ce travail : le courage manquait et la police, de plus en plus sévère, avait accru la fréquence de ses coups de filet, de sorte que Tama en vint à cesser ses activités de lieutenant pour ne plus se consacrer qu'à celle-là. Pour toute la population du camp, il était devenu « Tama le plongeur », et depuis lors il tirait de son travail une grande indépendance et pas mal de fierté.

Tama avait un appareil pulmonaire phénoménal ; tout le monde se rendit à cette évidence à la suite de l'incident que voici.

C'était d'ordinaire à l'aube que l'on chargeait le butin sur les barques pour l'acheminer jusqu'au camp. Or, l'été, le jour vient tôt, d'où la nécessité de mener à bien les opérations dans un laps de temps extrêmement court. C'était toute la raison de l'énorme remue-ménage dont Fukusuke avait été le témoin au matin du premier jour. Il fallait charger d'un coup des dizaines, voire des centaines de kilos de ferraille et les amener sur la terre ferme d'en face, coûte que coûte. Les embarcations donnaient-elles de la bande, prenaient-elles eau, s'immergeaient-elles à demi ? Peu importait ! Priorité était à la ferraille, et les Apaches ne trouvaient pas toujours place à bord. Aussi arrivait-il fréquemment qu'une barque coulât au beau milieu de la rivière. Parfois c'étaient les Apaches eux-mêmes qui, surpris à l'aube en pleine traversée par des policiers, passaient outre aux protestations de Tôjô Hirohito et, délibérément, retournaient sa barque comble. Ce dernier ne protesta pas bien longtemps, car il vit dans ces sabordages la perspective de juteux dédommagements, et il finit par apprécier fort le procédé. D'autant qu'il s'agissait d'embarcations volées.

— Les fliiics !!!

A ce seul cri, il se dressait sur sa barque, lançait sa réplique favorite : « V'nez-y donc voir ! » et, avant que les Apaches aient eu le temps de dire un seul mot, envoyait par le fond bateau et cargaison.

L'homme crée la fonction : Fukusuke avait vu ce principe trouver son expression achevée dans la personne de Limonade, le paralytique. Dans le cas présent, c'était l'inverse : quelqu'un faisait défaut pour renflouer la barque et récupérer le chargement. Chacun voyait qu'il suffisait de plonger sous l'épave, d'y passer un cordage que l'on halerait ensuite tous ensemble, au moyen d'une poulie maintenue au-dessus de l'eau par une poutre. Opération on ne peut plus simple, dont la première partie cependant requérait un courage que pas un n'avait. Tout le camp était attroupé sur la berge, dans un concert de clameurs et de lamentations navrées, sans qu'un seul fît le premier pas. La perte de la cargaison, c'était la rupture d'un maillon de cette chaîne, chacun réduit à l'impuissance, le caïd comme le chef de groupe, et avec eux les lieutenants, les plantons, Limonade, les grouillots.

Ce fut « Tama le plongeur » qui permit de reboucler la boucle, par un tour de force de ses deux poumons diaboliques.

Ce qui paralysait les Apaches, c'était la Hirano, cet innommable cloaque. Le canal, un affluent de la Neyagawa, conduisait dans la baie d'Ôsaka, et si la marée, au gré de ses fluctuations, imprimait quelque mouvement à proximité de la surface, en profondeur stagnait en fait un insondable entassement putréfié. Dans ce déversoir venaient s'engloutir les objets les plus divers, huiles de machine, urines, boîtes de conserve, tout un monde amorphe, déliquescent, effrité, en fin de putréfaction, un fouillis d'éléments imbriqués les uns dans les autres. Les pavés des berges étaient recouverts d'une eau qui n'avait plus apparence d'eau, mais plutôt de quelque indéfinissable soupe épaisse et gluante, d'acide délétère. Jusqu'à quelles profondeurs la corrosion a-t-elle pénétré ces pierres ? se demandait-on lorsque l'on se tenait sur un des bords.

Ce qu'était la rivière, un Apache devait en administrer la preuve physique de la façon la plus épouvantable qui soit : en s'y noyant.

Acculé par des policiers à ses trousses, il avait fui jusque-là et plongé. La berge était là, devant lui, à quelques brasses. Mais il venait de traverser à toutes jambes le million de mètres carrés, et à peine eut-il touché l'eau que son cœur lâcha et qu'il se noya. La rivière s'était jouée de lui comme d'un enfant, tout vigoureux lieutenant qu'il fût. Quand on l'eut repê- ché et transporté à l'hôpital de la police, l'autopsie révéla que la moitié supérieure du corps était gorgée de boue ; nez, bouche, larynx, pharynx, estomac, poumons, toutes les cavités, tous les conduits, qu'obstruait hermétiquement une fine vase verte, étaient monstrueusement distendus. Le scalpel s'enfonça sans faire perler une seule goutte de sang et libéra, mêlée à un peu d'eau, une boue molle, comme en bave un tube de peinture que l'on écrase. Un homme du camp qui assistait à la scène, muet, ferma les yeux.

Eh bien, Tama soutint la gageure.

Sa sieste terminée, il rejoignit en flânant tout le petit monde qui pérorait ferme, assis à croupetons sur la rive. Après un bref coup d'œil à la rivière, par-dessus les dos, un autre en coin vers le soleil, il ôta son caleçon, sans un mot. Fukusuke le vit, lui si peu loquace à l'accoutumée, interpeller deux ou trois gars, réclamer quelque chose :

— La quinque, c'est quoi ?

— Des cornières, des rails et des tubes.

— Combien de quintaux, au total ?

— Six, peut-être bien.

— Vous êtes gourmands, dis donc !

— Héhé, qu'est-ce que tu veux !...

— Amenez une corde !

— Pour quoi faire ?

— Descendre.

Devant les autres, interloqués, le sauvage aux quelques gouttes de sang inca avait, ce disant, fini de se déshabiller et il ne portait plus que son pagne. Ni le labeur d'Apache, éreintant et incessant, ni les pioches, ni les paquets de ferraille n'avaient réussi à altérer ses muscles qui se répandaient en houle, et de cette force, montée en fuseaux souples et déliés, irradiait sous le soleil une beauté fascinante, presque insupportable au regard. Redécouvrant la plastique superbe de Tama, Kim et les femmes écarquillèrent les yeux, avant de les laisser s'égarer ailleurs, et l'on entendit s'émerveiller l'une d'elles, comme titillée :

— Ben dites, c'est du propre !

Tama dit au galopin, l'aîné de Kim, venu au spectacle, de lui apporter des lunettes de plongée. Bientôt l'autre revint au camp avec de simples verres de baignade bordés d'un caoutchouc rouge, à l'utilité fort hypothétique, mais que Tama jugea convenables et qu'il ajusta.

— Au poil ! J'les prends.

Il se frotta le torse deux ou trois fois, puis s'approcha avec des aspirations profondes jusqu'à l'extrême bord de la rive d'où, sous les yeux de toute la population du camp, il plongea sans hésiter dans le liquide nauséabond. L'épaisse pellicule d'huile irisée dont la rivière était couverte s'ouvrit comme à regret, elle engloutit le corps sur lequel elle se referma avec des clapotements de contrariété.

Tama rampa dans la vase, chercha çà et là ; il émergea d'un côté – « La corde ! » –, ressortit ailleurs – « Le palan ! ». A chaque cri, il recrachait une eau noire comme de l'encre.

Sur la berge, les hommes s'activaient sous ses ordres et une poutre fut tendue au-dessus de l'eau, une poulie à un bout. Le castor boueux replongea avec la corde dans le liquide d'où, après s'être agité furieusement entre deux eaux, il resurgit bientôt en trouant le voile d'huile.

— Tirez ! cria-t-il.

Il regagna le bord à la nage, s'y hissa et resta quelques instants étendu, les yeux clos, sans plus bouger qu'un noyé. L'épouse de Kim s'empressa, lui tapa sur l'épaule :

— Hé, hé, ça va ?

Couvert de boue de la tête aux pieds, le visage blanc comme un linge, pitoyable, l'Apollon inca gémit :

— D... d... de la gnôle.

La femme courut vers le camp en riant. Elle revint du même train avec une grande bouteille de *shôchû*, frotta d'un doigt couvert de rouille un petit bocal faisant office de verre, l'emplit à ras bord.

— Allez, cul sec !

Le verre brandi sous son nez décida enfin Tama à se

redresser ; il s'assit en tailleur dans l'herbe, la poitrine soulevée de halètements, emplit sa bouche d'alcool puis, renversant la tête, ferma les yeux et se gargarisa à grand bruit avant de recracher une giclée. De l'encre. Au troisième jet, après avoir viré du sépia à des nuances de plus en plus claires de gris, l'alcool était enfin redevenu incolore, et Tama cracha la masse charbonneuse d'un glaire ramené péniblement du fond de sa gorge. Il se tapa sur les cuisses et n'eut qu'un mot :

— Ah, j'suis claqué !

Les compagnons halaient la corde passée dans la poulie. A tout instant, l'un deux venait lui taper sur l'épaule.

— Mon gars, prends-moi des *raba*, lui dit Raba, tandis que Ma Tante se contentait de se frotter à lui avec un sourire niais.

— Chapeau ! dit seulement Tôjô, admiratif.

Dernier arrivé, Kim mâchonnait un brin d'herbe.

— Dis donc, qu'est-ce que tu dirais de deux mille yen le coup, plus une rallonge de moitié la valeur de la quinque ? C'est pas les occasions qui vont manquer, maintenant. M'est avis que tu fais pas une mauvaise affaire, dit-il, le regard en biais.

Tama gardait les yeux fermés, savourant l'alcool, l'air béat. La frange féminine de ses longs cils battit :

— Ça m'va.

Avec ce dernier rouage semblait parachevée l'incomparable mécanique du camp des Apaches.

3

Pêle-mêle ou le panier de crabes

Tous les discours sur le sens de la vie
moi je n'y comprends que dalle !
Laissez donc à nos bons humanistes
le soin de disserter de morale

ROBERT BURNS, *Les Joyeux Mendiants*

Fukusuke avait ainsi rejoint les Apaches, et Kim entreprit sans tarder son initiation. L'enseignement de celui-ci couvrait les matières les plus variées, à commencer par l'argot et le code secret des Apaches, l'utilisation de l'outillage, les types de prises et leur valeur, la façon de négocier la revente au receleur, de donner le coup de pouce à la balance et, à l'inverse, de déjouer les ruses du partenaire pour faire paraître plus légers les objets vendus. D'autres points encore figuraient au programme : comment brûler la politesse aux autres bandes, détourner l'attention des gardes, fuir en cas de coup de main de la police, et comment se comporter en cas d'arrestation, les lois du camp, et jusqu'à l'histoire de la mine de Sugiyama. Kim ponctuait chacun de ces détails techniques de remarques amères et appuyées sur l'injustice qu'il y avait à ce qu'on vît en eux des voleurs. Il se contentait de deux cents yen par jour pour enseigner tout cela – et encore vivre et couvert y étaient-ils inclus –, n'était chiche d'aucun détail et offrait à chacune de ses leçons une ample moisson de trucs et de ficelles, de savoir pratique et d'idées.

Les jours passèrent où Kim, dès qu'il apercevait Fukusuke à la maison ou sur le tas, ne manquait jamais de commencer un nouveau cours ; tant et si bien que son élève, au vu de l'utilité de tout ce qu'il apprenait, dut convenir que l'argent dépensé ne l'était pas en vain. A prêter une oreille attentive et à faire travailler les yeux et les mains, peu de jours lui suffirent pour devenir un Apache à part entière. Cependant, et comme il l'apprit bientôt, il n'était pas le premier à agir ainsi, et d'autres, des lieutenants à présent et non des moindres, chassés de centrale ou de dépôt, d'un bureau de chômage, avaient comme lui échoué dans ce camp inconnu et pris sur leurs deniers pour faire leur apprentissage. Il crut voir le même empressement présider à l'accueil de tout nouvel arrivant, volontiers logé, nourri, puis instruit moyennant finances préalables. Partout la note était identique, le service sensiblement le même.

— Oh ! c'est partout pareil, je suppose : un endroit, ça a ce qui s'appelle sa situation propre, et je voudrais que tu te mettes bien ça dans le crâne. Ici aussi, c'est un cas spécial, avec bien des trucs qu'on voit pas autre part, alors, forcément, ceux du dehors, ils ont tendance à se faire des idées et à nous regarder d'un sale œil. Il arrive qu'y a des choses qu'on voudrait dire, mais qu'on peut pas dire, dans ce cas, tu peux toujours me parler. T'as qu'à faire comme si t'étais devant un arbre creux. Il est pas dit que t'auras pas d'écho, tu sais !

Le premier soir, après ce préambule, Kim avait présenté Fukusuke à toutes ses troupes réunies autour des braseros, puis les avait régalées pour fêter les débuts du conscrit dans le clan. Après avoir disposé autour des foyers plusieurs plats, une bassine et un seau dans chacun desquels s'entassaient jusqu'à ras bord des tripes de bœuf encore toutes chaudes, baignant dans le sang et le liquide séreux, il prit la parole :

— Je me suis permis de préparer ce petit gueuleton, vu qu'il nous arrive un nouveau compagnon. J'espère que vous y ferez honneur...

Le Borgne, Tama, Raba, Ma Tante, Tac-au-tac, Coffre-fort, Patte-Folle, Manchot, la Bécane, Rhumâtisses, Décati... Kim venait à peine de se taire que tous les susdits passèrent à l'offensive. Attroupés autour des braseros et des récipients, ils se mirent à dévorer la tripaille, chacun ajoutant sa voix au brouhaha général. Sans bouger, Gon piquait en virtuose de longues baguettes de bambou dans la viande qu'il rôtissait et trempait dans la sauce, tandis que certains déchiraient les tripes encore crues dont ils se gonflaient les joues, ou que d'autres avalaient des morceaux qui disparaissaient sous une couche de piment rouge. Pas un n'avait la patience d'attendre calmement que la viande fût cuite, de la tremper dans la sauce, de prendre ses baguettes. Voyant sur chacun la mine réjouie, les yeux plissés et la moue gourmande de ceux qui se délectent, Fukusuke saupoudra de piment et s'essaya à manger un bout de cœur à demi-grillé. Dans l'instant même, sa langue s'électrisa et ses yeux s'emplirent d'une brume rouge. Dans son tympan assourdi résonna le cri de Kim :

— Ah, c'est fameux ! Not' Gon, c'est le roi de la sauce !

Les abats de près d'un bœuf entier furent engloutis lors de ce festin. Tout avait été préparé des entrailles de la bête, de l'œsophage à l'anus. Le Borgne et Ma Tante plongeaient les doigts dans la bassine dont ils touillaient le contenu pour repêcher des morceaux de cœur, de rognon, expliquant à Fukusuke que le cœur – ils disaient *heart* –, tendre, se coupait aisément avec les dents, tandis que le rognon – les « fèves » –, plus ferme, craquait à plaisir dans la bouche ; tout pouvait se manger, seule une partie réclamait une certaine attention : la vessie... En fin de compte, n'étaient absents du menu que les cornes du bœuf, sa peau, ses os, ainsi que la viande ordinaire.

— Ecoute : ce qu'on appelle « viande à griller », eh ben, c'est quelque chose de très délicat, ça ne résiste pas à un grand feu ; qu'on chauffe trop et c'est foutu. Hum, comment t'expliquer ? On passe à feu doux, juste ce qu'il faut, et hop, on avale ! Un petit coup de sauce par-dessus et c'est parti, c'est comme ça qu'on fait quand on est une fine gueule.

— Et c'est tous les soirs que vous avalez ça ?

— Et alors, ça vaut pas le coup, peut-être ?

— Oh, pour être fameux, c'est fameux, je reconnais.

— Quoi alors ?

— Ben... c'est que... ce machin...

— Râle donc pas ! Pas tant de chichis et bouffe, va ! Bouffe. Ça te refera le tempérament, conclut Kim, sans interrompre sa pêche boulimique sous le nez de Fukusuke.

Quant à Gon, il ne disait toujours rien, ou presque, dans son coin, occupé à griller la viande et à en gaver ses compères, plongé dans la contemplation de toutes ces bouches bavardes et rieuses. Il prit un soin tout particulier à cuire la viande de Fukusuke, à la lui tremper dans la sauce. Le jeu de ses baguettes, d'une extraordinaire dextérité, d'une précision hors de pair, faisait oublier l'ours mal léché. Réunies comme en un bec d'échassier, les deux tiges voletaient au-dessus de la bassine et du seau, y plongeaient pour écarter et retourner les morceaux, en grappiller les plus tendres qu'elles faisaient ensuite passer sur le gril d'un brasero. Se tendait-il une main qui menaçait la part de Fukusuke, que d'une riposte fulgurante et silencieuse elles becquetaient l'intruse jusqu'à son retrait.

Les morceaux sélectionnés par Gon pour Fukusuke étaient tous tendres, se mâchaient bien ; on devinait à leur degré de cuisson et à leur accompagnement de sauce que Gon y avait apporté tous ses soins. Or Fukusuke fut tout à fait incapable d'en venir à bout ; Gon se leva et alla dans la cuisine, d'où il revint bientôt avec un bol au contenu incertain.

— Ça, c'est pas fort, dit-il brièvement en lui passant une cuiller avec laquelle il fit le geste de puiser, avant de se remettre à sa tâche au gril.

Dans le bol était un liquide transparent au fond duquel reposait une substance blanche qui rappelait une peau découpée fin. Fukusuke en sirota un peu, ne décela rien hormis une imperceptible odeur alliacée. Mais le breuvage anodin avait coulé agréablement sur sa langue, lassée de tripes et de sauce épaisse, et il en avala quelques cuillerées. Sans échapper aux regards de l'assistance qui, le voyant faire, commença à devenir houleuse. Comme ivres et assommés par la ventrée de tripes au sang ingurgitées, ils ne se redressèrent pas moins d'un seul mouvement à la vue de ce simple bol, se lancèrent dans une mêlée furieuse et bruyante où fut pris Fukusuke, qui s'en trouva brutalement dessaisi. L'ustensile semblait avoir des ailes ; c'était à qui s'en emparerait, aspirerait une cuillerée de son contenu, deux au plus car un autre s'en rendait maître à son tour sous les murmures de dépit du dépossédé. Il échoua dans les mains de Kim, mais les quelques secondes écoulées avaient suffi à le vider ; ne restaient plus au bord que quelques parcelles de peau blanche, que Kim se hâta de rassembler avec la cuiller et d'avaler d'un coup de langue gourmand. « Les bonnes choses ont le goût de peu, bon sang... » soupira-t-il en frappant le bol de la cuiller, les épaules affaissées par un profond soupir de déception.

Frappé par la réaction spectaculaire de l'assistance et par la mine désappointée de Kim, Fukusuke s'enquit de la raison, et il fit une nouvelle découverte peu banale.

Au dire de Kim, il s'agissait là en effet tout bonnement de ce qu'on appelle, en coréen, *sekife*, de l'utérus de truie. Lors du dépeçage de l'animal, on retire le viscère en veillant à ne pas l'abîmer, aussi délicatement qu'on le fait pour une poche de glace sur le front d'un malade ; on le découpe sans perdre de temps en fines lamelles que l'on sert crues, sans presque épicer ; pas question bien sûr de faire bouillir ou griller ! Bref, cette peau blafarde, que l'innocent Fukusuke venait d'avaler, n'était autre que l'amnios, et le liquide à la transparence de l'eau, le liquide amniotique d'une truie. Kim renchérit ensuite avec d'autres explications aussi peu ragoûtantes, devant un Fukusuke rendu mal à l'aise et qui se tortillait. Ce qu'ils venaient de manger n'était encore qu'un préambule, un amuse-gueule : le véritable *sekife* est une bouillie de fœtus, pilé avec chair, os, amnios et liquide, bref, le fœtus entier est broyé et s'avale cru, d'une bouchée. Il représente le summum incontesté de la cuisine coréenne, et apprécié entre tous est le moment où l'on avale les globes oculaires du fœtus, encore intacts dans leur épais enrobage de glu protectrice et qui surnagent en faisant les gros yeux. Arrivé à ce point de ses explications, Kim plissa des yeux extasiés et se frotta le menton.

— Ah, là, c'est quelque chose ! Même le gars Roquefélère, il en a pas idée de ce que c'est fameux ! *Seki*, en coréen, ça veut dire bébé, et *fe*, tranche de viande crue ; du bébé cru, par le fait. Une bouchée, et t'es trois jours à plus pouvoir te mettre sur le ventre !

— Allons bon ! et pourquoi ça ?

— Fleur de nave, faudrait voir à débarquer ! Mais ça, ça te libère un homme de son plus grand tracassin !

Un éclat de rire général éclata, il n'y eut plus là qu'une tribu sauvage d'adorateurs du dieu phallus. Les hommes entourèrent Kim et chacun y alla avec passion de son anecdote, puérile hâblerie du genre : « Tu me croiras peut-être pas, mais l'autre jour que j'étais couché, ma main est venue toute seule me tâter le nœud, et voilà-t-y pas que ça crache jusqu'au plafond, même que ça a craqué ! Difficile à croire, hein, ben, n'empêche ! Tiens, si tu veux pas que ça soit dit, amène-toi derrière la maison, tout de suite, tiens, je vais te faire voir... » Fukusuke héla Kim :

— Dis donc ! Si tu te figures que je te paye pour entendre des vannes de ce genre !

Le rire sonore de Kim cassa net ; il tourna séance tenante le dos aux autres et lui fit tout un cours en commençant par la terminologie.

— Primo, retiens bien ceci : les « bourres », c'est les flics, se faire « barquer », c'est se faire arrêter, embarquer, quoi. Deuxio, pour faire le guet, il y a les « plantons » ; ailleurs, on dit « guetteurs », mais pas chez nous. Le butin, c'est la « quinque », pour « quincaillerie », la ferraille. Elle consiste en « broquille », des scories de fonte, et en « clinquant », qu'on ramasse souvent dans les débris des hauts fourneaux et des fonderies ; c'est des crasses de différents métaux qui ont fondu ensemble. Vu que dans la mine on récupère pas mal de cuivre, on dit aussi « vert-de-gris ». Ça rapporte gros ! Le fer ordinaire, ça fait tout juste dans les trente ou cinquante yen les quatre kilos, que le clinquant, ça va chercher dans les cinquante à quatre-vingts. Rigoles-en et tu pourras trinquer un bon coup.

— Rigoler ?

— Briffer, quoi !

— C'est-à-dire ?

— Suer sang et eau à transbahuter des trucs jusque de là-bas, tiens. Le boulot qu'on fait, c'est pas une partie de plaisir, et quand tu sors d'un coup, t'es vidé. Faut dire que souvent t'en fais dans ton froc à rigoler des bricoles qui font jusqu'à des cinq quintaux. Bref, tu finis sur les genoux !

— Rigoler... faire dans son froc... je vois pas...

— Oui, c'est pas très distingué, mais ça parle à l'imagination. Au poil, je la trouve, cette image. Les repiqués, ils se soulagent avant le turbin, à ce qu'ils disent.

— Les repiqués ?

— Oui, les repris de justice. Y en a un paquet, chez nous. Tiens, prends Raba, la Bécane, Coffre-fort, ils ont tous un casier. Rien que des sensitifs, les gars, et un peu là ! Ils disent que pas faire ses besoins pour partir au boulot, ça gêne les mouvements pour bosser. Pour briffer gros, faut poser une grosse crotte et puis, après une bonne récolte de métal, logique de couler un beau bronze, pas vrai ?

— Heu... ma foi...

— Une supposition qu'on soit en plein turbin et que t'entendes des pas. Pour savoir si c'est des potes ou des flics, eh ben, tu fais des petits *tsssi tsssi* avec la langue, deux, trois coups. Si en face on te renvoie les mêmes cris de souris, c'est des nôtres. Une fois, tiens, y a eu un enfoiré qui s'est affolé et qui a crié : « Vous êtes des voleurs ? » Comme connerie, t'avoueras, on fait pas mieux ! Suppose un peu que les flics répondent oui, eh ben, ils n'avaient qu'un saut à faire et on était bons. Et puis surtout, là, c'est la mentalité qui laisse à désirer.

— La mentalité ?...

— Oui. Ils se foutent le doigt dans l'œil, et jusqu'au coude.

— Comment ça ?

— On est pas des voleurs, nous autres.

— Pas des voleurs ? Et qu'est-ce que vous êtes alors ?

— Du calme, y a pas presse. Je vais te raconter ça, petit à petit.

*
* *

— La mine fait partie du Domaine public. Comme c'est une propriété, tout ce qu'elle renferme doit être consigné noir sur blanc dans un registre, et signé et tout. Pour les terrains, il y a ce qui s'appelle le cadastre, pour les maisons, le registre immobilier, t'es au courant. Pas de propriété sans ça. Seulement voilà, pour la mine, on ne sait rien de rien de ce qu'il y a sous terre, ni où. Aux Finances, paraît qu'ils ont un « inventaire », où tout est marqué, les tours, les foreuses, les fraiseuses et toutes les machines. Autrement dit, pour parler comme un avocat, c'est la « preuve écrite définitive et formelle du droit de propriété ». Avise-toi d'en soulever, de ces trucs-là, et tu deviens un voleur ce qu'il y a de vrai, et tu peux toujours courir si t'es épinglé. Bon, maintenant, une supposition qu'on est en train d'en baver comme des bêtes à sortir de la quinque et que les flics rappliquent, qu'ils nous barquent. On va droit au trou. Une fois qu'on y est, les ronds-de-cuir s'amènent, ils voient ça et : « Oh, oh, la belle trouvaille ! Beau travail, félicitations ! » Ils n'ont rien de plus pressé que de compléter leur inventaire et d'y coller leurs tampons. Paf ! paf ! Merci du cadeau !

Maintenant, nous autres, si on ne creuse pas, qu'est-ce qu'elle va devenir, cette quinque ? Bien simple : un tas de rouille, des mottes de terre. Et je ne parle pas de ce qu'il y a sous terre. Tu veux que je te raconte une histoire qu'on m'a racontée ? Il existe une loi spéciale, relative au Domaine public, qui prévoit que toutes les vieilles machines encore en état de marche appartenant à l'Etat peuvent être échangées contre celles de PME, de petits ateliers de quartier, si tu veux, bonnes pour la casse. A première vue, ça a tout l'air d'une loi valable. Eh ben, voilà un patron qui s'amène aux renseignements, la gueule enfarinée ; on lui répond « Affirmatif », et le gars pose sa candidature. Deux ans passent, c'est à peine s'il se souvient de l'affaire quand on l'avertit de refaire une demande, officiellement celle-là : quinze formulaires, paperasses, photos et tout ça. Un mois pour tout réunir ! Là-dessus, le dossier s'en va au service du Commerce et de l'Industrie. Enquête, attestations et tout le tremblement : un autre mois passe. Pas moins de trente tampons qu'il leur a fallu, aux gratte-papier, à raison de huit jours chaque. Attention à pas se fouler le poignet, surtout ! Evidemment, quand on est devant sa tasse de thé et qu'on s'amuse à appliquer son tampon en tirant à pile ou face... Enfin, le dossier finit quand même par sortir de là et par retourner aux Finances : là encore, rebelote : tasses de thé, « j'te tamponne ? j'te tamponne pas ? ». Total, quand la cession de matériel a été autorisée, tiens-toi bien, deux ans et sept mois avaient passé, à ce qu'il paraît. Oui ! Même que l'entrepreneur avait perdu patience et acheté d'autres machines. A ce train-là, les perceuses, tu parles si elles étaient bonnes à mettre au rancart ! Voilà le résultat, tiens, avec leurs tasses de thé, leur petit jeu, leurs règlements : des machines magnifiques encore fin prêtes à tourner, foutues ! Bande de branquignols !

Maintenant, mettons qu'on est des voleurs. Pour nous traiter de voleurs, faut des preuves, t'es bien d'accord avec moi, on fourre pas les gens en cabane comme ça. Qu'est-ce qui va servir à nous faire coincer, dis-moi ? La quinque, pas vrai ? Ou plutôt, pour parler scientifiquement, les empreintes digitales laissées dessus. Pas d'empreintes, pas de voleur. C'est pour ça que les professionnels vont pas au turbin sans des gants. Nous, pourtant, on en met pas. Pour une bonne raison : comme dit l'autre, les empreintes digitales n'apparaissent à l'expertise que sur des surfaces planes, des vitres, des plaques, des objets lisses, quoi. Et toute la ferraille est tellement rouillée qu'elle n'a plus de forme, elle est couverte de terre, et crois-moi que nos empreintes, il y a pas de risques qu'ils en dégotent. Qu'est-ce qui leur reste à faire, alors ? Eh bien, une enquête pour identifier le propriétaire. C'est-à-dire qu'ils convoquent un de ces messieurs buveurs de thé des Finances à qui ils montrent la ferraille pour savoir si elle est à eux, et ça se passe comme je viens de te raconter : « On dirait bien... mais de là à pouvoir l'affirmer... » Conclusion : pas d'enquête scientifique possible. Et même nous sachant tous suspects, les huit cents qu'on est, on aurait beau avoir laissé une montagne de ferraille sur le terrain qu'ils ne pourraient rien contre nous. Intouchables ! Il y en a pour se réjouir : « Ah, quel pied ! » Mais motus surtout, c'est pas des choses à dire, même si t'es barqué !

Bon, tu vas me demander : « Justement, alors, comment est-ce que vous faites pour vous faire barquer ? » T'imagines qu'ils vont arpenter toute la mine avec à la main le registre des empreintes des huit cents bonshommes du camp ? C'est qu'elle fait cent hectares, tu sais. Tu les vois faire tout ça à quatre pattes, en semant leur poudre d'aluminium ! Pas pensable. Et pas moyen de réunir de témoignages, vu qu'il n'y a pas de victime. Des aveux ? Suffit de garder le silence, la loi nous en donne le droit, et point final ! Reste un moyen, ce qu'on appelle le « flagrant délit », la façon la plus moche de se faire avoir. Ils s'embusquent là où on va, et crac : « Au nom de la loi ! » Ils nous tombent sur le paletot. Oh, mais c'est pas si facile ; nous, on installe des plantons et on se rencarde avant l'opération.

Alors, les flics, qu'est-ce qu'ils font ? Eh ben, ils profitent de la nuit pour pénétrer en douce dans la mine et ils attendent dans l'herbe, sans bouger. A part ça, que veux-tu qu'ils fassent, je te le demande ? Et qu'est-ce qui arrive quand on attend dans l'herbe ? Eh ben, des moustiques. Ceux du coin, c'est des bestioles énormes, des cousins qu'avec une piqûre t'as l'impression d'avoir une aiguille de seringue qui t'entre dans la viande. Pour te dire, paraît qu'une fois, un agent qui revenait du pique-fesses a parlé d'« Opération Piqûres de moustiques » dans son rapport ! Faut compatir !

N'empêche qu'il faut pas voir à prendre les bourres pour des imbéciles. En face, ils en ont sous la casquette, tous autant qu'ils sont ; drôlement plus forts que nous. Jamais en panne d'idées pour nous épingler. Par exemple, on colle un planton devant le commissariat ; le gus est chargé de prévenir le camp dès qu'il voit débouler les gardes mobiles : il laisse tomber son esquimau et il nous donne un coup de fil. Nous, à ce moment-là, pfuit, plus là ! Une trouvaille que ce système ! Eh ben, une fois, on s'est fait blouser, et en beauté ! Le planton nous avait bigophoné qu'il venait de voir sortir les gardes mobiles, et malgré ça, pas un de ces messieurs... Tiens, tiens, il y aura encore eu du grabuge quelque part avec les gauchistes et ils seront partis les calmer, qu'on s'est dit ; alors, on est retournés à la mine, la nuit, à toute la bande. Mais voilà pas qu'ils se pointent en rangs serrés, qu'on aurait pas passé un poil entre, avec des projecteurs sur leurs engins ! Ah, on a passé un sacré quart d'heure, tu peux me croire ! La fois d'après, autre chose : c'est à une cinquantaine qu'ils ont rappliqué, le soir. Là, on avait eu le nez creux, et on était tous en ligne sur la berge, en caleçon, à se marrer. Le commissaire s'est foutu en rogne, il est reparti en nous engueulant et en nous menaçant de nous faire passer à tabac. Nous, on était sûrs qu'ils n'étaient plus là, puisqu'on les avait vus repartir, mais – pour te dire les enfants de chœur ! – il y en a une vingtaine qui ont pu rester cachés dans les *susuki*, grâce à la brume. Là, on y a vu que du feu ! Pensant que c'est bon, on y va, mais les voilà qui bondissent des fourrés. « Fini la rigolade ! » J'aime mieux te dire qu'on en a vu de toutes les couleurs ! Et c'est pas tout, voilà M. le Commissaire soi-même qui nous fait l'honneur d'une visite au camp, avec des salutations du genre : « Attendez-vous à une répression plus sévère... » Ça nous a mis la puce à l'oreille, tous les gars de jour qui se faisaient épingler sans qu'on voie la queue d'un. A quoi ça rime encore, tout ça ? qu'on s'est dit, et on a demandé à un gus qui revenait de purger de la taule. Ah, ils avaient bien combiné leur coup ! Des civils nous attendaient, déguisés en manœuvres employés par la mairie, tu sais, pour réduire le chômage, qu'on occupe à la journée à des boulots de tire-au-cul, histoire de finir les crédits. Manquait plus qu'ils fassent semblant d'en être ! Restait qu'à passer la main. Même plus possible d'aller démarcher ! Sale coup, qu'on s'est dit, et tu peux imaginer la gueule qu'on tirait. Et puis, après avoir réfléchi un bon moment, il nous est venu une idée du tonnerre : nous aussi on allait se changer en manœuvres. A l'Agence pour l'emploi, il n'y a que des gars qui ne se connaissent pas, ils peuvent pas vu que c'est jamais les mêmes qui rappliquent ; comme signe distinctif, ils n'ont qu'un brassard. Alors, on a acheté du coton blanc qu'on a coupé à la bonne taille et on est allés demander au fabricant d'enseignes d'y écrire ce qu'il fallait. Après, on a envoyé nos démarcheurs avec ça au bras. Ça n'a pas fait un pli ! N'importe comment, les manœuvres, c'est ni plus ni moins que des clochards, et pour ce qui est de jouer les clochards, c'est plutôt notre partie à nous, hein ? A partir de ce moment-là, il a plus été possible de faire la différence. Les flics en auraient chialé, et nos gars qui leur font, mine de rien : « Les Apaches, sacrée engeance, pas vrai ? » et les autres : « Oh mais, ils sont bien plus capables que vous tous, et ils sont organisés, eux... »

C'est des compliments à notre propos, ça, t'es d'accord ? Tout le monde était content que notre compétence soit reconnue. Mais quand même, c'est pas sans mal, tu sais.

Du même coup, on a eu une autre idée géniale : les manœuvres ne sont pas des flics, ni des gardes ; le tout, pour eux, c'est d'empocher leur paye, ils n'en demandent pas plus. On s'est donc réunis et on a décidé d'essayer de leur graisser la patte. Enfin, je dis ça, mais c'est un bien grand mot puisque aussi bien ces gars-là sont des victimes de notre saleté de société, qu'ils fument même les clopes ramassés par terre. Alors, je suis allé en trouver un, avec un paquet de cigarettes, je lui ai expliqué le topo, ceci, cela, et je lui ai demandé de nous aider. « Ah, vous aussi, vous êtes bien à plaindre, qu'il fait. Si vous pensez que ça peut vous rendre service... » Ni une ni deux, il accepte. A partir de là, dès qu'il découvrait quelque chose pendant son travail, il nous tuyautait en douce, sans rien oublier. Et avec une mine aussi vaste, on avait du boulot plus qu'on pouvait en abattre. On ne se sentait plus : un manœuvre à notre disposition, tu parles de l'aubaine ! Et puis, un jour – ah ! que les gens sont faibles devant l'argent ! –, voilà qu'il demande combien rapporte la ferraille, et un abruti va lui raconter que ça fait tant de ci, tant de ça... Quand il a entendu ça, l'autre, il s'est foutu en pétard et vlan ! la pelle par terre. Il avait tourné Apache, quoi ! Il nous avait eus ! Mais que veux-tu y faire ? Du coup, je l'ai pris avec moi, je lui ai fait son instruction depuis zéro, en me faisant payer.

Le problème suivant, c'est les gardes. Avec eux non plus, c'est pas simple, on a du fil à retordre. Actuellement, il y a deux postes de garde pour la mine : un sur le pont Benten et un autre au portail de l'ancienne usine, bref, aux bonnes positions. Si c'était seulement libre, on n'aurait pas cette corvée de passage en barque, on traverserait à fond de train avec nos taxis, on chargerait la came et on pourrait revenir toujours en fonçant. Bon, nouvelle discussion ; on s'est dit qu'on pourrait peut-être se les mettre dans la poche, eux aussi. Petite enquête par-ci par-là, plutôt, disons qu'on est pas du même bord, mais on a un air de famille, et on se rend compte qu'en face non plus, c'est pas la joie. Non, parce qu'ils ont beau être employés par les Finances, ça n'est jamais qu'à titre de vacataires et ils ne sont pas syndiqués. Leur sort n'est pas enviable ! Tout juste trois cents yen pour vingt-quatre heures de service, à ce qu'il paraît. Etant donné qu'on s'active jour et nuit, ils sont obligés de maintenir une surveillance permanente pour nous tenir à l'œil. Et ça sans fixe ni indemnités d'heures supplémentaires, les repas même pas compris, pour trois cents malheureux yen ! Sans syndicat où ils pourraient ramener leur mécontentement. Pas drôle, hein ? C'est un point sur lequel on pouvait jouer. Quand j'ai estimé que le moment était venu de les entreprendre en douceur, je me suis débrouillé pour les emmener dans un boui-boui à brochettes de Kyôbashi, un par un, et je les ai fait boire. Chez eux aussi on trouve toutes sortes de gens : maintenant, il y a ceux qu'on appelle Caporal, Déplumé, Areu-Areu, Chaude-pisse, la Limande, la Bouilloire, Citrouille, Poubelle, eh ben, à part Déplumé, ils ont tous capitulé. Caporal a de l'instruction : « Ah ! faut vraiment que la politique au Japon soit en dessous de tout pour que vous soyez forcés d'en arriver là ! » qu'il me fait au moment de s'écrouler, et boum, à dame le nez dans son verre. Areu-Areu, lui, la paralysie l'empêche de parler ; pour Chaude-pisse, une canette et rideau ! Avec Tac-au-tac, la Limande, la Bouilloire, Citrouille, Poubelle, là, comme à la parade, tête droite, droite ! Enfin, ça ne changeait pas beaucoup des manœuvres, quoi. Je te les ai allongés à petits coups de chopines de saké, je les regardais venir à moi, baisser pavillon sans résistance, que ça faisait du bien à voir, et je pensais : « Ah, les lavettes ! »

C'est vrai que ce boulot n'est pas leur raison de vivre, ils sont seulement entretenus sur les miettes de budget que laissent les bureaucrates véreux, mais si au moins ils avaient un syndicat pour se défendre et obtenir des garanties, s'ils résistaient sérieusement... Mais penses-tu ! Rien que des dégonflés finis. Caporal, lui, il a bien sorti des choses sensées sur l'indigence des politiciens, et patati et patata, mais ça l'a pas empêché de se faire étendre à la chopine kif-kif, l'emmanché.

Eh ben, dans tout ça, il y avait un drôle de zèbre. Va te faire foutre, avec lui, il a rien voulu savoir, et c'est pas faute de l'avoir invité, pourtant ! Je veux parler du gars appelé Déplumé, le surveillant en chef ; tout patron qu'il est, il n'est pas logé à meilleure enseigne, vu qu'il fait partie des fauchés à trois cents yen. Lui non plus n'est pas heureux de son sort, forcément. Je m'en vais donc le trouver, je lui fais des avances : « Ça doit pas être drôle, dites donc... mon pauvre... les temps sont durs, hein ? » Et lui qui biche, parti à déblatérer. Qu'est-ce qu'il a pu leur passer, tiens, aux Finances, au gouvernement ! Ah, il te les a soignés ! Faut dire qu'il a une bavette comme pas deux. Jusque-là, du billard. Moi, j'en profite pour lui faire, comme ça :

« Dites, qu'est-ce que vous diriez de s'en jeter un, ce soir, du côté de Kyôbashi ?... »

Aïe, qu'est-ce que j'avais pas dit ! Tout de suite, il prend la mouche, une vraie cafetière en ébullition :

« Vous pouvez rempocher vos cigarettes et votre argent ! Et gaffe à votre gueule si vous voulez me soûler ! »

Tout furax, le gus ! Tiens, pour te dire que je n'invente rien, les quatre autres collègues l'ont entrepris à tour de rôle et pas un n'en est venu à bout. Et quand nos lieutenants sont allés à la ferraille, ç'a été pour trouver le Déplumé campé dans sa guérite : « Passerez jamais ! »

L'ahuri, tu te rends compte ? Comme si c'était possible de garder seul tous ces hectares ! Ils ont forcé le passage en le bousculant, mais il s'est mis à pousser les hauts cris, à pleurer et il a téléphoné à la police. Et aux Finances. Et c'est qu'en plus, il nous a coursés, tout seul, figure-toi ! On comprenait pas du tout pourquoi il était si acharné. Alors, un jour, je retourne le voir, je lui propose de négocier au grand jour puisqu'il ne voulait pas du restaurant. Rendez-vous est pris dans la mine ; là, je lui explique tout, patiemment. Et alors, il me fait :

« Evidemment, vous êtes bien à plaindre... On parle de vous comme de gens sans foi ni loi, des voleurs qui, en fait, n'en sont pas vraiment. Ce sont plutôt ceux du gouvernement qui mériteraient d'être traités comme ça. Tiens, il y a longtemps, c'était à l'école, j'ai lu une histoire dans un livre de morale. Il s'agissait d'un savant, en Europe, j'ai oublié son nom, qui s'était empoisonné alors qu'il était innocent, parce qu'on l'avait condamné et que, comme il a dit : "La loi est dure, mais c'est la loi." Eh ben, c'est comme qui dirait mon état d'esprit de maintenant. Je comprends bien votre situation et si je vous casse la baraque, c'est pas parce que je veux faire du zèle pour les Finances. Seulement, il se trouve qu'il existe une loi qui défend de déterrer la ferraille, et cette loi, c'est mon devoir de la faire respecter. Si vous la trouvez dégueulasse, vous n'avez qu'à faire la révolution. Que la loi change, et moi je passe dans votre camp. »

Voilà à peu près les arguments qu'il a eus pour attaquer. Ça se tenait autrement que chez Caporal, hein ? Fallait que je réponde à ça.

« Moi aussi, il y a une histoire que j'ai apprise dans un bouquin de morale. Je me rappelle même très bien : Galilée, qu'il s'appelait, c'était un savant européen. Il a eu des ennuis avec la justice pour avoir déclaré que la Terre tournait. On lui a fait un procès, on lui a secoué les puces pour qu'il se rétracte. "Faut bien vivre, y a que ça de vrai" qu'il se dit, et il accepte. Mais il en avait gros sur la patate. "Bon, admettons, je retire ce que j'ai dit." Tout le monde croyait qu'il avait retourné sa veste, mais l'autre, qui pouvait décidément pas digérer ça, au moment de sortir de la salle de tribunal, il se retourne, raide comme un acteur : "Et pourtant, elle tourne !" qu'il leur lance. Ça fait pas plaisir, un gars comme ça ? Eh ben, nous, maintenant, c'est à peu près notre état d'esprit. Laissez faire ces foutus fonctionnaires et, au lieu de ferraille, vous n'aurez plus que de la terre. C'est là qu'on a notre rôle, nous autres. Oh, évidemment, on n'a pas de procédés de midinettes, mais quand on récupère les matières premières, on ne travaille pas pour le pays, peut-être ? Les choses, faut pas les voir par le petit bout de la lorgnette. On sait tous pertinemment que ce qu'on fait est illégal, mais cette vérité universelle, on y tient et on est prêts à tout pour la respecter. Pas question qu'on accepte le bouillon d'onze heures sous prétexte qu'il est légal et que la loi est la loi, quelle qu'elle soit ! Je comprends bien votre point de vue, et vous comprenez bien le nôtre, je crois. Alors, on pourrait peut-être reprendre la discussion quelquefois ; tiens, pourquoi pas ce soir, vers Kyôba-shi ?... » que je lui dis à peu près pour renvoyer la balle. Mais il a pas marché en fin de compte.

On dirait que Déplumé a des idées bien arrêtées sur son travail. Il croit mordicus qu'il n'est pas un garde au service des Finances, mais qu'il a pour mission de défendre la loi. Un jour que c'était congé à l'école, pour la fête des Nouveaux Adultes, trois ou quatre gosses étaient allés ramasser de la brocante. Notre Déplumé se pointe : « C'est pas des choses à faire un jour comme aujourd'hui que c'est fête. Tenez, voilà des sous, payez-vous des illustrés si vous voulez et rentrez sagement à la maison », qu'il leur fait, et il leur file à chacun cent yen. Ça fait mal, cent yen, pour un gars qui en touche trois cents à la journée ! Cent yen, qu'il leur donne, aux gosses, prêts à pleurer ! Mais il y en a eu un qui lui fait : « C'est parce qu'on a besoin de sous pour la classe qu'on est là, on en veut pas des tiens, rends-nous notre quinque ! » Et il lui arrache leur sac des mains et pfuit ! envolés ! Paraît qu'il en a chialé, l'autre, en voyant ça. Ah, drôle d'époque !

Tout ça pour te montrer que Déplumé est buté comme un cent de mules. C'est dans son caractère, il ne peut pas admettre la malhonnêteté. Ça explique qu'il soit furieux de voir que tous les autres sont achetés par nous et relâchent leur surveillance, font semblant de ne rien voir et nous communiquent en secret des filons. Mais eux, ils s'en foutent et il a beau se démener comme un diable pour faire respecter sa loi, il n'y a personne pour le suivre. Et notre zig, tout seul, qui s'essouffle à nous courir après ! Le lieutenant du groupe Tokuyama, celui qui s'est fait virer d'une mine du Kyûshû parce qu'il avait agité le drapeau rouge, il explique le cas de Déplumé avec des mots bien compliqués, comme quoi on a là un spécimen de dirigeant issu des masses, coupé de la base, et qui se conduit en petit chef. Moi, je vois surtout qu'il marche à côté de ses *jikatabi*. Enfin, disons qu'en ce qui nous concerne, ce n'est pas qu'on le comprend pas quand il agit comme il le fait, après tout il est boulot-boulot, c'est de bonne foi, et on essaye de lui sauver la mise en évitant de passer trop souvent devant le poste et de se faire remarquer les jours où il est de garde. Avec les autres vigiles, il est entendu qu'ils doivent siffler quand ils approchent dans le noir, qu'on sache que c'est eux et pas des flics, et nous, quand on a une rentrée d'argent après un coup, ben, on leur offre un petit quelque chose, histoire de prouver que nous aussi on est réguliers. Faut penser à ci, penser à ça, tu vois tout le mal qu'on se donne !

*
* *

Personne n'aurait pu dire combien de dizaines de milliers de tonnes de bombes avaient été déversées sur ce paysage en ruine, désormais méconnaissable, recouvert de toutes parts de mares et de monticules, parsemé de cheminées et de pans de murs. Ces derniers avaient appartenu aux usines d'armement, et dans la brique rouge patinée par le temps écoulé depuis l'ère Meiji s'ouvraient en enfilade les yeux mornes d'innombrables fenêtres. Seuls régnaient là, sans partage, le fer, le sable et les herbes folles, qui faisaient de ces cent dix hectares un horizon de mort accompagnant le regard jusqu'à ses limites. Pas la moindre mouche dans ce désert. Si l'absence de toute matière organique interdisait d'en trouver une seule, par contre, peuplaient les lieux des nuées de vigoureux cousins, les moustiques se nourrissant de la rosée de l'herbe. Pas une mouche sur un terrain de cette ampleur, en plein centre d'une agglomération japonaise ! Gageons que pareille carence était unique.

Les herbes ? En fait, des *susuki* que leur turgescence faisait prendre pour des bambous et dont la forêt recouvrait tout l'endroit. Racines plongées dans le sol aride, cette jungle avait hissé sa cime, poussée après poussée, jusqu'à dépasser largement la taille d'un homme, et elle était maintenant si drue qu'un pas à l'intérieur suffisait pour se dérober complètement, alors même que la voix parvenait claire au-dehors. Les Apaches fuyaient-ils devant les policiers en s'enfonçant dans ces épaisseurs, la poursuite devenait impossible. Mais l'inverse se produisait également quand des agents s'embusquaient dans les fourrés qui auraient pu avaler confortablement vingt ou trente personnes sans en rien laisser paraître, ce qui contraignait les autres, tout Apaches qu'ils fussent, à une vigilance de tous les instants. Ce fut Kim qui entreprit le récit des parties de gendarmes et de voleurs auxquelles Apaches et policiers se livraient au milieu de la végétation.

Les *susuki* poussaient sur la terre que le souffle des bombes avait généralement soulevée de dessous le sol de béton des usines et dispersée en épaisseurs irrégulières : ici simple fond, là épais tapis. Pourtant, quel que fût l'endroit, la pioche rencontrait presque toujours très vite la carcasse de béton d'un ancien sol d'usine, enfoncée à des profondeurs et sur une superficie inconnue. Divers rebuts dormaient entre surface et béton, pris dans cette couche de terre qui livrait, à mesure qu'on creusait, des matières d'une diversité invraisemblable. C'était de l'outillage des anciennes usines, des conduites d'acier pour l'eau et le gaz, leurs valves et leurs joints énormes : c'étaient des lingots, des fûts de canon, des essieux, des minerais – tous matériaux en entrepôt au moment des bombardements –, ou encore des rails, des roues, des fils téléphoniques, des crasses métalliques, voire bien d'autres choses dont la provenance et la nature étaient chaque fois une surprise. Si le plus clair de ce qui était à l'air libre avait été récupéré, comme les grues, les machines-outils, les véhicules, le reste était demeuré à l'abandon, intact. Il faut croire que, sous les *susuki*, couraient les mille veines d'un inépuisable filon de cuivre, de fonte, d'aluminium, de plomb, d'acier... L'endroit méritait assurément l'appellation de « mine » de Sugiyama que lui donnèrent les Apaches, du nom du quartier.

Les opérations de fouille avaient lieu de nuit, en règle générale ; il s'agissait de creuser aux endroits prospectés avec succès par les arpettes pendant la journée. Le travail requérait célérité et silence, car on ne savait quand pouvaient surgir des policiers. Si les Apaches emportaient des lampes de poche, ils ne s'en servaient que rarement, en les masquant de la main ; parfois un bref rayon à leurs pieds, pour se repérer, et c'étaient déjà les ténèbres, les masses brandies et les pioches abattues avec une frénésie aveugle. Impossible de reconnaître qui venait de vous frôler parmi toutes les silhouettes en action. Un bruit de pas parvenait-il alors que cessait le travail, se retenaient les souffles, s'échangeaient les chicotements convenus : *tsssi tsssi*...

Même chose de jour, quand ils parcouraient pelle à la main la profondeur des *susuki* et que ceux-ci se mettaient sous leurs yeux à s'agiter et à bruire. Inutile de chercher à reconnaître le responsable derrière le paravent trop dense : là encore, les bouches s'arrondissaient pour siffler. Devenu Apache, et sur l'ordre de Kim, Fukusuke sillonna en tous sens la plaine aux *susuki* pour se familiariser avec la topographie de la mine.

— Ecoute-moi bien : si tu tombes sur un gars d'une autre bande, tu l'entreprends sur les femmes, sur la bouffe, sur tout ce que tu veux, pour tâcher d'apprendre, l'air de rien, ce qu'il a trouvé et où. Surtout, va pas parler de ce que toi tu as fait ! C'est tout ouïe qu'il faut être. Œil américain et oreille fine, vite à chier, vite à détaler, voilà notre devise. Prudence, un inconnu est un voleur en puissance, comme on dit !

Fukusuke partit en exploration muni de ces conseils, mais fut d'abord complètement désorienté au premier pas dans la jonchaie. Il était comme égaré dans des halliers, sans la plus petite idée du genre d'usine qui s'élevait naguère sous ses pieds, donc de ce qui pouvait être enterré. D'autant que les ferrailles ne se cantonnaient pas aux ruines et à leurs abords. Ainsi, une bande avait eu la grande surprise de tomber sur une chaudière de fonderie, de plus de cinq quintaux, sous un chemin abandonné par tous depuis des lustres.

Désemparé, Fukusuke donnait sans empressement, à l'estime, de petits coups de pelle à la racine d'un *susuki* lorsqu'une face patibulaire surgit des fourrés :

— Alors, gars, on fait recette ? lui lança la trogne tandis qu'un regard filait comme l'éclair sur l'amorce du trou.

Pour une raison de lui seul connue, l'homme avait retiré son pantalon qu'il portait enroulé autour du cou et il n'avait qu'un pagne pour tout vêtement ; un pic à la main et des sandales de caoutchouc achevaient l'insolite tableau. D'un coup d'œil on devinait l'Apache.

— T'es de quelle bande ?

— D'un gars qui s'appelle Kim ou quelque chose comme ça.

— Nouveau ? Cherches de la came ? Paumé, je parie...

— Ouais, m'en parle pas !

— De la quinque, y en a partout. Partout, c'est comme pour les gonzesses. Quand on avance au milieu des *susuki*, qu'on dégote de la quinque, on « rigole » ; et la nuit, qu'on est à siffloter et à rigoler là-dedans, c'est comme si on fourrageait dans un autre genre de végétation.

Lancé de but en blanc dans ces propos, l'homme s'esclaffa, mais si la bouche libérait ce rire, les yeux ne perdaient rien de leur éclat, braqués obstinément vers le trou que Fukusuke venait d'entamer. Celui-ci le remarqua et y vit la confirmation de la justesse d'observation des avertissements de Kim.

— Tout juste ! Exactement comme avec une femme. Tiens, au fait, l'autre soir au Nouveau Monde, j'en ai reluqué qui jouaient à l'allumette.

C'était la première chose qui lui était venue à l'esprit. A ces mots, l'éclat s'éteignit d'un coup dans l'œil de l'homme, qui eut comme un léger bâillement d'ennui :

— C'est pas tout ça... A un de ces quatre ! fit-il, jetant hâtivement son pic sur son épaule avant de rejoindre l'épaisseur des *susuki*. Il n'y avait rien à gagner, il était parti. De quoi laisser rêveur.

La bourrasque n'avait rien épargné et semblait avoir projeté la terre sur les objets les plus invraisemblables, dans de non moins invraisemblables endroits. Diverses légendes s'étaient répandues dans le camp concernant l'éparpillement de cette ferraille. On racontait qu'un membre de certain clan avait découvert que la motte de terre sur laquelle il venait de trébucher, parmi les herbes, était du manganèse ; qu'une vieille femme avait trouvé des éclats de diamant industriel sur le bord du canal. L'homme avait eu son attention attirée par la disproportion insolite entre le poids de la motte et son volume, la masse du manganèse étant près de dix fois supérieure à celle du fer ; quant aux diamants, il n'y avait aucun doute : ils faisaient partie de ces pierres cédées par la population pendant la guerre, et dont les moins précieuses avaient fini sur les machines-outils des usines d'armement, ce qui justifiait tout naturellement leur découverte dans les décombres. Certes, si ces rumeurs, auxquelles leur naïveté conférait un caractère de véracité, étaient des paraboles, matières à aiguiser les sens auditif et visuel, elles n'en relevaient pas moins pour la plupart de l'affabulation. Jamais plus on ne découvrit de manganèse, et les bords du canal ne livrèrent plus que de la vase. Il était fréquent, par contre, de découvrir les métaux les plus recherchés là où l'on s'y attendait le moins.

C'est pourquoi le moindre arpent de ce million de mètres carrés de *susuki* s'emplissait de voix ; chacun pouvait creuser où il voulait sans provoquer de soupçons, et sur les chantiers se croisaient en permanence propos de fesses et de gueule.

— Ça non plus, je suis pas contre : trouver de la quinque en creusant au petit bonheur, pourquoi pas ?

Seulement, moi, je n'aime pas trop cette chasse au gros lot. Ma devise à moi, c'est « minimum d'abord ». Je fouille où je suis sûr qu'il reste quelque chose ; les bombardements ont peut-être foutu la pagaille, mais il reste de la denrée, ça peut pas être autrement. Bref, je m'assure mon minimum à cent pour cent. Après, il est pas dit qu'avec un peu de chance je ne vais pas décrocher la grosse affaire. Mais là, faut laisser faire le hasard. Vu ? Tiens, va donc musarder sur les ruines des usines et aux alentours.

Après avoir prévenu Fukusuke de ne pas se gaspiller en cédant bêtement à la fièvre de l'or, Kim lui mit sous les yeux, l'espace d'un instant, un papier d'emballage de bouteille, un chiffon de papier dont il ne se séparait jamais, pour garder des regards indiscrets le plan qu'il y avait tracé au dos. C'était cette carte qu'il dépliait chaque fois qu'il venait d'obtenir un renseignement sur un filon, de la bouche d'un manœuvre, d'un démarcheur, d'un garde ou d'un autre informateur, pour en repérer l'emplacement et monter l'opération. C'est là encore qu'il avait l'habitude de noter discrètement, à petits traits, les lieux de trouvaille et la nature de la ferraille mise au jour par les autres clans, renseignements conquis de haute lutte, à force d'opiniâtreté et de minutie. Il était le seul à pouvoir débrouiller ce réseau de traits et de signes, ce dédale de pattes de mouche, défi à quiconque aurait trompé sa vigilance maladive : une heure de lecture attentive ne pouvait suffire à voir autre chose qu'un furieux gribouillis de lignes et de points.

— Fukusuke, à ton avis, je me suis débrouillé comment pour la faire, cette carte ? Ni à la police, ni aux Finances, ils n'en ont une aussi précise, tu sais. Le genre de l'usine, où elle était, l'aspect de la mine avant et celui d'aujourd'hui, crac, je te sors tout ça sans erreur, suffit de demander. Tiens, mais que ça reste entre nous, hein ? Pendant que tout le monde courait et creusait par-ci par-là, moi j'ai déniché, avec bien du mal, un ancien qui avait passé plusieurs années à travailler là, et je lui ai fait faire une enquête sur le terrain. Une enquête quasi scientifique, pour retrouver l'emplacement des entrepôts, leur contenu, les magasins de matières premières et de marchandises. Alors, tu vois que tant que tu seras avec moi, tu y trouveras ton compte.

Kim eut un sourire narquois et offrit à Fukusuke un verre de *doburoku*[1]. Cependant, dans quelle mesure pouvait-on se fier à ce fameux plan ? Fukusuke n'aurait su le dire en dépit des affirmations de Kim. En effet, si ce dernier faisait valoir sa tactique, il n'en demeurait pas moins que l'essentiel des revenus du clan était très aléatoire, tributaire d'un coup de pelle heureux, de potins de banquets et de corps de garde. Et ceci n'était pas le lot du seul clan Kim : l'existence de tous – clans et hommes – n'était qu'une alternance ininterrompue de ruses réussies et de ruses déjouées.

Fukusuke connut sa première déconvenue lors de sa rencontre avec les flics ; ce fut ce qui s'appelle une belle erreur de débutant.

L'objectif du jour était un tube nouvellement découvert qu'il fallait découper, et lui, qui n'avait encore jamais manié de scie à métaux, interrompit son travail de prospection pour être incorporé au groupe des lieutenants. « RAS », s'accordaient à annoncer les rapports des sentinelles qui avaient passé la journée devant et derrière le commissariat, et celui de la vigie qui avait surveillé les faits et gestes des gardes en flânant devant leur poste. L'effectif du clan Kim se mit donc en marche, comme un seul homme, pantalons ficelés aux chevilles, sandales de caoutchouc, et équipés de pied en cap de leur arsenal de voleurs.

1. *Doburoku*. Saké non clarifié.

La nuit était fort avancée quand ils débarquèrent du *Soleil Levant* et s'enfoncèrent dans la mine. De-ci, de-là résonnaient distinctement les coups sourds des masses et les grincements aigus des scies d'autres groupes déjà à l'œuvre. Fukusuke et ses compagnons, sur les pas du Borgne, se glissèrent à tâtons dans les *susuki* et progressèrent, courbés, à travers l'obscurité, saluant de piaillements les groupes qu'ils croisaient.

Le tube était en acier ; il suffisait de le découper aux trois quarts et de lui assener un coup de masse. Un ordre du Borgne dispersa l'équipe arrivée à pied d'œuvre. Fukusuke enjamba le tube avec une grande bouteille d'eau savonneuse qui servait de lubrifiant. Installés de chaque côté du tuyau, le Borgne et Ma Tante firent aller et venir la scie tandis qu'il répandait le liquide bon marché, puant la soude, à l'endroit où la lame attaquait le métal. Une vingtaine de minutes devaient avoir passé :

— Bien, un bon coup maintenant.

— Ouais.

A la seconde même où le Borgne et Ma Tante allaient se relever, la masse à la main, ils eurent la sensation d'énormes bolides surgissant dans leur dos. Le Borgne s'écroula en hurlant vers la nuit :

— Les fliiics !!!

Larguant sa bouteille, Fukusuke prit ses jambes à son cou. Ce fut, à cet instant précis, comme si la nuit de la lande venait d'être déchirée en lambeaux par les bruits de pas et les cris. Jaillissements des torches, hurlements des Apaches, galopades des agents, frissons des feuilles. Un Fukusuke éperdu se jeta dans les ténèbres ; il trébucha, piqua une tête dans les touffes d'herbe et, dévalant une pente gluante de vase, alla plonger dans l'eau d'un trou de bombe transformé en mare. A l'instant de la chute, il sentit un souffle lui frôler la nuque. Les pas étaient dejà loin, accompagnés d'injures lancées à haute voix.

— Gare à ton matricule si t'essayes de foutre le camp !

Les clapotis devaient être passés inaperçus car les pas s'éloignèrent, tandis qu'au passage bruissaient les *susuki* s'ouvrant devant eux, puis s'éteignirent. « Ce que ça pue ! » C'est avec peine et après avoir ingurgité une bonne quantité d'eau que Fukusuke se hissa sur le bord du cratère, s'allongea dans l'herbe. Il ignorait le sort de ses compagnons. Il était à présent sur un sol ferme, mais les alentours résonnaient encore de bruits de pas et de cris. Un fuyard était à la recherche des siens :

— J'suis du clan Toku ! C'est Mine, du clan Toku !

On s'approchait de la cachette de Fukusuke sans l'avoir vu, apparemment, et ce dernier, par précaution, siffla le signal. Les pas marquèrent un temps d'arrêt, comme perplexes, puis :

— J'suis Mine, du clan Toku, murmura-t-on, faisant suivre un petit cri de mulot avant de venir en direction de Fukusuke. « Quand même, quelle infection ! » Suffoqué par l'odeur fétide qui s'exhalait de son corps couvert d'algues vertes, tremblant de froid au surplus, il entendit l'approche des pas, qui s'arrêtèrent tout près de lui. Il émit un nouveau sifflement. Instantanément, de l'obscurité des fourrés devant lui jaillit une tornade et il reçut un violent coup à l'épaule. Il voulut se relever, mais cette fois un choc terrible le faucha à la hauteur des genoux.

— Merde !

Il tenta de s'enfuir à quatre pattes, mais fut pris dans le faisceau lumineux d'une lampe de poche, et un coup de pied dans le bas du dos l'envoya de nouveau bouler au fond du cratère. Le policier se tenait sur le bord, torche braquée à bout de bras sur Fukusuke qui barbotait dans l'eau.

— Hé, la globule, finis de jouer les têtards et grouille-toi de remonter, dit-il en ricanant.

A son arrivée au commissariat, Fukusuke vit plusieurs Apaches qui l'avaient précédé en train de subir un interrogatoire. Il chercha des yeux ses compagnons, mais ni le Borgne ni aucun autre ne semblaient être là. Il attendit son tour, résigné à être admonesté, mais à son étonnement, l'inspecteur se contenta de lui demander son adresse avant de le faire jeter en cellule, sans chercher à en savoir davantage. Car, exactement comme Kim le lui avait expliqué, on n'avait aucune preuve contre lui. Dans la salle était disposée une bascule sur laquelle des agents ruisselants de sueur étaient occupés à peser les pièces à conviction saisies, lesquelles formaient un énorme et inconcevable fatras de masses vaseuses, terreuses, de plusieurs quintaux, dont rien ne permettait de dire qui les avait exhumées. Evidemment, il ne fallait pas songer à y relever des empreintes digitales. Pour la bonne raison d'abord que l'attaque avait surpris les Apaches en pleine tâche dans une nuit d'encre, et que ceux-là mêmes qui avaient déterré quelque chose étaient bien incapables de reconnaître ce qui leur revenait de toute cette ferraille étalée devant eux. Les gaillards se grattaient la tête, dans une attitude penaude, face au butin avec lequel les agents en manches de chemise étaient aux prises. Chancelant et zigzaguant sous la redoutable pesanteur des charges qui menaçaient de leur briser net bras ou jambe à la première fausse manœuvre, ils passaient du couloir au bureau, montaient sur la bascule, en redescendaient, déclenchaient un autre tumulte pour ressortir à lente avancée, l'œil sombre. La navette se poursuivait dans le corridor en démarches cassées par l'effort, veines saillant des fronts, salive et sueur mêlées à des chapelets d'imprécations postillonnées.

— Dis donc, comment vous comptiez trimballer des trucs aussi mastoc ? demanda l'inspecteur, excédé par le tohu-bohu.

— Oh, ben, il nous serait bien venu une petite idée, fit l'un des Apaches, sans masquer son embarras à la vue des prises qui offraient leur amas opulent et biscornu au grand jour des lampes du bureau.

L'air las, l'inspecteur tapota de son crayon le procès-verbal :

— Sois sérieux. C'est pas à coups de petites idées que ça se déménage, cette saloperie ! Je veux une réponse qui tienne debout !

— Avec de la volonté, vous savez...

— Faudrait voir à ne pas te payer ma fiole, dis donc !

— Mais c'est pas mon intention, pas du tout ! Nous autres, aussi bien, on n'a pas d'argent, on a que nos muscles pour transporter la ferraille. Dans ces moments-là, on... euh... on donne un coup de collier et puis, ben, on y arrive parce qu'on veut, quoi ! Oui, quand on se dit que sans ça, on aura rien à tortorer, il nous vient tout de suite des drôles de forces. Comme quoi, c'est bien ce qu'on dit : suffit de vouloir pour pouvoir.

— Trêve de commentaires ! Pour la troisième fois, cette camelote, c'est toi qui l'as chouravée, oui ou non ?

— C'est que... j'en sais trop rien...

— Fais pas le couillon ! T'es pas un lieutenant de la bande Ôkawa, peut-être ? Elle bossait justement aujourd'hui derrière l'usine n° 2. Depuis hier soir qu'on était là, à faire la planque, nous ! Cette camelote, on l'a ramenée de derrière l'usine après votre arrestation. Ça suffit comme ça, je te conseille d'avouer !

— Avouer... avouer... Mettez-vous à ma place, Monsieur l'Inspecteur, moi, j'ai été amené là dans le noir et j'ai creusé où on m'a dit, sans chercher à comprendre, c'est tout. Je sais rien, moi, rien !

Le feu croisé opposait toujours l'homme, très à l'aise, à l'inspecteur ; il prit fin sans qu'on eût rien trouvé contre le premier, qui fut conduit au dépôt. Les nerfs de l'inspecteur semblaient mis à rude épreuve par la répétition de cette même scène, et quand vint le tour de Fukusuke, il lui prit ses empreintes digitales et le laissa aller, après s'être borné à lui demander le strict nécessaire, à savoir ses nom, prénom, adresse, âge et profession... Fukusuke fut retenu vingt-quatre heures pour « tentative de vol » et relâché le lendemain soir après une nuit en cellule. Le bénéfice du sursis lui coûta neuf cents yen que lui avança Kim.

– Bonne expérience, pas vrai ? Le Japon a beau être grand, c'est le seul commissariat du pays qui a la réputation de posséder une bascule. C'est pas tous les jours qu'on peut voir ce que t'as vu. Tu vas pouvoir en raconter, maintenant.

Ce disant, Kim offrit un œuf cru à Fukusuke. Dorénavant, quand celui-ci rencontrerait des agents, et cela dût-il lui coûter sa liberté, il devrait ameuter ses compagnons à grands cris. Il devenait urgent de remplacer les piaillements de souris par un nouveau signal, ajouta Kim, qui lui confia encore que, dans le quartier, la « tentative de vol » ne constituait qu'une espèce mineure de délit, à peine moins inoffensive que l'avertissement dont on écopait lorsque l'on contrevenait à une « défense d'uriner ». Fukusuke n'avait donc aucun souci à se faire.

*
* *

Le chef des gardes était le Chauve, avait expliqué Kim à Fukusuke. Ce dernier eut à maintes reprises l'occasion de rencontrer l'homme, un vieillard proche de la soixantaine, au dos voûté et aux jambes arquées. Un jour où Fukusuke rampait parmi les *susuki* en quête de ferraille, l'autre l'aperçut et accourut avec des hurlements. Il savait certes qu'il lui suffisait de filer au travers des fourrés pour échapper à toute poursuite, mais il eut la curiosité d'en sortir et de partir à la course sur une centaine de mètres ; le vieillard le suivit et ne le lâcha pas non plus sur les cent autres mètres qu'il parcourut ensuite. Il repartit, sur toute la longueur de la mine cette fois, en réglant son allure de façon que l'autre puisse le suivre ; arrivé à l'autre bout, il vit que son poursuivant, à court d'haleine, avait abandonné et chancelait sur ses jambes en cerceau, les épaules soulevées de halètements.

— Au large, l'Apache ! cria-t-il avec rage, apoplectique, en lui jetant des pierres.

Le vieillard avait sous ses ordres plusieurs hommes que les Apaches avaient surnommés Caporal, Areu-Areu, Chaude-pisse, Tac-au-tac, la Limande, la Bouilloire, Citrouille et Poubelle. Réduits à un anonymat fort proche de celui des Apaches, ces individus ne se laissaient guère distinguer de ceux-ci, comme permettait d'en juger tout le monde de poursuivants et de poursuivis qui sillonnaient la mine en tous sens. Chez tous, physionomie et mise étaient dignes de clochards, traits et langage maintenaient le passé de chacun à l'abri des imaginations.

Divisés en deux équipes logées chacune dans un poste, ils assuraient une garde permanente. Pendant la journée, ils allaient flâner dans les décombres puis, à la nuit, se contentaient de tourner en sifflant à la lisière du cercle de lumière d'une centaine de mètres jeté par les réverbères, avant de se replier dans leur poste. Ils avaient une peur bleue des Apaches ; la perspective ne leur souriait guère d'être soudain roués de coups par un agresseur surgi de l'obscurité, et cela sans aucun profit, et ils étaient convenus de donner le change à ce tatillon de Chauve en ne se livrant qu'à un semblant de surveillance nocturne.

Le Chauve était craint par tous ses subordonnés ; Chaude-pisse, la Bouilloire et Poubelle, qui appartenaient à son équipe, ne rêvaient que de passer dans l'autre, où étaient Areu-Areu, la Limande et Tac-au-tac, commandés par Caporal qui, en fait, s'avérait être le véritable patron. De mèche avec chacun des cinq caïds, celui-ci améliorait son ordinaire avec les tuyaux qu'il leur livrait secrètement. Quant aux caïds, jamais ils ne se rendaient en personne dans la mine, hormis les cas impérieux de découverte particulièrement fructueuse où une expertise requérait leur présence sur place.

Après avoir étudié les renseignements rapportés par les arpettes dépêchées en prospection, chacun montait l'opération avec le chef des lieutenants puis faisait donner ses hommes. Sans bouger de chez lui, il leur rachetait le butin déterré et empochait les bénéfices de la revente au casseur. Tel était le caïd en réalité : le patron d'une organisation de voleurs doublé d'un marchand de ferraille.

Chaque caïd vivait dans une complète indépendance et en rivalité avec tous les autres. La découverte du plus riche des filons ne lui aurait point délié la langue. L'étendue du lieu, l'abondance des métaux préservaient des problèmes de territoire, et jamais ne s'élevait le moindre différend sur les droits de telle ou telle parcelle qu'aurait revendiqués l'une ou l'autre des parties prenantes de cette sourde lutte. De quelque bande qu'on fût, on était libre de creuser là où on l'entendait. Même chose pour les gens de passage : chômeurs, vagabonds, repris de justice arrivaient d'autres quartiers, creusaient et emportaient leurs trouvailles sans provoquer de murmures. Certes, cette tolérance des Apaches se fondait sur la richesse du sous-sol, pour lequel prévalait la seule et unique règle qui existât au camp et qui commandait le mode d'attribution du droit de propriété des matières mises au jour. Supposons une masse de ferraille à un emplacement donné : sa découverte faisait naître *ipso facto* le droit tacite de possession au profit de son inventeur, et un deuxième larron, à moins d'y être contraint et forcé, n'y portait que très rarement la main. Mais ce droit ne concernait que la possession, non la propriété, et si le découvreur commettait la négligence de s'éloigner en laissant sa trouvaille en l'état, c'en était fini de celle-ci, il pouvait y renoncer. Or, le simple fait de la déplacer du site, ne fût-ce que d'un mètre, transformait le droit de possession en bel et bon droit de propriété.

Le Borgne ne manquait jamais de le rappeler à ses hommes avant toute opération :

— N'oubliez pas, collez votre marque. Même si c'est que cinquante centimètres, un mètre, c'est toujours ça ; faut éloigner la quinque de là où vous l'avez déterrée. Faites seulement ça et elle risquera plus de s'envoler.

Ce commandement vivait d'une vie singulière. Un prospecteur, qui venait de dégager à la pelle une trouvaille, oubliait-il de faire son rapport au caïd, ou bien surpris par la police en pleine fouille, s'enfuyait-il en laissant tout en plan, l'équipe survenue derrière s'empressait de sortir la ferraille et de l'emporter, sans même que le plus assoiffé des caïds ou des lieutenants s'en plaigne. Alors que jamais il n'arrivait que la ferraille disparaisse une fois sortie de son trou, quand bien même le camp entier aurait défilé devant.

L'économie des forces avait instauré cette frontière entre possession et propriété. Si les trouvailles de faible poids, même déplacées, s'évanouissaient, les autres ne risquaient absolument rien. En effet, la somme de travail à fournir variait de façon considérable selon que le métal reposait au fond ou à l'air libre. En outre, il n'était pas concevable, à moins de menace grave, que des membres de cette bande de vautours qu'était le camp délaissent tout bonnement un tas de fer qui n'attendait plus que d'être transporté. Sa décision prise, jamais ou presque un Apache ne revenait bredouille ; seule l'arrivée de la police interrompait son action. Aussi la présence de ferraille abandonnée à l'air libre était-elle la preuve d'une urgence, en même temps que le signe qu'il n'y avait que partie remise.

Un Apache en maraude, qui l'ignorait, s'empara un jour d'un butin « marqué » ; découvert par des lieutenants, il fut rossé d'importance. Quoique le camp fût constitué de repris de justice et de vagabonds, jamais encore il n'avait connu un seul incident sanglant. Néanmoins, l'homme, un chômeur venu d'Amagasaki, reçut une correction qui le laissa sans connaissance, victime d'une commotion cérébrale. Ce fut sans la moindre considération pour son ignorance, ses explications, son âge même que les lieutenants massacrèrent – du moins ils n'en furent pas loin – le maraudeur ; cela afin de sauvegarder le droit de propriété. Hors cette règle, les caïds ne disposaient d'aucun moyen pour protéger leur butin ; ni chasses gardées, ni droits, ni accords réciproques n'existaient. Chacun soudoyait gardiens et manœuvres pour son propre compte, avec des procédés connus de lui seul. Kim avait bien raconté à Fukusuke qu'il avait fait venir les gardes un à un pour les régaler dans un restaurant à brochettes du quartier de Kyôbashi, mais ce n'étaient là que des mots, et il demeurait le seul à connaître le fin fond de l'affaire. De même pour ses confrères qui tous laissaient entendre, entre eux et à leurs protégés, qu'ils avaient dans la manche gardiens et manœuvres ; mais à quel prix ? de combien de billets de banque avait-il fallu monnayer leurs services, de combien de cruchons de saké avaient-ils dû arroser Caporal et les siens pour avoir raison d'eux ? Le secret était bien gardé. Comme étaient rigoureusement confidentiels, cela va sans dire, les renseignements fournis par les gardes en contrepartie.

— Tu trouves pas que ça renifle par là ?... Par ici, paraît que c'est un bon coin... murmurait parfois Kim au prospecteur stagiaire Fukusuke en lui désignant discrètement certains coins de la mine.

Celui-ci s'en allait alors retourner l'endroit indiqué et avait la surprise de dégager de la ferraille là où jamais il n'aurait songé à creuser. Revenu au rapport, il s'était étonné :

— Ben, dis donc, t'as un fameux flair !

A quoi un Kim innocent avait répondu :

— Oh, le tout, c'est d'être de bonne foi entre nous.

Or, après un certain temps, Fukusuke commença à se douter que, là encore, tout n'était pas très clair. En effet, il lui advint fréquemment de ne pas trouver le plus petit morceau de fer à des emplacements conseillés par Kim et où il avait creusé comme l'autre le lui avait dit. Un examen attentif des lieux lui révéla des traces de fouilles toutes fraîches.

— B... de merde ! Y a trop de peuple dans ce camp ! s'était écrié Kim, en réponse au rapport de Fukusuke.

Il s'avéra ensuite que d'autres endroits, sur lesquels il avait été renseigné, et qui ne présentaient aucune trace de fouilles, ni récentes ni anciennes, n'avaient pas même livré le moindre clou.

— Ah non, ça se peut pas ! C'est une autre bande qui aura tout piqué en faisant gaffe qu'on ne remarque rien. Ces temps-ci, plus personne ne dit où il a creusé, et c'est devenu une habitude de brouiller les traces après la fouille. Les temps sont devenus bien durs, misère ! Et Kim décida que, dorénavant, ses hommes aussi feraient disparaître les traces de leur passage en mélangeant la terre des chantiers.

Mais Fukusuke se mit à soupçonner la présence de Caporal derrière tout ça. La puce lui fut mise à l'oreille par la fréquente apparition d'arpettes, pelle à la main, qui le surprenaient en train de sonder un endroit indiqué par Kim, et cela, qu'il y eût ou non de la ferraille. Leur démarche était celle de quelqu'un qui sait où il va et s'y rend d'un pas décidé, non de quelqu'un qui serait tombé là par hasard. A la vue de Fukusuke, le nouvel arrivant se hâtait de le saluer d'un : « Tiens, salut, beau temps, hein ? », l'œil en coin, avant de tourner les talons.

Un jour, il tenta une expérience : il alla se tapir dans les *susuki* proches. Il n'eut guère à patienter : quelques instants plus tard réapparaissait un de ces renifleurs, qui ne perdit pas une minute pour reprendre la fouille entamée. Fukusuke réfléchit, sans détacher son regard de l'homme, et il se sentit gagné par un sentiment de mépris envers Kim.

« Couillon ! Le camp est surpeuplé ? Pas plus que mon cul ! Que des gars soient passés avant, ça n'a rien d'impossible, mais le fait est que c'est le Caporal qui refile les mêmes tuyaux aux cinq caïds à la fois, pardi ! Et chacun pense en avoir l'exclusivité, il en mettrait sa main au feu. Bref, ils ont fini par se monter la tête à force d'arroser Caporal. Et l'autre qui encaisse, l'air de rien, cinq balles dans le mille pour un seul et même carton... Tu parles d'un truand ! »

Pour en avoir le cœur net, un seul moyen : interroger l'intéressé lui-même. Mais bientôt, un fait nouveau apprit à Fukusuke qu'un autre compère, à son tour, avait débauché et retourné ceux-là mêmes dont Kim était persuadé d'avoir fait la conquête à coups de cruchons de saké. La découverte avait son importance : les trois subordonnés de Caporal, Areu-Areu, Tac-au-tac et la Limande, vendaient tous trois des renseignements, en feignant d'être soudoyés par leur chef.

Yeux écartés, nez épaté dans un visage plat et large comme les steppes du Turkestan, le dénommé la Limande ne différait pas de ses collègues : ses antécédents n'offraient aucune prise. S'approchant un jour de Fukusuke en train de chercher de la ferraille dans les herbes, il lui lança en ricanant :

— Hé, l'arpette ! Ouah, ouah, cherche, cherche !

— J'suis pas une arpette, hé, minable ! répliqua Fukusuke.

L'autre se glissa entre les herbes jusqu'à lui avec un rire joyeux puis lui arracha sa pelle des mains, la jeta à terre.

— Allez, serre-moi la pince, tu veux ? fit-il, braquant tout à coup une main maculée de rouille.

Selon lui, bien que Caporal fût logé à la même enseigne que ses subordonnés, il manifestait depuis quelque temps un fort penchant à jouer les grands seigneurs. Monsieur posait les pieds sur la table, se faisait servir le thé bien carré sur sa chaise, ne sortait plus pour son quart, et passait à présent ses journées à lézarder près du poste, le nez dans des revues dérobées chez le coiffeur ; au moment de se coucher, alors que chacun n'avait droit qu'à une natte, c'était le double qu'il s'octroyait en disposant une rangée de tasses et sa bouilloire à droite et à gauche de son malelas. Il y avait de quoi rager, mais comme Caporal avait le nez assez fin pour sentir que ses hommes étaient sous pression, il désarmait les ressentiments en distribuant régulièrement des cigarettes, de l'argent pour le cinéma. Areu-Areu et Tac-au-tac étaient du même avis, à savoir que les revenus de leur supérieur semblaient avoir leur source dans le camp. En effet, quand les gardiens rentraient, il s'arrangeait pour apprendre dans le détail les emplacements et la nature de la ferraille, avant de disparaître, le soir venu. Et c'est à son retour qu'il faisait preuve de largesse. Aussi avaient-ils lancé un ballon d'essai sous la forme d'un rapport fantaisiste. Le résultat ne s'était pas fait attendre : dès le lendemain, des Apaches étaient venus rôder, pelle à la main, à l'endroit supposé bon. « Hoho, intéressant, ça... » Ils s'étaient mis à raconter tous les jours de nouvelles fables. C'est ainsi qu'ils tapaient Caporal, le menaçant de le dénoncer aux Finances en cas de refus. Et ce dernier, à son tour, tapait les caïds.

— Enfin, tout ça, c'est pour dire que nous, de notre côté, on pourrait peut-être s'entendre avec vous et vous indiquer où se trouve la vraie camelote. Libre à vous d'en faire ce que vous voulez, de la fourguer à qui vous voulez, au prix que vous voulez. C'est pas comme dans la pègre, vous vous en foutez, de tout ce qui est devoirs et obligations ; qu'est-ce que t'attends pour le laisser tomber, ton boss ? Alors, quand vous vous ferez du fric avec la quinque qu'on vous aura indiquée, suffira de nous en refiler une partie. Si c'est avec ce que vous avez découvert vous-mêmes, tout est à vous, bien sûr. Hein, c'est pas une riche idée ? Tiens, cette nuit, tu te cales les deux mains dans le creux des cuisses et t'y réfléchis. La nuit porte conseil.

La Limande conclut avec un léger sourire, puis s'engouffra dans la jonchaie où il se perdit.

Fukusuke devait être ensuite témoin d'un autre incident.

Un jour où le Borgne et lui étaient en discussion, devant chez Kim, arriva une vieille femme, retour de la mine vraisemblablement, à voir son sac de jute bourré de déchets de fer. Elle venait les vendre au caïd. Sur un coup d'œil machinal dans le sac, le Borgne y plongea la main pour en ressortir un fragment dont il fit tomber la rouille d'une griffe solide. Il regarda de plus près.

— Mais il y a que des copeaux ! Y a que la broquille ou le clinquant qui rapportent, tu sais, mémé.

La vieille entra dans la maison, ressortit un moment plus tard, son sac vide. Le Borgne la héla :

— Hé, mémé, t'en as eu un bon prix ?

— Oui. Kim a dit que ça lui faisait mal au cœur de voir travailler une vieille, et qu'il me les faisait quarante yen les quatre kilos au lieu de trente d'habitude. Et y en avait douze kilos.

— On y fait pas gaffe, nous, à cette denrée. Où tu l'as ramassée ?

Elle était en train de l'expliquer au Borgne lorsque Kim sortit en trombe. La vue de la vieille sembla le déconcerter quelque peu.

— Mémé ! lança-t-il.

La femme accusa le coup au ton de la voix. Kim eut un haut-le-corps, se ressaisit et lui tapota les fesses d'un geste faussement désinvolte.

— J'accepte même ce genre de denrée, tu sais, alors, quand tu veux... Je sais bien, ça se trouve un peu partout, mais dis voir toujours, où tu les ramasses d'habitude ?

C'était la gaffe ; les efforts de Kim pour reprendre un ton anodin ne purent empêcher la vieille, qui regardait le Borgne et Kim à tour de rôle, de changer de visage. Le Borgne fumait, le regard ailleurs. Sur une brusque intuition, elle se mordit les lèvres, lança par en dessous un œil enflammé sur Kim.

— C'est...

Le point indiqué était différent de celui qu'elle s'était hâtée de révéler au Borgne.

La vieille partie sur cette confidence, Fukusuke apprit de la bouche d'un Borgne tout exalté que les morceaux rapportés étaient, sans aucun doute, de l'alliage de tungstène, cet acier spécial utilisé sur les tours pour la découpe des métaux, et de très grande valeur. Avec toute son expérience de vieux singe, Kim ne pouvait avoir eu la naïveté d'acheter ce métal en vrac. Non, il avait d'un coup d'œil deviné le tungstène et été assez gonflé pour le racheter par kilos entiers. Pareil coup fumant ferait certainement grincer des dents de jalousie tout ferrailleur. Puisqu'ils savaient où elle l'avait dégoté, ils allaient s'y rendre en douce, les deux, le soir.

— Ecoute, poursuivit le Borgne, tout à l'heure, elle lui a indiqué un autre coin qu'à moi. Y a qu'elle et nous à savoir la vérité. Sûr que le Kim, il va prendre la fausse piste, et seul. Alors, je propose qu'on aille ramasser la quinque et après, qu'on le foute en boîte.

Sur ce, le Borgne emmena Fukusuke au cinéma. Il ne savait pas s'il parviendrait à donner le change à la vieille, mais il prit la précaution de quitter le camp en passant chez l'un, en s'arrêtant dans une boutique, un salut à l'autre, quelques mots avec un troisième, de manière que, sans qu'il y parût, tout le camp sache qu'ils étaient en route pour le cinéma. Estimant que parler à la vieille ne manquerait pas de renforcer ses soupçons, même si elle ne comprenait pas le pourquoi de son attitude, le Borgne se contenta, au moment de dépasser la maison, de lancer à haute et intelligible voix la conversation sur le cinéma. Combien de fois des Apaches qui discutaient ainsi dans la rue ne s'étaient-ils pas coupé eux-mêmes l'herbe sous le pied parce qu'ils avaient révélé à leur insu un emplacement de ferraille ! C'est ce phénomène que le Borgne entendait retourner à son profit, en lançant un canard à l'adresse de la vieille. Mais il fut joué, et de la plus belle façon. A leur sortie du cinéma, les deux hommes filèrent ventre à terre vers la mine. La nuit était déjà tombée, mais ils avaient pris la précaution de glisser une lampe dans leur poche. Après un détour pour éviter le camp, ils gagnèrent la mine où ils s'infiltrèrent, puis se ruèrent à travers les *susuki* avec l'agilité de deux renards, en direction des fameuses ruines. Mais quand enfin, le souffle court, ils débouchèrent sur leur objectif, ce fut pour tomber sur une véritable fourmilière humaine : des hommes et des femmes par dizaines s'affairaient sans mot dire dans les ténèbres, au milieu de pans de murs, sur un sol de béton que révélaient par intervalles de brefs éclairs de torches. Le Borgne balaya tout ce monde du faisceau de sa lampe et, aussitôt, apparut le front dégarni et le dos en bosse de Kim, accroupi dans un coin, en train de retourner un tas de briques cassées.

— Refaits ! marmonna-t-il seulement, avant de s'éloigner du mur, le souffle lourd de colère.

Revenus au camp, ils trouvèrent la vieille en train de mâcher une branche de cannelle, entourée d'enfants du voisinage, devant la boutique du marchand de confiseries. Elle les accueillit d'un sourire.

— Tiens, bonsoir !

— J'me fous de tes bonsoirs ! Pourquoi t'as raconté à tout le monde où t'avais trouvé du tungstène ? Même Kim y est allé !

Prise à partie, la vieille continuait d'écorcer la cannelle, de ses incisives blanches aussi adroites que celles d'un lapin.

— Ben, Kim a été bien brave avec moi, et j'ai voulu lui rendre la pareille. J'ai pas pu tenir ma langue et je t'ai mis au courant, alors... C'était à vous de vous arranger. Je me suis dit qu'en prévenant tout le monde, je vous aiderais à vous souvenir qu'un vieux, ça peut encore être utile à quelque chose, des fois. On dit qu'un bienfait n'est jamais perdu, pas vrai ? Faut pas être mesquin, faut tous nous entendre, vous croyez pas ?

Elle sourit, une expression de désarmante ingénuité sur le visage.

4

Chacun pour soi

Les Anglais, qui sont futés,
font travailler l'eau et le feu...

Folklore russe : *Chant du travail*

Il sembla d'abord à Fukusuke qu'il régnait dans le camp une parfaite organisation des tâches. Chacun vivait d'une partie de lui-même : les lieutenants de leurs épaules, les plantons de leur œil, les démarcheurs de leur nez, les passeurs de leurs bras, le plongeur de ses poumons... et il était exigé de chacun une puissance effrayante. Les lieutenants galopaient chaque nuit avec sur le dos des masses de quatre à cinq cents kilos, les démarcheurs devaient maîtriser de leur simple pioche le million de mètres carrés du terrain vague, le plongeur s'enfoncer dans les canaux saturés d'un véritable mélange de méthane et de vitriol. Les tâches productives du camp frisaient l'impossible. Cependant le chômage y était inconnu, tout nouvel arrivant se voyait octroyer du travail, la dernière loque humaine trouvait à s'employer.

Encore apprenti prospecteur, Fukusuke fit la rencontre d'un homme dont le casier judiciaire était vierge. Tourneur de son métier, celui-ci avait été victime de deux accidents qui l'avaient laissé invalide : un bras happé et arraché par la courroie de sa machine, puis un pied sectionné par un tramway qui l'avait renversé. Il gagnait sa vie grâce à de menus travaux à domicile, chantait des chansons martiales dans les rues, dissimulé sous la tenue blanche des mutilés de guerre, lorsqu'un coup de cafard soudain lui avait fait quitter sa maison et abandonner les siens. Après avoir erré çà et là, couchant à la belle étoile, grappillant dans les poubelles, il avait fini par échouer dans le camp des Apaches où il s'était fixé, spontanément. L'un des caïds lui mit une pelle dans son unique main et le fit creuser de son pied restant. Sur quoi on devait découvrir en peu de jours que cet homme, plus stérile qu'une pierre dès qu'il sortait du camp, avait concentré dans sa main et son pied rescapés ses dons ultimes, qui se révélèrent d'une importance absolument vitale pour ce même camp.

Il mit au jour, dans la vase de l'extrême limite de la berge servant d'ordinaire de plage de chargement, une masse de près de cinq quintaux, à première vue indécelable. Rien ne permettait de deviner ce qu'avait été le volumineux et informe agglomérat couvert de rouille et de vase, qui n'en était pas moins du fer, pour lequel on trouva acquéreur. Avec l'argent reçu du caïd, il mena une vie oisive dans la baraque qui lui servait de garni, le temps de tout dépenser ; quand ce fut fait, il retourna chez son patron, lui emprunta une pelle et se glissa dans la plaine aux *susuki*. C'est alors qu'en creusant à un endroit depuis longtemps délaissé par tous, il découvrit un bloc de crasse de cuivre, matière première fort appréciée. Laissant aux lieutenants le soin de déterrer et de transporter sa trouvaille, il regagna le camp, se fit donner sa part, en profita derechef jusqu'au dernier yen pour couler quelques jours insouciants vautré au soleil, debout parfois quand le prenait un vague besoin naturel, pour tuer le temps, aurait-on dit.

Lorsque Fukusuke fit sa rencontre, l'homme jouissait déjà d'une renommée flatteuse de démarcheur de génie, sans se départir pour autant de son regard sur le qui-vive. Les Apaches, du plus loin qu'ils le voyaient arriver, délogé par la faim, à cloche-pied sur sa pelle – sa béquille –, concentraient sur lui un faisceau de regards curieux, puis, furtivement, lui emboîtaient le pas, mais l'autre, en pêcheur chevronné, refusait avec obstination de révéler ses coins. Fukusuke était curieux d'apprendre sa recette ; il amorça une tentative par une question sur ce qu'il trouvait le meilleur, les boulettes de riz ordinaires ou celles de riz cuit à la vapeur. L'autre comprit aussitôt l'allusion.

— Faut lécher la terre, lui expliqua-t-il. Là où y a du cuivre, la terre a le goût de cuivre ; si c'est du plomb, elle sent le plomb. Une réaction chimique, ça s'appelle.

— Alors, comment est-ce que tu fais pour distinguer le goût du cuivre de celui du plomb ?

— La pratique...

— ...

— Chaque fois que tu trouves du cuivre, prends une poignée de terre et lèche-la. Même chose pour le fer, tu lèches. Quand ta langue aura bien retenu les différents goûts, t'auras plus qu'à lécher de la terre des coins sans rien pour savoir exactement ce qu'il y a en dessous.

Cela devenait idiot et Fukusuke réfléchit quelques instants :

— Dans ce cas, dis-moi, demanda-t-il, croyant avoir trouvé une riposte imparable qui lui fermerait le bec. Je peux te poser une question ?

— Quoi ?

— Suppose un peu que la terre contienne une plaque de fer, avec, enroulés autour, des fils de cuivre où y aurait du plomb collé, comme ça, par hasard. Quel goût est-ce que ça aura en fin de compte ?

L'autre considéra un moment la question, releva la tête et, on ne peut plus sérieux :

— Y a pas à tortiller, le goût du fer, du cuivre et du plomb. Les trois sont imprégnés dans la terre, comme qui dirait un cocktail ! On peut apprendre pas mal de choses grâce à la terre, tu sais.

Fukusuke fut pris d'une envie de meurtre, mais l'autre disparut prestement dans les *susuki*, appuyé sur sa pelle.

Le sixième sens de l'homme cheminait dans son système nerveux selon un bien mystérieux itinéraire. Quoi qu'il en soit, personne à part lui n'était capable de faire des découvertes sans recourir aux propos de fesse et de bouffe habituels. Pour cette raison, chaque caïd s'efforçait à sa façon de mettre la main sur ce véritable compteur Geiger : on lui offrit à boire, on lui glissa des billets dans la main ; peine perdue. Portée par la rumeur qui courait de cellules en poubelles, la renommée des Apaches parvint aux oreilles des délinquants et des vagabonds des régions de l'Ouest : Kansaï, Chûgoku, Kyûshû, pour gagner ensuite de Nagoya jusqu'au nord du pays, et le camp connut une population croissante et, partant, des difficultés de plus en plus grandes pour découvrir de la ferraille. Or, notre homme ne perdit rien de son efficacité de sourcier infaillible et, pour une dépense minimale d'énergie, il obtenait un maximum de résultats, se bornant à travailler lorsque le besoin s'en faisait sentir pour ensuite rester à paresser dans sa baraque, comme s'il n'obéissait à nul autre maître que son estomac. La jalousie faisait aller bon train les mauvaises langues – il avait beau faire, ce n'était pas son truc qui le mettrait à l'abri de la faim le jour où il devrait quitter le camp, un seul jour suffirait, c'était sûr, pour que le soleil prenne une couleur jaunâtre et fasse des petits devant ses yeux –, ce dont notre homme ne paraissait pas s'affecter le moins du monde.

Néanmoins, notre unijambiste manchot figurait encore parmi les mieux lotis. Le génie même du système de division du travail trouvait à s'incarner de la façon la plus accomplie dans Limonade, celui qu'avait amené un jour l'affreux Jojo fils de Kim. Le vieillard n'avait plus que trois doigts à la main gauche, aucun à la droite, boitait et, de surcroît, avait l'esprit dérangé et ne savait ni lire ni écrire. Quand il vendait son eau à crédit, il inscrivait de la main gauche sur l'épais registre accroché à sa hanche des ronds, des deltas ou des croix qui figuraient le nom de ses clients. Chaque soir, à l'heure où le camp se mettait en branle, il emplissait d'eau ses trois grandes bouteilles, ramassées quelque part le long des chemins, qu'il maintenait ensemble au moyen d'une ficelle dont une extrémité était nouée au moignon de son poignet, et il portait le tout à son épaule pour se glisser dans la mine. Son travail consistait à aller vendre son eau aux compères qui travaillaient disséminés un peu partout dans le maquis aveugle. C'était un long calvaire au cours duquel il ne cessait de choir dans des trous, de trébucher sur des amas de briques, de s'entortiller les jambes dans les *susuki*... et quand enfin il atteignait un chantier, l'obscurité profonde lui interdisait de reconnaître ses clients et de savoir le nombre de consommations. Tout entiers à leur besogne, les Apaches à cran accueillaient par des bordées d'injures le jet de lumière dont il éclairait leur visage pour s'assurer de leur identité. Décontenancé, le vieillard se balançait sur ses jambes. Parfois, de brusques appels retentissaient alors, que suivaient des coups de sifflet de policiers. Affolé, il prenait ses jambes à son cou et s'enfuyait en tous sens, chassé par les bruits de godillots, beuglant à tort et à travers : « Les fliiics ! Vingt-deux, barrez-vous ! » C'était une nouvelle fuite en zigzags ponctuée de chutes dans des trous, de faux pas contre des amas de briques et de crocs-en-jambe par les *susuki* qui l'envoyaient cul par-dessus tête, fracassant ses bouteilles, et dont il se relevait couvert d'entailles et trempé comme une soupe.

Comme en outre il s'obstinait à courir et à hurler seul, les policiers avaient tôt fait de le rattraper, et les gourdins de tomber lourdement sur l'échine du fuyard dont l'obscurité masquait la silhouette aux yeux de ses poursuivants, et le vieil homme de hurler d'une voix d'enfant, d'éclater en sanglots. Quand ils entendaient ces pleurs ridicules et bruyants, le bruit de verre brisé, les Apaches qui s'en étaient tirés échangeaient des chuchotements dans la nuit, les yeux levés au ciel étoilé :

— C'est lui qui déguste le plus, on dirait.

Les premiers temps, les agents avaient appréhendé l'incorrigible vieillard pour l'ajouter à leur palmarès, mais la chose devenant bientôt par trop fréquente, la lassitude avait estompé leur zèle, et maintenant le seul tintement des bouteilles suffisait à leur faire tourner les talons. Lors des coups de main de jour également, il était le seul à ne pas être inquiété et à échapper à l'arrestation. Mais lui ne se rendait compte de rien et continuait de détaler devant les forces de l'ordre, visage défait, en poussant de grands cris, mêlé à la fuite éperdue des autres Apaches. Le tumulte apaisé, il s'en retournait au camp dormir du sommeil des bienheureux pour, le soir, se relever d'un bond et repartir en quête de nouvelles bouteilles.

Son eau présentait tantôt un goût de pétrole, tantôt des relents de *shôchû*, ce qui n'ôtait toutefois rien à la valeur du liquide, si précieux lors des tâches de titan auxquelles s'employaient les compagnons ; qui plus est, la cervelle du vieux, réfractaire à toute autre fuite que la course rectiligne, faisait de lui à la fois un tocsin et un appeau de grand secours pour tous, qui finirent par le rétribuer, les consommateurs comme les autres. « Entendu, pépé ?

Tu nous fais une ardoise et on te paye quand on est en fonds », lui annonça-t-on par égard pour son amour-propre, et l'on inscrivit de soi-même dans le registre les ronds et les triangles. Heureux de se voir traité en égal, l'autre surprit par sa réponse insolite :

– Oui, c'est normal de faire crédit dans le petit commerce. Buvez, buvez, faites marcher mes affaires. C'était cinq yen le verre, eh bien, ce sera dix à partir de maintenant.

– Tu parles d'une augmentation ! C'est le double, ma parole ! Qu'est-ce qui te prend ?

Le vieillard ne répondit pas tout de suite ; le regard empli d'un profond mépris, il regarda quelques instants son client droit dans les yeux.

– Des prix forts activent le marché, tout le monde sait ça, jeta-t-il avant de s'éloigner en balançant son crâne volumineux.

Le système de division du travail implique qu'on s'exclue les uns les autres, et ce principe se retrouvait là aussi tout naturellement.

C'est ainsi que les Apaches commis au guet passaient la journée devant le commissariat debout ou accroupis sur le trottoir, à surveiller les allées et venues des gardes mobiles et des agents, en suçant des bâtons glacés ; rôle qui prenait fin avec la tombée de la nuit, où ils revenaient faire leur rapport au caïd avant de se hâter vers leur cabane-garni et leur paillasse. Les démarcheurs, eux, estimaient leur tâche achevée avec leur compte rendu concernant l'emplacement de la quinque, et ils laissaient la suite des opérations aux lieutenants. Pour cinquante yen, Tôjô Hirohito le passeur faisait traverser ferrailles et Apaches, mais que celles-là fussent menacées de saisie ou ceux-ci aux prises avec la police, c'était un spectateur à l'impassibilité royale qui assistait à la mêlée, de sa barque amarrée à un piquet de la berge. Il en était de même du plongeur, qui n'interrompait sa sieste que lorsqu'on venait requérir ses services. Il se levait alors nonchalamment, se dévêtait de son léger caleçon mi-long puis, une fois la barque renflouée et la cargaison remontée du fond, s'en allait vite boire son *shôchû* avec l'argent reçu du caïd, sans dissimuler son indifférence pour la suite des événements. Or, lorsque ces maillons épars devenaient chaîne, grâce au minutieux travail préalable du caïd, leurs forces respectives démesurées concouraient à de remarquables résultats.

De ferraille convoitée et sortie indemne des griffes des Apaches, on ne connaissait point de précédent : toute quinque visée était débarrassée de sa couverture de terre, arrachée à sa gangue de béton et amenée à l'air libre puis transportée au camp. Après un examen qui permettait de connaître les capacités des participants à l'opération, on fixait les parts : moitié-moitié ou les quatre sixièmes ; en l'absence de toute décision, chacun recevait part égale, tel était le principe. Avec son bras et son pied uniques, le génial démarcheur, à qui une heure suffisait pour dénicher le butin, avait droit à autant que les lieutenants qui passaient une nuit blanche à un travail de forçat. A cela personne n'élevait d'objection.

Témoin de tout ceci, comme des efforts pitoyables de Limonade, Fukusuke était empli d'admiration pour une si parfaite organisation. C'est alors que l'ancien mineur, licencié disait-on pour activités syndicales et qui faisait équipe ailleurs, lui dit :

— De chacun selon ses capacités, à chacun selon son travail... Va trouver mieux ? C'est le paradis sur la terre, ici !

Mais le ton trahissait le sarcasme. A la demande de Fukusuke de lui préciser sa pensée, il expliqua qu'une juste rétribution attendait celui qui travaillait dans la mesure de ses moyens ; tout au moins en théorie car, en ce bas monde, cela ne se passait jamais ainsi, pour la bonne raison que décider de ce qui est juste n'appartient à personne, les travailleurs et ceux qui les paient se faisant une idée différente de la chose, partout et toujours, d'où les conflits...

— Et c'est bien dur de faire le distinguo. Tandis qu'ici, chacun n'a qu'à faire son boulot pour encaisser son dû, voilà qui est clair et net ! Pfouh... c'est le paradis sur la terre ! enchaîna-t-il, avec la même ironie farouche.

Rendu perplexe par le profond fossé qui séparait l'expression de l'homme et le contenu de ses propos, Fukusuke hasarda :

— Si c'est vraiment le paradis comme tu dis, qu'est-ce que t'as à rouspéter ?

L'autre demeura silencieux quelques secondes puis s'enquit, comme pour l'éprouver :

— Tézigue, avant de venir ici, de quoi tu vivais ?

— A vrai dire...

— Ouais.

— J'étais clodo.

— Et quand il y aura plus de quinque et que le camp sera foutu, où t'iras ? Tu retourneras clodo ?

— Ça…

— Dis voir.

— Ben, j'ai pas encore réfléchi.

A ces mots, l'autre eut un air de triomphe, ses sourcils se soulevèrent, mais pour se froncer de nouveau l'instant d'après, lui redonnant un air morose.

— … C'est pas un avenir, le camp ! trancha-t-il d'un ton où la fougue l'emportait sur le soupir.

Les deux hommes étaient en train de discuter assis dans les herbes de la berge. Le bas du pantalon retenu par une ficelle, une pioche dans la main gauche, une lourde masse dans l'autre, la tête ceinte d'une petite serviette torsadée, l'œil résolu, l'interlocuteur de Fukusuke s'apprêtait à passer à l'action en franc-tireur, mais la barque de Tôjô Hirohito venait précisément de quitter la berge avec à son bord un autre solitaire qu'alléchait aussi la perspective d'une action d'éclat : battre de vitesse les compères. Ainsi contraint d'attendre le retour du bac, l'homme avait entamé la conversation avec Fukusuke qui se trouvait d'aventure à lézarder dans les parages.

Sous les yeux de ce dernier montait des touffes d'herbe la tiédeur du soleil de juillet, mêlée aux odeurs de vase ; les rames que maniait Tôjô Hirohito soulevaient un grincement aigre pareil au caquetage des poules d'eau, et un soleil aux rayons lumineux faisait miroiter un ballet de lames vif-argent sur le flot de pourriture achevée agité de vagues. Fukusuke s'allongea dans les herbes ; il eut la sensation que sa chair, ses veines commençaient à se dilater avec la légèreté des fibres d'ouate sous la caresse du soleil. Il ne cessait d'observer Tôjô qui menait sa barque, là-bas sur l'eau, à mouvements économes et précis de bras, d'épaules, de reins baignés de lumière.

« Qu'on m'ouvre la fenêtre... » Cette pensée confuse lui vint à l'esprit cependant qu'il contemplait la silhouette de Tôjô sur l'arrière-plan désolé de la forêt de carcasses métalliques. « A ma mort, j'aimerais qu'on m'ouvre la fenêtre. » Son émotion lui vint telle quelle sur les lèvres :

— C'est-y pas chouette, ça ?

— Quoi donc ?

— Oh, c'que j'en disais...

— Mais t'as rien dit !

— Si, oh, une connerie ! Je me disais comme ça qu'au moment de claquer, quel effet ça pourrait faire qu'on m'ouvre la fenêtre de ma chambre…

— Claquer ?...

— C'était manière de causer, fais pas attention. Ouais, si on m'ouvrait, tiens, je pourrais voir les paysans travailler dans les champs, ou bien des barques passer, si c'était une rivière. Avec ça devant les yeux, on doit plus se sentir pisser, tu crois pas ? C'est pour ça, je me suis dit que j'aimerais bien qu'on m'ouvre.

— Mais qu'est-ce que tu m'chantes-là ?!

— …

— Vé, tu mollis ! C'est bien joli, mon pote, mais c'est avec des choses comme ça qu'on est enfoncé !

Fukusuke se tut et l'autre, pleinement satisfait de l'effet de sa repartie, se redressa en remontant la corde de paille sur ses hanches. Précisément, la barque de Tôjô était de retour. Il jeta masse et pioche sur son épaule et la rejoignit au petit trot, puis Fukusuke le vit s'éloigner, tout agité, jetant à Tôjô des consignes rapides, parti pour la mine selon toute vraisemblance.

*
* *

Cependant, un certain temps passé au camp permit à Fukusuke de se rendre compte de tout ce que ce système de division du travail avait d'équivoque. Plusieurs événements lui ouvrirent les yeux. Si la gamme complète des spécialités, du boss aux arpettes, était commune aux cinq bandes, dans chacune desquelles traînaient un certain nombre de gens qui se partageaient des tâches du même type, ces derniers étaient loin d'être toujours soumis à leur chef.

Le garde la Limande, dans son offre de collaboration à Fukusuke, l'avait incité à trahir Kim en ces termes : « C'est pas comme dans la pègre, vous vous en foutez, de tout ce qui est devoirs et obligations ; qu'est-ce que t'attends pour le laisser tomber, ton boss ? » Fukusuke en était alors à ses premières armes d'Apache avec la qualité de démarcheur stagiaire, et il n'avait pas encore vraiment assimilé ce qui faisait la substance du camp, aussi avait-il clos l'entretien sans donner de réponse immédiate. Au fil des jours, toutefois, il lui apparut avec une évidence croissante que ce n'étaient pas des mots en l'air. Les caïds n'étaient rien moins que tels pour les Apaches, lesquels, si les autres cessaient de plaire, n'avaient rien de plus pressé que de trahir, de retourner leur veste. Tous évoluaient dans un climat de relations humaines d'une extrême âpreté dont ils tiraient des bouffées suaves.

Quatre des lieutenants du clan Kim, le Borgne, Tama, Gon et Raba, logeaient ensemble dans un garni du camp. Leur grade les autorisait à ne travailler que la nuit ; pendant la journée, ils devenaient invisibles : ils dormaient à poings fermés, vautrés dans leur chambre tels de lourds squales tirés sur le rivage. Leur gîte était une baraque de fortune couverte d'un toit de tôles ondulées, crevées en plus d'un endroit, et qu'assujetissaient de lourdes pierres ; l'ensemble évoquait plutôt la fourmilière ou le tas de mousse. Une porte qui béait en permanence laissait tout passer : une poule, un chat qui s'engouffrait depuis la rue et venait s'égayer au chevet des dormeurs... Ceux-ci ne réagissaient aucunement du reste, et la petite gent animale pouvait s'en donner à cœur joie, tant ils étaient abrutis par leurs nuits de labeur. Le soir venu, repus de sommeil, ils se relevaient d'un bond et allaient dîner chez Kim qui les accueillait, d'ordinaire, avec une bassine pleine de tripes et ouvrait le conseil, dont le thème central était les rapports des démarcheurs et des plantons envoyés en mission pendant la journée. Après quoi un plan était arrêté. C'était au Borgne qu'il revenait le plus souvent de mener les débats, tandis que l'affreux Gon cuisait la viande en silence, que Tama, Raba et Ma Tante se renvoyaient leurs fantaisies et qu'à côté Kim sirotait sa bistouille, nonchalant.

Sous le jour de la lampe nue, l'assemblée donnait l'impression de tirer orgueil de la chaude intimité et de sa solide cohésion.

Un soir, cependant, Fukusuke constata que Ma Tante manquait à l'appel. Il aurait aimé en connaître la raison, mais tous mettaient une telle ardeur à discuter et à manger qu'il ne put placer un mot. Personne ne chercha à parler de cette absence. Or, comme la suite devait le lui apprendre, Ma Tante était à cette heure-là chez le caïd d'un autre clan où il assistait au conseil de guerre, finalement, il ne revint pas chez Kim ce soir-là et se rendit à la mine comme lieutenant avec le clan Ôkawa. Fukusuke le rencontra sur la berge où tout le monde s'affairait à charger les ferrailles extraites, dans un remue-ménage de marché aux poissons battant son plein. L'autre s'éloignait en hâte, affectant d'ignorer le spectacle deséquipiers de Kim qui gémissaient, arc-boutés dangereusement sous la masse écrasante d'un gigantesque tube d'acier recourbé comme une côte de baleine.

– Ma Tante, fais pas le salaud ! File-nous un coup de main, lui lança Fukusuke qui chancelait, agrippé au tube, mais l'autre se retourna vivement :

– C'est à moi que tu causes ? J'suis pressé ! lui jeta-t-il pour toute réponse, et il l'abandonna avec ses compagnons décomposés, fourmis accrochées à un bout de biscuit trop gros pour elles ; il leur tourna le dos et s'éloigna dans la brume bleuâtre montant de la rivière.

Quatre ou cinq jours passèrent sans que Ma Tante réapparût chez Kim. Fukusuke l'aperçut à plusieurs reprises en train de boire du *shôchû* avec les gars de la bande Ôkawa, dans la gargote du marchand de brochettes, joyeusement occupé à épancher son trop-plein d'énergie, mais pas une fois l'autre ne fit mine de le reconnaître. De cette attitude, le clan ne semblait d'aucune façon s'offusquer, ni son caïd qui, à la question de Fukusuke sur ce qu'il pensait de la défection de son protégé, prit un air désinvolte pour répondre :

— Il se sera dégoté un autre protecteur. Qu'est-ce que tu veux, c'est la vie... C'est quand même pas de ma faute !

Ma Tante opéra donc avec le clan Ôkawa. Or, un soir, une huitaine de jours plus tard, il était de retour, sans crier gare. Kim et les siens entouraient le brasero, d'où s'élevaient les épais remous d'une fumée grasse, lorsqu'il arriva en disant « Salut ! » et, sans attendre de réponse, il quitta ses sandales de caoutchouc, monta sur les nattes et vint s'asseoir auprès du foyer.

— Ah, j'suis claqué !

Kim fut visiblement heureux de ce retour au bercail, à preuve son empressement à lui tendre le bol de gnôle qu'il tenait. Cependant, l'un comme l'autre feignaient l'indifférence, gardaient un masque détaché ; du reste de l'assemblée, pour qui n'importait que la dégustation des tripes, pas un ne parut curieux de savoir pourquoi il les avait lâchés, en plein moment de presse.

Alcool et viande commençant à produire leur effet, Ma Tante entreprit bientôt de se justifier, face à tous et à personne. S'il avait rejoint les autres, c'était vaincu par les supplications d'Ôkawa, lequel lui affirmait que de la force et de l'ingéniosité de lui seul dépendait le sort de son clan. A aucun moment l'attrait de l'argent n'avait joué. Il n'était pas homme à se laisser acheter, mais puisqu'il venait de parler argent et qu'il ne voulait pas de malentendu là-dessus, il préféra s'expliquer : le caïd Ôkawa lui avait laissé entendre, au départ, qu'il lui abandonnerait les sept dixièmes des bénéfices, le reste allant aux autres. La quinque elle-même devait être fadée à parts égales, mais comme ce système ne présentait guère d'avantages pour quelqu'un qui avait bien voulu quitter une autre équipe, où il avait son boulot, le boss lui avait dit qu'il payerait la différence de sa poche, à la condition de n'en rien dire, car il tenait à ce que cela reste entre eux. Aussi, comme convenu, notre homme avait-il travaillé l'air de rien puis, quand était venu le moment de la paye, pour laquelle le caïd avait fait mettre tout le monde sur un rang, lui-même était allé discrètement attendre dans les cabinets. Seulement, il n'avait reçu en tout et pour tout que la moitié du supplément promis. A ses protestations : que ce n'était pas ce qui avait été convenu, qu'on avait carotté sa rallonge, Ôkawa avait prétexté le marasme des affaires. Tous deux étaient restés un moment dans les cabinets à se frotter : « Aboule ! – J'peux pas ! », si bien que la femme du caïd était accourue, attirée par leurs cris. Ma Tante avait alors lâché le paquet : « Ma petite commission, c'est de la crotte, alors ? Bande de pingres ! » leur avait-il lancé à la figure. C'est vrai que ça ne volait pas bien haut, mais il n'avait guère eu le choix, vu l'endroit... Et furax, paf ! il lui avait balancé une beigne avant de filer en claquant la porte. Non mais, ils le prenaient pour qui ? Pour une demi-portion ? « "Vous me faites de sacrés faux jetons, tiens ! Des couillonneurs de première !" que j'ai bien pensé lui envoyer, mais ça m'est venu trop tard, j'avais foutu le camp des chiottes. »

Ceci dit, Ma Tante commença à s'empiffrer de viande. Dans quelle mesure disait-il vrai ? Personne ne le savait.

— Du rab... du rab... V'là bien du raffut, dis donc. Pour un rab de combien, finalement ? Parce que, après tout, y a rab et rab, et la part d'un lutteur de sumo, ça doit bien valoir trois fois celle d'un gars ordinaire, dit Kim, pour l'amener à d'autres confidences, mais Ma Tante s'en tint là, tout réjoui de ces paroles dont il ne retenait que l'éloge à ses capacités, avec sur les lèvres un sourire ébahi.

Ma Tante avait lâché ses compagnons sans préavis aucun ; il leur revenait comme si rien ne s'était passé, sans soulever de grogne chez quiconque. L'incident n'entraîna aucune modification, ni dans le traitement dont bénéficiait le fugueur, ni dans l'humeur de Kim. Le cas de Ma Tante n'avait rien d'unique et l'ensemble de la population du camp, ignorant toute espèce d'ancrage, était en perpétuel ballottement : incessante navette qu'instaurait une humeur capricieuse entre tel clan un jour et tel autre le lendemain. Tandis que dans certaine bande le caïd rachetait au prix courant la ferraille rapportée, après retenue de sa marge, puis répartissait de façon uniforme ce qui restait, ailleurs c'était la moitié de la valeur de l'ensemble qui lui revenait, l'autre étant distribuée à égalité entre tous. Dans tous les cas, eu égard au travail effectué, il empochait un revenu sans commune mesure avec celui de ses troupes, dont pas un membre au demeurant ne cherchait à mettre en cause de façon ouverte cet état d'injustice, ni à transformer le système. Car le chef possédait ce que ses hommes n'avaient pas : un toit. Force était parfois de garder la ferraille en lieu sûr dans l'attente de la revente au receleur pour en tirer bon argent ; elle était alors entreposée chez le caïd, dans une arrière-cour ou une resserre, et c'était l'existence de cette simple cabane qui lui permettait de s'imposer dans ce rapport de forces. Pour ces derniers, en majorité délinquants et vagabonds, construire de leurs mains une baraque et négocier avec le ferrailleur représentait de trop grandes complications ! Aussi se résignaient-ils à cet état de fait, quitte à guetter et à rejoindre le prochain clan susceptible d'augmenter leurs gains, ne fût-ce que d'un petit yen ; sans toutefois pouvoir espérer toucher un bien meilleur revenu, de toute manière hors de proportion avec la somme de travail que partout ils fournissaient. Et ce traitement ne s'améliorait pas avec un mode de rétribution différent, sauf à découvrir quelque métal suffisamment léger et d'excellent rapport. Le temps jouait en faveur des caïds : tout fuyard était condamné au retour au bercail au bout de peu de jours.

— Fuku, si t'étais pas content de moi, faudrait y aller carrément et me le dire. Et même foutre le camp si y avait quoi que ce soit qui te plaise pas. Je serais prêt à te reprendre, quand tu voudrais. T'es entièrement libre, tu sais, fais comme ça te plaît.

L'invitation à la défection était venue d'un Kim qui affichait une belle tolérance qu'il destinait à masquer l'illégitimité de ses gains, tentative pour s'attirer la gratitude de Fukusuke, sans ignorer que celui-ci lui reviendrait aussi fatalement qu'un boomerang.

De leur côté, le Borgne, Gon et Raba aussi avaient chacun leur propre itinéraire où ils allaient entraîner Fukusuke et lui faire vivre une triple expérience peu banale.

Le premier à tenter Fukusuke fut Gon le Coréen. Le colosse était d'une laideur sans pareille et – était-ce honte ? – d'un mutisme extrême. Ses bras et ses épaules, mis en branle, développaient la puissance destructrice d'un bulldozer, mettaient à nu et fendaient avec une célérité quasi incroyable jusqu'aux chapes de béton et tuyaux d'acier, cependant que dans le camp le monstre redevenait ombre discrète, passait ses journées sans presque ouvrir la bouche. Qui plus est, travailleur acharné et d'une grande délicatesse, il mettait à la besogne une ardeur supérieure à quiconque et, de retour au camp, tandis que tous dormaient comme des souches, lui restait éveillé, seul, à préparer la sauce de tripaille du soir. Pas loin d'une dizaine d'ingrédients étaient nécessaires pour celle-ci, dont l'huile de sésame, l'ail et le piment, qu'il s'en allait lui-même recueillir à petites doses chez les uns et les autres, pour ensuite faire le mélange. Le soir, lorsque tous venaient s'assembler dans un grand brouhaha autour des braseros, Gon, comme soudé à ceux-ci et bouche obstinément close, grillait et trempait la viande dans la sauce, la servait dans l'assiette de chacun.

Si la délicatesse de notre homme trouvait à se déployer tout à sa mesure dans la préparation de la sauce et de la grillade, son silence tenace, proche de la mutité, avait toujours retenu Fukusuke, incapable de secouer l'empire de sa laideur, de deviner une quelconque de ses pensées. Taciturne, il l'était en partie du fait de son japonais médiocre, à cent lieues des performances d'un Kim, comme lui coréen pourtant, qui s'exprimait avec une prodigieuse aisance dans un parler d'Ôsaka tout en subtilités et nuances.

Fukusuke le rencontra un jour qui marchait seul ; ayant aperçu quelque chose par terre, en bordure du chemin, il se baissa pour le ramasser avec une prestesse inattendue dans une telle carcasse. Puis, regardant de plus près, murmura quelques mots en coréen. Le sens en échappa à Fukusuke, mais l'inflexion indiquait clairement sa contrariété. Il rejeta sa trouvaille sans plus s'y intéresser puis reprit sa marche, avec à la bouche des propos de même nature, semblait-il, mais ressassés en japonais cette fois. Intrigué par ce soliloque, Fukusuke s'approcha de lui d'un air détaché.

— C'était pas une pièce, mais une kapsule de pouteille de pière, disait-il, désignant par là manifestement une capsule de bouteille de bière. Le grand gaillard s'éloigna sans cesser de ballotter de la tête et de pester en solitaire, et Fukusuke se sentit pris d'une indéfinissable sympathie à cette vue.

Quelle mouche l'avait donc piqué ? Le géant surgit un jour à l'improviste au premier étage de chez Kim où Fukusuke faisait la sieste. Il s'agissait d'aller à deux, avant les autres, ramasser une quinque de premier choix qu'il venait de découvrir. Puisque l'annoncer à Kim reviendrait à les faire trimer comme des bêtes pour se faire ratiboiser ensuite, il fallait agir dans le secret, avec pour outil une scie à métaux, qui suffirait pour une ferraille qui s'offrait à eux comme les pommes sur l'arbre, vers lesquelles il n'y a qu'à tendre la main. Ainsi parla Gon, en substance, recroquevillé au chevet de Fukusuke, dans son japonais bredouillant.

– Che scie, tu ramasses. Pour l'archent, fifty-fifty, OK ? Fifty-fifty. Autrement, ch'y fais tout seul !

Il semblait avoir médité son coup car, d'un geste, il exhiba une scie de dessous sa chemise tachée de rouille ; c'est alors que Fukusuke aperçut le bas du pantalon serré soigneusement par une ficelle : il paraissait fin prêt. Attiré, il se leva.

La déception l'attendait à leur arrivée à pied d'œuvre. En effet, Gon avait jeté son dévolu sur la charpente métallique de l'usine, la partie sans conteste la plus stérile du million de mètres carrés de l'esplanade minérale. Combien de bâtiments avait comptés cette formidable usine d'armement qui couvrait aujourd'hui le sol d'une épaisse forêt d'acier écarlate ? D'au-delà des ruines, le vent leur parvenait, anémié en une brise légère dont même les odeurs avaient disparu au terme d'un voyage tortueux à travers le fouillis des branchages de métal. Seuls les chalumeaux oxhydriques, les grues et les bulldozers pouvaient venir à bout de ces amoncellements qui, par-dessus leur banc de béton, pesaient sur la terre de l'endroit de toute la masse de leurs dizaines de milliers de tonnes. Cette ferraille-là était matière définitivement réfractaire aux estomacs des Apaches. Tels étaient la nature et le volume de cette folie stérile et sans bornes que, tenus à distance prudente, jamais aucun d'entre eux n'avait encore conçu assez d'ambition pour tenter d'y mettre la main.

Effectivement, Gon n'avait pas exagéré : les pommes en abondance faisaient ployer les branches, à portée de la première main qui viendrait les cueillir. Seulement voilà : on avait beau tirer de toutes ses forces, c'étaient des pommes qui ne bougeaient pas d'un pouce. Naguère, alors qu'il guidait Fukusuke dans la mine, Kim avait désigné ce désert de rouille par ces mots :

— C'est du nocif, ce coin. Même principe que pour le raisin qu'on peut pas bouffer parce qu'il est acide. Y a de quoi râler, mais là, rien à faire.

Sur quoi, il avait vivement tourné les talons.

Ce fut un choc pour Fukusuke que cette solilude toute de silence qui émanait de l'ample vigne rousse et du luxuriant empilement de ferrailles : bien qu'à peine relevé de sa sieste, il ne put réprimer une sensation d'accablement.

— Hé, tu comptes bosser là ? Ça va pas, non ? On va se faire chier, oui, c'est tout ce qu'on va gagner !

Mais Gon fit la sourde oreille. D'un pas résolu, il atteignit la jungle, s'immobilisa un court moment pour évaluer du regard la hauteur des charpentes puis, après avoir glissé sa scie dans sa ceinture, il cracha dans ses mains et, sans un mot, empoigna un montant sur lequel il posa le pied. S'aidant des aspérités des boulons et des rivets fichés dans l'acier, il entreprit une prudente ascension, à la façon lente mais extrêmement régulière d'un lucane, par petites dépenses de force qui l'amenèrent au sommet. Il se redressa sur un fond de ciel, dominant toute la jungle, secoua ses membres plusieurs fois pour en détendre les muscles, et se mit au travail sans perdre un instant. L'homme au travail opérait en gestes pleins de doigté et de puissance, franchissant tout obstacle en le contournant. Il passa d'une branche à une autre, examina un certain nombre de soudures puis, après avoir choisi les plus faibles des joints qui portaient la poutrelle qu'il comptait scier, concentra sur elle toutes ses forces, résolu.

Tremblant de tous ses membres, Fukusuke se hissa le long du montant, une grande bouteille d'eau en bandoulière, puis reçut sans mot dire les consignes de Gon. Juchés sur leur branche à une hauteur vertigineuse, les deux hommes se mirent à l'œuvre. Un pied mal posé, et c'était le plongeon, une bouillie de chairs sanguinolente, os et peau confondus tout en bas. La peau brûlée de soleil, giflée par le vent et souillée de sueur grasse, Fukusuke versait l'eau savonneuse sur la scie qu'actionnait Gon. Savoir comment ils s'imposeraient à cette jungle sans bornes, où ils devaient frapper, pour quels résultats ! Il jeta un coup d'œil à la ronde sur l'horizon ferreux et se sentait pris à la gorge par un sentiment d'inanité : n'aurait-on pas dit qu'ils essayaient d'assécher l'océan avec un dé à coudre ?

Pour corser le tout, des agents les surprirent en pleine tâche ; deux agents pas plus gros que des fourmis, vus d'en haut, mais des fourmis armées de gourdins tournoyants qu'elles faisaient tambouriner à grand bruit contre la charpente. Fukusuke ne put se retenir de s'esclaffer, mais Gon, sans cesser ses mouvements de scie, le mit en garde avec un sourire.

— Faut pas profoquer, font se foutre en rogne.

Furieux de voir que leur arrivée n'interrompait en rien la tâche des deux hommes qui, au contraire, prenaient leurs aises et continuaient, l'un de faire grincer allègrement sa scie, l'autre de verser l'eau, les représentants de l'ordre unirent leurs voix dans un cri :

— Descendez de là !

— T'as entendu ? Qu'est-ce qu'on fait ?

— Raconte-leur ce que tu veux, dit Gon, et Fukusuke se redressa avec maladresse sur la poutre pour leur crier, sans en mener large :

— Si ces messieurs veulent bien monter...

L'un des agents détacha son ceinturon avec des gestes fébriles, le tendit avec son revolver à son collègue, quitta sa chemise, la flanqua rageusement par terre pour venir s'appuyer au montant, bien décidé à l'escalader, sembla-t-il à Fukusuke qui perdit la tête :

— Merde alors ! C'est qu'il me prend au mot, le con ! Qu'est-ce qu'on fait, hé, qu'est-ce qu'on fait ?

Gon s'arrêta de scier pour réfléchir quelques instants, puis il dit à Fukusuke de poser le pied sur une certaine entretoise ; ce dernier s'exécuta, mais il n'eut pas plus tôt porté un pied devant lui qu'il y eut soudain un bruit sec et plein, et l'entretoise dégringola à grand fracas en bas. Fukusuke n'eut que le temps de retirer son pied, évitant de justesse la chute. Cramponné à une poutre voisine, il hurla, yeux clos :

— Hé, j'suis un pote !

Gon était de nouveau à sa scie.

— Tans les amis aussi y a des ennemis et tans les ennemis des amis. Toi, t'es un ami ami, t'as rien à craindre afec moi, assura-t-il à Fukusuke plus mort que vif, mais la réplique ne rendit pas la gorge de celui-ci moins sèche.

Cependant, l'incident avait eu le mérite de dissuader les deux agents de passer à l'attaque et, conscients à présent du danger, ils optèrent pour une guerre d'usure. L'un partit au pas de course dans les *susuki* et revint bientôt avec une bouilloire empruntée au poste des gardiens. Tous deux, en manches de chemise, se débarrassèrent de leur gourdin et de leur arme, puis allèrent s'asseoir au frais sous le couvert, où ils commencèrent à boire du thé sans plus s'en faire, en même temps qu'ils se lançaient dans un bavardage animé qu'ils interrompaient aux moments de lassitude pour se relever en bâillant, faire quelques pas alentour, ou pour arracher et mâchonner un brin d'herbe.

— Ce que vous faites là, vous deux, ça s'appelle entrave à agents dans l'exercice de leurs fonctions !

— Ouais, vol, violation de domicile, contravention, et en plus de ça que vous êtes culottés et que vous vous payez notre tête... !

Des menaces montaient de temps en temps jusqu'aux deux hommes qui n'en avaient cure et qui poursuivaient leur tâche, ramenant parfois les agents à leur devoir lorsque s'abattait une poutrelle ou qu'ils urinaient du haut de leur perchoir. Ce fut en fin de compte pendant près de trois heures d'horloge, de trois heures environ à six heures du soir, que les deux hommes résistèrent sur leur échafaudage de métal. Au gré d'improvisations soudaines, les agents tentèrent de les intimider par des jets de pierre, feignaient de lever le siège pour aller se tapir dans l'épaisseur de la végétation, mais en vain : les deux hommes ne se laissèrent pas abuser. Les jeunes recrues prenaient des poses de joueurs de base-ball pour lancer leurs pierres à grands moulinets de bras ; à peine étaient-ils embusqués dans les taillis que leur patience s'évanouissait et qu'ils se mettaient à siffler, réduisant du même coup leurs efforts à néant. Convaincus que le risque était nul de les voir monter pour les déloger, ou même d'ameuter les gardes mobiles pour eux seuls, Gon et Fukusuke ne craignaient plus rien ; mais l'un comme l'autre étaient à bout de forces.

La bouteille, devenue vide, fut jetée en bas, la scie suivit le même chemin ; ils s'allongèrent sur la carcasse transformée en poêle à frire.

— On a tout l'air de deux crapauds devant leur miroir.

— T'en peux tonc plus ?

— M'en parle pas, j'suis mort !

— Secoue-toi !

— Dis voir, qu'est-ce que tu veux donc te payer avec le fric que t'auras eu tant de mal à gagner ?

— Une femme.

Sur cet inévitable sésame, tout là-haut et en parallèle à celle des agents, s'amorça, cahin-caha, une deuxième conversation, dans le soleil et le vent, mais elle retomba moins d'une demi-heure plus tard, enlisée, lamentable, dans un débordement de verbe et d'images puant le cliché. Battant le rappel de ses médiocres connaissances de japonais, Gon parla, obstiné à marmonner ses calembredaines, en parade désespérée à la chaleur de four. Des scènes défilèrent. D'une femme qui avalait des pièces de dix yen par sa bouche du bas et tirait de son ventre, à coups de reins, des tintements étouffés. De Kim et sa femme qu'une nuit où il s'était relevé pour aller aux cabinets et avait écarté la cloison à glissière de leur chambre, il avait surpris en plein rodéo, même que Kim avait crié pour cacher sa gêne : « Oh, la porte qui bouge toute seule ! » Du Borgne et de son outil, qu'à l'état de repos il avait bestial et qu'il laissait fièrement descendre jusqu'au carrelage quand il était assis sur son petit banc des bains publics, qu'il exhibait comme une pièce d'artillerie lourde. Pour l'écouter, Fukusuke s'était confectionné un turban de son pantalon, par crainte d'une insolation, mais la brûlure du métal chauffé à blanc qui traversait son mince caleçon lui rendit bientôt la station assise intolérable. Il s'allongea, yeux clos, endurant la chaleur, l'éblouissement et la chute à laquelle il se voyait promis, et il n'eut plus à la longue que la sensation d'être dépouillé de ses os et de sa chair, réduit à l'état de méduse en train de rissoler au soleil d'une plage et qui fond peu à peu en dégorgeant son eau.

Le soir venu et les agents partis, les deux hommes redescendirent de leur échafaudage ; ils s'effondrèrent dans les herbes où ils demeurèrent ainsi un long moment, sans voix. Gon lui-même avait atteint les limites de l'épuisement.

— On les a eus ! put-il dire, mais un halètement l'empêcha de poursuivre.

*
* *

« Apaches : tribu d'Indiens d'Amérique du Nord, intrépides et belliqueux. Etablis à l'origine sur un territoire s'étendant de l'Amérique du Nord au Mexique, vivaient principalement de la chasse au bison. Résistèrent aux envahisseurs espagnols puis, quand débuta la conquête de l'Ouest, aux colons et à l'armée fédérale. Excellaient dans la tactique de la guérilla. Nombreux sont les chefs-d'œuvre impérissables du septième art qui ont illustré leurs exploits, dont *Fort Apache* de John Ford. Ajoutons qu'ils ont laissé leur nom aux mauvais garçons parisiens. »

Depuis quelque temps, la presse se couvrait d'une floraison d'articles sur le camp. Les journalistes, après des enquêtes fort discrètes, y contaient, photos à l'appui, l'histoire de la mine, l'origine du camp, sa situation actuelle, terminant leur article par une citation finale bien faite pour soutenir l'intérêt du lecteur.

L'édition du soir d'un quotidien tomba sous les yeux de Raba, lors d'un dîner chez Kim. Il s'en empara promptement et, viande et gnôle oubliées, se plongea dans la lecture de l'article qu'il dévora jusqu'à la dernière ligne, sans passer un seul mot.

— Qu'est-ce faut p'entend' ! s'écria-t-il, sous le coup d'une agitation qui propulsa ensemble au portillon toutes les syllabes de ce qui aurait dû se prononcer : Qu'est-ce qu'il ne faut pas entendre !

— Qu'est-ce faut p'entend' ! répéta-t-il puis, à l'adresse des autres qui, surpris par son exclamation, levaient sur lui un œil interrogateur par-dessus les braseros : Putain, mais on se fait foutre de nous, les gars !

Il leur fit à haute voix la lecture du commentaire, puis tapota un passage d'un doigt rageur :

— Là, j'suis pas d'accord ! Ecoutez donc : « Nombreux chefs-d'œuvre impérissables... dont *Fort Apache* de John Ford... » Non mais ! Nombreux chefs-d'œuvre impérissables ! Sans blague ! Qu'ils parlent de nous, passe encore, mais ils pourraient être un peu plus sympas, non ?

— Allons, te monte pas comme ça. Après tout, c'est dit qu'y a des gens comme nous là-bas, à Paris ; tu te rends compte, même à Paris ! Et qui s'appellent comme nous. Encore des victimes de cette société pourrie, je parie. Ça fait du bien de savoir ça, j'trouve !

Kim avait parlé en manière d'apaisement mais Raba, après être resté pensif quelques instants, releva la tête ; il reprit le journal et colla un regard avide sur une photo, où l'on pouvait voir les faces hilares d'employés de bureau penchés aux portières d'un train franchissant un pont et qui regardaient, en contrebas, des Apaches barboter dangereusement dans la rivière où ils avaient plongé pour échapper aux policiers lancés à leurs trousses.

— Bon, fit-il.

Une clarté rieuse parcourut un œil, aussitôt disparue, et son regard perdit de son éclat. Il regarda à la ronde ses compagnons puis eut un plissement d'yeux malicieux.

— Un de ces jours, on leur en fera voir, de ces scènes impérissables, c'est moi qui vous le dis ! se contenta-t-il de dire et, tout content, il posa son menton sur ses genoux relevés.

— Qu'est-ce que tu comptes faire ? lui demanda Kim, l'air inquiet, mais Raba n'eut pour lui répondre qu'un léger sourire.

Les révélations de la presse eurent pour effet de rendre les activités du camp sensiblement plus malaisées. En civil ou en tenue, inspecteurs et policiers firent désormais des apparitions tant diurnes que nocturnes. L'immensité minérale et la plaine aux *susuki* devinrent le théâtre d'incessants chassés-croisés ; dans le bureau du commissariat, la bascule, trop souvent mise à contribution, finit par se détraquer. Pris la main dans le sac les uns après les autres et emmenés, porteurs de leurs prises, les Apaches se succédèrent en cellule : ils y passaient un jour ou deux, tranquilles, avant d'être relâchés et de retourner au camp d'où, régalés d'un œuf cru, ils repartaient à l'assaut, pour connaître derechef l'arrestation, le soir même de leur remise en liberté. Un véritable cercle vicieux s'établit dont le record alla, sans conteste, à un gars qui accomplit la performance de collectionner jusqu'à seize arrestations dans un laps de temps réduit.

Par la pression exercée sur le camp – par police interposée –, les journaux et leurs articles agirent aussi, du même coup, en catalyseurs de la désagrégation interne que le camp allait connaître. Et pour cause : un afflux de chômeurs et de marginaux, ameutés par la rumeur, envahit le camp dont la population acquit une densité chaque jour plus grande, génératrice d'une énergie sans exutoire, ce qui suscita l'apparition de divers phénomènes. C'est ainsi qu'entre clans, comme entre compagnons, redoublèrent les désertions et les trahisons ; on se coupa de plus belle l'herbe sous le pied. Cette désagrégation fut à la base d'une poussée généralisée d'abcès qui avaient nom altercations et rixes irréfléchies, soûleries. Les gars partaient certes en nombre croissant pour la mine, mais le volume de ferraille extraite ne tarda pas à diminuer dans des proportions inverses, du fait des incessantes interventions de la police.

A force d'être pourchassé nuit après nuit, Fukusuke fit de rapides progrès dans la maîtrise des techniques apaches qui, à l'évidence, n'étaient nulle part d'aucun secours en dehors de la mine. Il excellait à présent à filer ventre à terre dans les ténèbres sans aucun repère ; à escalader en s'aidant de ses seuls pieds et mains les murailles du château, cambrées comme le col d'une potiche ; ou encore à distinguer, entre les bruits des godillots, ceux des sandales de ses compagnons, ce qui hélas ! ne lui servait à rien, sinon à détaler vers tous les points cardinaux avec, sous ses semelles, des filons enviés mais hors de portée. La plupart de ses nuits se passaient désormais en fuites continuelles, l'entrée dans la mine ne fournissant plus guère que l'occasion de se tenir caché dans la masse des *susuki*, ou derrière les décombres, à contempler la voûte étoilée dans l'attente ensommeillée de l'aube.

Chaque matin, Kim accueillait d'une question un Fukusuke qui rentrait bredouille, le visage livide et bouffi d'insomnie.

— Les étoiles étaient belles, pas vrai ? dit-il un jour, et ses épaules tombèrent sur un long soupir. Par ici, y a que ça, des étoiles, et pour en avoir, y en a ! Forcément, avec cent dix hectares... Où que tu te trouves, d'un bout à l'autre, que ça, des étoiles. Ah ! on est aux premières loges pour s'en rendre compte que la Terre est ronde !

Troublé par cette invective d'une grande poésie, Fukusuke se coula, le cœur lourd, dans sa couche étique.

Cet état de choses explique qu'après l'explosion de joie qui salua, dans la bande, l'annonce de la découverte d'un tas de vieux rails – du poivre rouge sous la peau du crâne n'eût pas produit plus d'effet –, l'impasse devint totale lorsqu'il fut question du mode de transport. Les rails, enterrés, s'étaient couverts de rouille, mais ils semblaient avoir été entreposés là en réserve et il suffisait de faire tomber cette rouille pour pouvoir en tirer parti ; la découverte était donc une rare aubaine. Le Borgne s'était rendu sur place à l'insu de la police et des autres et avait constaté qu'ils mesuraient chacun cinq mètres ; un coup de pied sur l'un d'eux lui apprit, par le choc transmis à son tibia, qu'ils devaient avoisiner les trois tonnes, et valoir entre quarante-cinq et cinquante mille yen au prix courant. Son récit déclencha un brouhaha général, des réflexions :

— On n'aura pas le temps de regarder les étoiles, parole !

Or, toutes les issues étaient condamnées. Avant toute chose, il importait de trouver le moyen d'échapper au coup de filet de la police, dont on ne savait quand elle frapperait. Puis, la masse énorme du butin interdisait le passage de la Hirano en bac ; de même était-il hors de question de longer la conduite de gaz. Il y avait bien les « taxis », ces charrettes qu'on ne trouvait qu'au camp, conçues pour supporter les plus lourdes charges, qui permettaient donc de transporter tout ce qu'on voulait en ménageant au maximum ses forces. Encore fallait-il passer à toute allure devant le dortoir et le poste des gardiens. Ces derniers étaient tous soudoyés, on pouvait être tranquilles à leur endroit ; malheureusement, l'obstacle restait intact du fait de la présence récente d'agents détachés à la surveillance, laquelle surveillance ne se relâchait pas une minute. La voie était barrée. Un tour d'horizon rapide permit de se rendre compte que, même s'ils avaient la chance de passer à travers les mailles du filet policier, les quelques ressources à leur disposition jusque-là s'étaient évanouies. Et puis, cette incertitude planait toujours : quand la police attaquerait-elle ?

Ce fut Raba qui se proposa.

Il regarda un à un ses compagnons assis en rond autour des braseros, la tête entre les mains, les yeux fixés sur le sol de nattes.

— Laissez-moi faire, dit-il.

— Te laisser faire, tant que tu voudras, mais comment tu vas t'y prendre ?

— On va longer la Jôtô. Les flics, d'habitude, c'est de jour ou de nuit qu'ils rappliquent, l'un ou l'autre. Alors nous, on attend le bon moment, entre les deux, quand la nuit est bien finie mais qu'il fait pas encore clair. C'est le moment où ils repartent avec les gars chopés, vous le savez. Nous, on fonce juste après.

— Y a un os : qu'est-ce que tu fais du cas où ils nous foutent la paix la nuit, puisque aussi bien on n'y voit rien, et que pour nous attaquer ils attendent le moment qu'on se rassemble tous sur le bord avec notre butin ?

— Pour pas que ça arrive, on se démerde pour les obliger à faire leur coup pendant la nuit. Y a qu'à les appeler.

— Nous, appeler les flics ?

— On fait Police-Secours, on prend la voix d'un pékin et on leur raconte n'importe quelle salade, du genre : « J'sais pas ce qui se passe, mais y a les Apaches qui font un drôle de raffut ! » Ou bien, on imite un gardien : « Chef, au secours ! Ah, les voilà ! » Et clac, on coupe. Y a de quoi les convaincre, je vous le garantis.

— Autrement dit, tu te sers des autres potes comme appâts pour les flics...

— Ils sont barqués toutes les nuits, aussi bien. Et c'est pas évident qu'en face ils le gobent, ce coup de bigophone. Considère ça comme une gâterie ; c'est une mise en scène, autant se donner la peine, mais ce n'est jamais qu'une gâterie, tu sais. Faut pas te frapper !

Raba considéra l'assemblée avec un petit sourire aux lèvres, constata que chacun, encore qu'à demi sceptique, avait relevé la tête, signe qu'on s'était ressaisi, sur quoi il sortit.

Du soir au matin suivant, Raba prit en main la direction générale des opérations. Au vu des renseignements rapportés par les plantons dépêchés sans interruption dans tous les azimuts, il étudia la situation sous divers angles, dans les autres clans de la mine, au poste de garde et au commissariat ; lui-même sortit plus d'une fois pour téléphoner. Toute cette activité y fut-elle pour quelque chose ? Raba lui-même n'aurait pu le dire ; toujours est-il que, cette nuit-là, les compères partis pour la mine furent pourchassés sans relâche par une brigade de policiers et, sur le matin, s'en revinrent en ordre dispersé sans avoir pu faire aucun travail de quelque intérêt. Tous les outils étaient perdus, les taxis saisis ; une retraite éparse ramena de pauvres ombres qui se glissèrent en catimini dans les lits des masures.

Renforcé pour l'occasion de plusieurs arpettes, le clan Kim se tenait coi, attendant son heure : le départ de la mine du dernier homme. Sitôt la nouvelle reçue, toute la troupe s'engagea au pas de course sur le viaduc de la ligne Jôtô. Raba en tête dirigeait les manœuvres, bondissant à droite et à gauche avec des jaillissements de dague, malmenant les traînards, frottant les fesses des hésitants, jurons et hurlements aux lèvres. Hormis le fait que la fouille prit plus de temps que prévu du fait de la présence de tous les vagabonds novices, tout se passa selon ses plans : chaque rail mis au jour fut amené à dos d'homme à travers le désert, puis le long de la ligne de chemin de fer jusqu'à bon port. Campé au beau milieu du ballast, Raba aboyait des consignes pour qu'on passât en bon ordre, par équipes de quatre. Quant à Fukusuke, promu planton, il eut à surveiller l'arrière-garde.

La ligne Jôtô coupait le désert parallèlement à la Nekoma, dont la berge tombait droit à quelques centimètres seulement du bord de la voie ; entre les deux courait un sentier pas plus large qu'une bordure de rizière. La file des Apaches allait emprunter cette berme qui ne livrait passage qu'à un homme à la fois, et chaque rail, de trois tonnes au moins, devait être porté à quatre. La chute de l'à-pic guettait, on était à la merci du premier faux pas. Le groupe arrivé du désert vint s'immobiliser à l'entrée du sentier, où les hommes marquèrent le pas, bientôt gagnés par une pâleur grandissante, sous le poids des rails.

— Hé, qu'est-ce que vous branlez là ? C'est trop étroit pour passer, montez donc ici. Prenez la voie, pourquoi s'en priver ?

Les gars hésitaient à monter, mais Raba les contraignit à emprunter la voie : un premier groupe passa, suivi d'un deuxième, d'un autre encore, qui trébuchaient sous leur charge de rails.

Sur ces entrefaites arriva un train, bondé à craquer d'employés de bureau en route pour leur travail. Dès qu'il aperçut les Apaches en travers de la voie, le mécanicien donna un coup de sifflet, mais ceux qui avaient gagné le ballast ne purent réagir, immobilisés par l'énorme masse qui les écrasait. Il n'y avait plus qu'à ralentir et stopper, jusqu'à ce que le dernier Apache eût traversé ; ce qu'il fit. Une même poussée releva toutes les portières des sept voitures de la rame pour laisser apparaître une ligne de visages enfiévrés, comme autant de billes de gélatine jaillies d'un tube qu'on a pressé. Le spectacle de la voie déclencha une rumeur qui vola de bouche en bouche. On devine, à cette heure, l'atmosphère pesante de ces fourgons à bestiaux saturés d'odeurs : chairs et carcasses, sueurs et haleines, papier des journaux ; encaquement humain où couvaient les mille et une haines et irritations rentrées qui se déchargeaient en regards brûlants sur les trous d'oreille ou les nuques duveteuses venus se coller sous les nez.

De chaque bouche fusa une exclamation :

— Dépêchez-vous de passer, bon sang !

— On va arriver en retard au bureau !

— Faites gaffe à vos gueules !

Enfin on claironna :

— C'est pas le Far West ici ! Jouez pas les bovins !

Comme chez lui sur son ballast, Raba aidait au passage de chaque équipe en la tirant à lui, et répondait d'une voix de colibri aux coups de sifflet du train, aux invectives du mécanicien :

— Faites excuse, faites excuse, juste encore un peu de patience...

Tout occupé qu'il fût à orchestrer le transport, il se retourna vivement à l'apostrophe lancée d'une portière, vit Fukusuke, le héla :

— Je l'attendais, celle-là ! Ah, comme ça, faut pas jouer les bovins ? Enfin on la tient, la revanche ! Qu'est-ce faut p'entend' !

Aux compagnons qui passaient à la file près de lui, il enjoignit de ralentir le pas et de redoubler d'attention en même temps qu'il disait, la face épanouie et comme pour lui-même :

— Quel dommage que les canards envoient personne : « Affolaient fréquemment le bétail des Blancs pour immobiliser les trains, nombreuses scènes inoubliables. » Ah, comment ça se fait qu'ils viennent pas au spectacle ?

Et il eut un large sourire destiné à tous.

Penché à sa portière, le conducteur du train injuria Raba, mais celui-ci lui fit face en marmonnant d'une petite voix des excuses inaudibles, dans la posture du fidèle en prière, mains jointes et inclinaisons de tête outrageusement confuses, sans cesser par ailleurs d'ordonner à ses hommes de réduire encore l'allure. Tant et si bien que l'horaire du train s'en trouva bouleversé.

Le passage s'éternisait et, à toutes les fenêtres maintenant, s'encadraient des visages gros et petits qui se tendaient au-dehors dans une bousculade semblable à celle des couches de bébé suspendues aux balcons des grands ensembles. Une huée générale se fit entendre et un passager, excédé, sauta sur la voie. Il esquissa un élan pour se précipiter, mais un coup d'œil sur la silhouette de Raba, qui lui barrait la route, le convainquit de faire volte-face, et il s'élança dans l'autre sens, à la recherche d'un téléphone.

Sans doute avait-il appelé Police-Secours, qui avait ensuite alerté le poste de la mine où dormaient les agents, car on vit bientôt accourir trois de ces derniers, chemise flottant sur le pantalon, qui se frayaient un passage au travers des *susuki*. Raba et Fukusuke étaient précisément occupés à faire traverser la dernière équipe. Le brouhaha venu des wagons avertit Fukusuke qui tourna la tête et les aperçut ; il prévint Raba :

— Hé, les voilà !

— Bon, mets les bouts !

Raba tourna soudain les talons et fila dans la direction opposée au camp, vers la mine. La brusquerie de son envolée prit de court Fukusuke qui ne put que lui emboîter le pas, maladroitement, sans rien comprendre de ses intentions. D'un saut, ils gagnèrent le sentier en contrebas et s'apprêtaient à s'engouffrer dans la mine quand ils tombèrent nez à nez sur les trois agents accourus d'en face. Fukusuke crut entendre le convoi, derrière eux, retentir d'un tonnerre d'applaudissements. Les agents, euphoriques, se précipitèrent par petits bonds et bras écartés sur les deux Apaches. « Ah, ce coup-ci, c'est foutu... » se dit Fukusuke qui, à l'imitation de Raba, se baissa et, d'une plongée, passa de justesse sous les bras des agents avant de se jeter tête la première dans l'épaisseur des *susuki*.

— Me colle pas au cul, écarte-toi ! Chacun pour soi !

— T'es vache, toi alors !

— Et mon cul, il est vache ? J't'en foutrais, du sentiment !

L'un ricanant aux implorations de l'autre, tous deux progressèrent en désordre, à quatre pattes au milieu des *susuki*, le souffle court. Dans leur dos, du profond des fourrés, leur parvenaient, de plus en plus rapprochés, les bruits de pas et les paroles échangées par leurs poursuivants.

— Par là !

— Par ici !

— Une vraie chasse au lapin !

Le foisonnement végétal recelait des puits qui recueillaient jadis les eaux usées, des décombres soulevés en monticules par le souffle des bombes, des mares, des vestiges de hauts fourneaux, toutes choses si bien camouflées par la terre et les herbes qu'on ne découvrait leur présence qu'une fois arrivé dessus. Leur avancée à quatre pattes, ponctuée de culbutes, les conduisit devant un trou dans une maçonnerie de brique où ils se hâtèrent de se glisser. L'intérieur, noir comme celui d'un four, sentait la terre humide, mais était assez haut pour permettre de progresser sur les genoux et les mains, ce que firent les deux hommes qui s'y engouffrèrent ainsi sur leur élan.

Comme il le surent bientôt, il s'agissait là du conduit de fumée d'une usine ; sol et parois internes étaient pavés de briques, l'issue totalement obstruée par la chute de la cheminée géante, jetée bas dans les bombardements. Les deux hommes poussèrent aussi profond que possible, jusqu'à buter sur un cul-de-sac, puis se retournèrent, non sans peine, pour faire face à l'entrée du conduit. Une lumière diffuse et blafarde l'enveloppait, mais ils étaient parfaitement à l'abri des regards ; ils crurent percevoir, à on ne sait quoi, les voix et les pas des agents en battue alentour, acharnés, mais rien ne leur parvint derrière l'épaisseur de terre et de brique.

Un conciliabule s'établit entre les deux homme à plat ventre dans l'obscurité totale.

— Hé, Fuku, je parie que tu piges pas pourquoi j'ai filé en sens contraire des autres ?

— « Comme l'insecte d'été qui s'est jeté dans les flammes », non ?

— Déconne pas. C'était pour tirer d'affaire tout le monde. Pendant qu'on est ici à retenir les flics, la quinque aura dû arriver sans encombre.

— …

— J'suis un cœur tendre, moi.

— Y a pas cinq minutes, tu m'as pourtant dit que tu m'en foutrais, du sentiment ?

— Y avait urgence, tiens ! T'as marché ?

— Bof ! Aussi bien, je suis blindé, tu peux parler.

— Bon, tiens, ce soir, je te paye le coup, et une pute.

— Au lieu d'une pute, j'aimerais mieux un bon bain.

Raba eut un rire étouffé. La conversation porta alors un moment sur l'immobilisation du train bondé, leur magnifique échappée, les femmes qu'ils étaient censés se payer le soir près du parc de Tennôji. Raba fut le plus prolixe : encore sous le coup du succès tout neuf de son plan, un plan minutieux où son bon plaisir avait trouvé son compte sur toute la ligne, il se mit à parler des femmes, en brossant une description extrêmement vivante et crue. A la différence des histoires de Gon desséché par le soleil sur sa charpente, son tableau s'émaillait d'épithètes et onomatopées hardies, hautes en couleurs, s'animait encore des mouvements de bras qu'il faisait par moments, dans la chaleur du récit, pour se taper sur le ventre ou se chatouiller les côtes. Aussi Fukusuke, dans ce boyau noir et humide, se trouva-t-il bien en peine de s'expliquer pourquoi l'autre brusquement s'était interrompu. C'est qu'une initiative inopinée des agents avait soudain jeté Raba dans une muette frénésie.

Ces derniers avaient perdu de vue les deux hommes, battu un peu partout les taillis et fini par découvrir la cavité. Un examen approfondi du voisinage leur révéla qu'on avait piétiné les *susuki* sur toute la surface autour de l'orifice et arraché la mousse épaisse du bord, où une plaie béante s'ouvrait sur le derme de brique rouge. Rien n'indiquait que ce fût le fait des Apaches qui se seraient glissés à l'intérieur ; ni bruit ni voix ne sortaient de cet antre où régnaient la nuit et le silence. D'un commun accord, les agents convinrent de l'enfumer, par acquit de conscience. Des feuilles mortes furent entassées devant le trou et ils y mirent le feu, qu'ils attisèrent à tour de rôle à l'aide d'un journal. Un nuage de fumée s'engouffra dans le conduit, gagna le fond puis reflua vers la sortie. Après s'être assurés, par plusieurs essais, que cette fumée ne débusquait personne, les agents s'éloignèrent.

Ils laissaient des touffes d'herbe silencieuses où les rayons de soleil d'un matin d'été faisaient comme des jeux d'eau sur les tiges des *susuki* ; les libellules décollaient avec un léger appel de l'arc souple des herbes à peine fléchies sous elles. Un train passait dans le lointain ; les herbes retenaient leur haleine et les feuilles sèches devant le trou exhalaient une agréable senteur. C'est dans cette ambiance limpide et paisible, vigoureuse de jeunesse, qu'apparurent deux corps humains nauséabonds et rompus, vomis par le conduit.

De Fukusuke émergèrent lentement les mains, la tête, puis les épaules ; il jeta à la ronde un regard vigilant et commença à se traîner hors de la cavité, mais s'arrêta bientôt, le corps à demi sorti, tête en bas ; ses épaules se soulevèrent et s'abaissèrent plusieurs fois, et sans changer de position, il appela vers l'intérieur :

— Ça va, tu peux sortir.

Un simple filet de voix s'était échappé de ses lèvres ; les yeux clos, il laissa retomber son visage dans la terre. Quelques instants après cet appel émergea un Raba privé de ses derniers ressorts : il entreprit de s'extraire du trou puis, incapable d'éviter Fukusuke dont seul le buste ressortait, s'aplatit sur lui comme une masse. Celui-ci se redressa avec lenteur sur ses coudes, se dégagea d'une secousse qui envoya Raba rouler à terre comme une bûche. Des excrétions innombrables extirpées par la chaleur et la fumée projetèrent leurs miasmes sous l'effet de la culbute ; une soudaine indolence mate s'empara des alentours dont l'air, jusque-là d'une clarté crue, se chargea en flou des sueurs et odeurs, des humeurs multiples qui ne pouvaient émaner que des deux corps en lutte au fond du boyau. Un coup de vieux pour le matin, saisi par la grisaille.

Les deux hommes demeurèrent un moment étendus sur le sol, sans plus de mouvement que des cadavres, le visage contre terre, maculé de larmes et de morve. La puissante musculature de Raba étalait son relief émoussé par l'épreuve, comme pénétrée par la fumée jusque dans ses extrêmes fibres. D'une main soulevée avec lenteur, il se frotta les paupières, puis ouvrit grand et plissa ses yeux congestionnés et souillés de larmes.

— Le retour des noctambules... Le soleil est d'un bien beau jaune. C'est féerique, ma foi ! murmura-t-il à grand-peine, avant de pousser un profond soupir au bout duquel il se tut.

5

Des plaques d'argent

Allons-y, mes gars ! On entend la diligence
Préparons-nous pour la danse,
Tant pis pour les dégâts !

JOHN GAY, *Beggar's Opera*
(acte II, scène 1, Le chœur des voleurs)

Gon et Raba avaient cédé à leurs impulsions, ce qui avait valu à Fukusuke de vivre deux rudes mésaventures. Celle qu'allait connaltre le Borgne ne leur cédait en rien.

Ce dernier ne parut pas s'émouvoir au récit que lui fit Fukusuke des prouesses abjectes et désespérées des deux hommes, récit salué d'un : « Mais c'est encore rien tout ça ! » suivi d'un rire goguenard. Selon lui, Gon et Raba avaient été conduits par le plus pur des hasards, ce qui dispensait de les applaudir. Fukusuke n'était pas de cet avis, et s'il convenait qu'un fort sentiment de mépris avait mû Raba, il estimait que celui-ci ne s'était pas du tout abandonné à une réaction purement épidermique de défoulement, mais qu'il avait, au contraire, agi selon un plan minutieusement conçu et avait été impressionnant de maîtrise et d'habileté. Même s'il y avait eu échec à s'être laissé emboucaner dans le conduit (comme on l'avait malencontreusement révélé), il fallait reconnaître qu'il avait agi ainsi dans le seul but d'attirer les flics sur lui, pour le plus grand profit des camarades, et ceci épongeait pour une bonne part le flot amer de larmes et de morve versé ce matin-là.

Mais le Borgne jugeait les choses à partir de critères d'une tout autre rigueur, et ni l'un ni l'autre ne trouvèrent grâce auprès de lui.

— Gon a grimpé sur la charpente à quinze mètres du sol ; personne pouvait le rejoindre, c'est ce qui l'a sauvé. Raba, lui, s'est enfilé dans le conduit, pas parce qu'il l'avait prévu, mais bien parce qu'y avait par hasard un trou juste là, et qu'il est tombé le nez dessus, c'est tout ! Pour tous les deux, le bol ! Conclusion : c'est le bol qui vous a sauvés, et pas autre chose. S'il s'était pas trouvé un trou et une charpente, qu'est-ce que vous deveniez, hein ? Vous étiez faits ?

Ce qu'entendant, Raba se frappa la cuisse :

— Qu'est-ce faut p'entend' ! s'écria-t-il, piqué au vif.

Le Borgne n'ajouta rien, laissa flotter une expression ironique sur ses lèvres.

Il devait apporter la preuve de ses dires quelques jours plus tard. A quel prix ! Désaltéré d'une bonne dose d'eau boueuse, trempé jusqu'aux os et couvert de contusions par tout le corps ! Mais libre, et libre d'une liberté qu'il ne devait à rien d'autre qu'à ses jarrets et ses biceps, et pas du tout au fameux « bol ». Fukusuke et lui étaient en prospection lorsqu'ils se trouvèrent encerclés par des policiers ; le cri d'alerte les fit bondir hors des fourrés, mais il était déjà trop tard : les agents menaçaient partout, déployés à intervalles encore importants d'un cercle visiblement lâche, mais où les Apaches ne purent se glisser. Disséminés jusqu'au signal de l'attaque, quand retentit celui-ci tous prirent leurs jambes à leur cou comme un seul homme et se regroupèrent : lieutenants, arpettes, plantons, démarcheurs, femmes, enfants, une longue file se constitua qu'emmenaient les plus forts, chacun tenant sa place à la mesure de ses jambes, de ses poumons, de son cœur, avec pour seul repère le dos du fuyard devant lui, entraîné dans un tournoiement en tous sens. On ruait, on bourrait, on bousculait, toutes les gorges se renvoyaient les cris dans la bousculade éperdue de cette masse moutonnière déboussolée lancée au hasard. Le spectacle était, ni plus ni moins, celui d'un banc de sardines en migration. Seule la fuite a le pouvoir d'unir les hommes, se dit Fukusuke, comme chaque fois à cette vue. Et la bande poursuivait sa galopade en tourbillon à l'intérieur de la nasse largement ajourée, dont elle frôlait souvent les trous sans même essayer d'en tirer parti, prise sans réfléchir dans une ronde assourdissante, tantôt à droite, tantôt à gauche, le long du filet qui se resserrait peu à peu sur elle.

Embusqué dans les touffes d'herbe, le Borgne attendit l'approche de la bande puis, après avoir attentivement observé la ligne des policiers, émergea d'une détente soudaine. Ce bond le porta en tête de la colonne : elle allait tourner à droite, lui l'entraîna à sa suite, droit devant. Il se jeta sur un jeune agent dont il paraissait avoir fait sa cible et concentra sur lui toute son énergie. Quand ceux des compagnons qui collaient à son sillage se ruèrent dans la brèche, il était déjà dehors : tenant l'agent à bras-le-corps, il l'entraînait avec lui d'une poussée furieuse, sans opposer aucune résistance à l'autre qui, chancelant, lui assenait sa matraque sur le dos et les épaules. Courbé sous la grêle de coups, il continua son avancée de rouleau compresseur maladroit dans les herbes. Pas une fois il ne se retourna vers les compères pris dans la nasse, qu'il laissait hurler derrière lui. Pour lui prêter main-forte, Fukusuke tenta de saisir le bras de l'agent par-dessus son épaule, mais le Borgne lui décocha un coup de coude, sans un mot. Des bras d'acier que ses bras : le choc qu'il ressentit n'eût pas été moindre s'il avait heurté une poutre de plein fouet, et il s'affaissa, pris d'étourdissement, avec dans le tympan un bruit de côtes défoncées.

Le Borgne n'eut pas un regard pour lui ; de la même poussée, il traversa les fourrés comme un perdu, ceinturant toujours le policier, puis les deux hommes enlacés dévalèrent le talus, droit vers la rivière. Ils se relevèrent sur le bord et le jeune agent cria, paniqué, devant le profond bain chimique de la Hirano.

— Ça va, ça va, j'ai pigé, tu peux me lâcher, maintenant !

Il voulut se dégager et fuir, mais le Borgne le rattrapa en projetant un bras sous lequel il le maintint pour sauter dans le canal. Tous deux fermèrent hermétiquement yeux et bouche à l'instant de pénétrer dans l'eau. Alors seulement le Borgne relâcha son étreinte ; il gagna à la nage l'autre bord où il se hissa en rampant, s'ébroua une bonne fois et s'éloigna à pas pressés comme si de rien n'était.

A part le Borgne, Fukusuke et deux ou trois seulement qui échappèrent à la rafle, tous les autres furent appréhendés et emmenés au commissariat. Les rescapés devaient tous leur salut à la trouée ménagée par le lieutenant dans le filet policier, et ils surent gré à celui-ci de son audace. Le soir même, ils vinrent lui rendre visite dans sa baraque, porteurs de seiche séchée et de *shôchû*. Il accepta les cadeaux sans un mot, but l'alcool d'un trait comme s'il s'agissait de simple thé ; la bouteille vidée, il prit un air ennuyé, se gratta les épaules, puis se laissa basculer le dos au mur et s'endormit, les bras autour de ses genoux relevés. Sa chemise et son pantalon séchaient sur le toit de la bâtisse et l'homme était dans le plus simple appareil, le corps zébré, des épaules aux reins, de marques bleues et rouges qu'avait laissées la matraque en frappant. Fukusuke, qui avait traversé aussi la Hirano derrière lui à la nage, avait avalé un fier bouillon et il fut pris cette nuit-là d'une violente diarrhée qui le cloua sur son lit pendant deux ou trois jours. Tandis que l'autre, en homme qu'on eût dit doté d'intestins inoxydables, engouffrait, imperturbable, son monceau de tripes et se mettait au travail, ce jour-là comme les suivants.

Cependant la police, de son côté, ne restait pas les bras croisés face à ce fébrile carrousel de convois bloqués et d'étreintes suicidaires auquel se livraient les Apaches. Il était en fait plus juste de voir dans ces actions les derniers soubresauts de gens réduits au désespoir. Chaque jour vit la police plus décidée et plus sévère. Cela alors même que le marasme économique jetait dans le camp un flot continu de chômeurs, de vagabonds et de délinquants, dont se gonflait sa population, avec pour effet de saper le système traditionnel d'organisation du travail et de plonger le camp dans un désordre croissant. Sachant qu'il n'existait dans la mine aucune chasse gardée, aucune règle, les nouveaux venus s'en allaient fouiller en solitaires, sans rien connaître qui vaille ; ce qui, joint au fait qu'ils étaient indépendants de tout clan et ne suivaient aucune « leçon », finit par amener divers incidents. C'est ainsi que pour avoir négligé de donner le signal – le cri du mulot –, l'un d'eux fut rossé dans l'obscurité et laissé à demi mort sur le terrain ; un autre qui était venu en chemise blanche fut pris pour un inspecteur en civil et roué de coups de la même façon. L'extrême mobilité de la population du camp, où arrivées et départs se succédaient en rotation rapide, interdisait de connaître tous les Apaches. Interloquée, la dernière victime n'avait pas compris immédiatement ce qui lui valait pareil traitement, mais bientôt, dès qu'elle s'était rendu compte que le port d'une chemise de teinte claire allait à l'encontre des règles vestimentaires du travail de nuit, elle s'en était débarrassée en toute hâte et avait détalé.

— Mais non, j'vous dis ! J'suis un voleur, croyez-moi, j'suis un voleur, pas un inspecteur ! J'suis nouveau ici, j'vous jure ! avait bêlé l'homme.

Mais ces cris n'avaient convaincu personne et les Apaches l'avaient poursuivi torse nu dans l'obscurité, étaient tombés sur lui à bras raccourcis, en se relayant jusqu'à ce qu'il eût expliqué qu'il avait perdu sa place d'homme-sandwich pour un *pachinko*, et qu'il venait à peine d'échouer au camp.

Certains des nouveaux venus ralliaient un clan, mais le plus clair d'entre eux demeurait à l'écart. Et ces solitaires augmentaient en nombre avec les arrivées incessantes, si bien qu'ils s'attirèrent l'hostilité des compères inféodés. Il ne leur suffisait pas de tournicoter autour de ces derniers en chasse, de guetter l'instant d'inattention pour fondre comme des charognards sur le butin, alors qu'en cas d'opération de police, ils venaient leur coller aux basques et entravaient ainsi dangereusement leur fuite. Il fallait encore qu'ils négligent les offres de sortie dans la mine, faites sur la foi d'informations de plantons qui avaient observé les mouvements des forces de l'ordre, alors que des manœuvres étaient convenues pour se débarrasser de ces importuns et les livrer à la police en leur faisant jouer le rôle de leurres. Comment donc étaient-ils au courant ? C'étaient en tout cas les seuls moments où ces lascars refusaient de mettre le pied en dehors du camp. Et lorsque les Apaches se mettaient sur le sentier de la guerre, après s'être assurés du champ libre avec mille précautions pour échapper aux regards, ils les voyaient bientôt rappliquer sur leurs talons en ricanant. Eux disposaient gratuitement des services des plantons, tandis que les premiers voyaient leur part amputée de l'écot que chacun devait verser pour les rétribuer ; ce dont se dispensaient les autres. Que, de surcroît, une attaque de police eût lieu dans la mine, et ils quittaient cet endroit peu familier pour se ruer dans le camp ; s'ensuivait alors l'arrivée en masse de leurs poursuivants, une confusion indescriptible dans la place qui prenait des allures de nid de guêpes dérangé. On ne pouvait imaginer pire calamité que ces oiseaux-là !

La thèse de l'alibi, telle que Kim l'avait exposée au débutant Fukusuke, était maintenant bien près de s'effondrer. Celle-ci reposait entièrement sur la conviction de Kim qu'il était impossible de faire ressortir les empreintes digitales : ce qu'une surface plane permet de détecter, une surface convexe le déforme jusqu'à le rendre indéchiffrable. C'était le cas des masses rouillées, boueuses, terreuses qu'était la ferraille, qui ne livraient rien. D'où les habituelles remises en liberté dont bénéficiaient les Apaches ; on ne pouvait rien contre eux pour des délits si insignifiants, sinon leur infliger, à la rigueur, ce qui pouvait passer pour une peine : quarante-huit heures de prison, neuf cents yen d'amende, le tout accompagnant le sursis à l'exécution des poursuites. Or, pour compenser ce handicap de l'insuffisance des preuves, la police se mit à multiplier les arrestations sur flagrant délit. Des inspecteurs rôdèrent dans la mine, déguisés en journaliers employés par la municipalité, noyautèrent même le camp en se mêlant au triste exode des chômeurs. Le bruit selon lequel des inspecteurs en civil étaient travestis en Apaches plongea le camp dans de multiples conjectures et tout un chacun se prit, non seulement à considérer les nouveaux venus d'un œil lourd de méfiance, mais, pis encore, à concevoir des soupçons envers les compagnons de longue date, et les sensibilités s'exacerbèrent dangereusement à chaque nouvelle déconvenue, à chaque nouvel incident. L'impossibilité de discerner qui était de la police et qui n'en était pas les contraignit à s'interdire toute conversation d'ordre privé avec des compagnons dont on pouvait craindre qu'ils ne fussent à la solde des autorités. Le Borgne, Raba, la Bécane, Coffre-fort, Tac-au-tac, tous les guerriers émérites de la tribu Kim avaient un casier judiciaire chargé et ils adoptèrent bientôt, même en ribote, une attitude de grande circonspection et se donnèrent pour règle stricte de limiter leurs conversations aux banalités et à la gaudriole.

En dépit de tout, il apparut que des fuites se produisaient, sans origine manifeste, et que la police était prévenue des actions projetées. Jusqu'aux plantons d'élite dépêchés devant le commissariat qui étaient fréquemment joués ; le camp même connut les rafles, qui n'avaient jamais eu pour cadre que la mine. Les agents, tapis dans les creux, embusqués dans les herbes, traquèrent les Apaches avec un acharnement et un souci du détail qu'on ne leur avait encore jamais vus ; la rivière même cessa d'être un obstacle à leurs harcèlements inlassables. La tournure des événements contraignit les Apaches à modifier leur tactique de fuite, et il fut convenu de se munir dorénavant d'argent – de billets – et, en cas de surprise, de prendre la direction à contre-pied de l'ancienne : repli vers le château dont on escaladerait les murailles jusqu'au terrain de sport de l'école de police, pour, de là, rejoindre le camp en taxi. Encore fut-il précisé qu'on devait veiller à ne rentrer au bercail qu'après un consciencieux détour buissonnier.

De son côté, la police doubla ses déploiements massifs de gardes mobiles de rondes fréquentes et inopinées, de visites, non pas au petit bonheur, mais lancées à coup sûr et à propos, quand les réduits et les arrière-cours des caïds recelaient de la ferraille. On ne pouvait dire comment elle avait eu vent de la chose. Le fait est que si les agents arrivaient avec des allures de badauds, c'était chaque fois dans la bonne maison qu'ils entraient pour y saisir le butin. Et leurs informations ne se limitaient pas à sa localisation. En effet, un jour que la police s'apprêtait à saisir la recette de Kim :

— Monsieur l'Agent, faut pas dire n'importe quoi, quand même, dit-il. J'ai rien volé de tout ça, ça vient pas de la mine. Ecoutez voir, j'ai fait que le ramasser, ça traînait dans la rue. Et puis d'abord, est-ce que vous pouvez seulement dire ce qu'il y a dedans ?

Il eut un ricanement d'aise, que l'autre lui rendit avec non moins d'assurance, avant de lui indiquer le contenu précis et la forme d'une ferraille que, debout dans l'entrée, il n'avait même pas entrevue. Kim blêmit, sa bouche dessina un O, puis il se reprit :

— Mais... mais, dites-moi, Monsieur l'Agent : si ça vient vraiment de la mine, comme vous dites, ça doit être catalogué quelque part, noir sur blanc, non ? Qu'est-ce que vous en pensez ? Prouvez-moi qu'il s'agit de tel et tel truc, propriété de l'Etat, et là, ça aurait beau avoir été ramassé par je ne sais quel enfoiré qui n'en savait rien, c'est du vol, y a pas à tortiller. Et c'est pas moi qui vais m'obstiner à aller contre.

L'agent ne répondit rien, s'en retourna en hâte. Kim arbora un visage épanoui, mais jugea prudent d'envoyer Fukusuke sur ses pas ; celui-ci le vit téléphoner depuis la boutique du marchand de bonbons, en dehors du camp. Il avait appelé le bureau des Finances et demandé qu'on lui apporte un double du registre, comme Fukusuke l'apprit de la bouche du patron qui avait écouté la communication à sa demande. La nouvelle apportée à Kim le fit pâlir et bondir sur ses pieds. Il rassembla l'ensemble de ses troupes, leur ordonna d'emporter les rails jusqu'au dernier, de les abandonner dans la rue le plus loin possible de la maison, puis lui-même s'empressa de disparaître par l'arrière pour ne revenir que tard dans la nuit. L'agent fit venir un employé des Finances pour confronter la trouvaille avec ses documents puis, quand ce fut fini, appela les gardes qui repartirent avec le tout sur une grande charrette.

La nuit était fort avancée quand Kim réapparut complètement ivre, qui rentra en tapinois par la porte de derrière. Fukusuke l'aida à se relever.

— Y a des brebis galeuses, tu sais, dit-il, branlant de son chef pelé. Crois-moi, Fuku, y a des sales cabots qui s'amusent à mordre leur maître à la cheville.

Aux infiltrations d'inspecteurs en civil, aux espions et aux patrouilles était venue s'ajouter l'installation d'une permanence policière dans un poste de garde de la mine, et le travail en était considérablement gêné. Jusqu'alors, la surveillance de la mine avait incombé aux seuls gardes, qui étaient soudoyés par les caïds, de connivence également avec les simples Apaches pour leur indiquer les bons emplacements ou pour relâcher leur service. Il n'en était plus question désormais : les agents étaient cantonnés à l'entrée du pont Benten, soit exactement face à l'entrée principale de la mine, où ils faisaient les cent pas, nuit et jour. Kim et ses confrères se risquèrent à de discrets et prudents travaux d'approche, sans entamer semble-t-il l'intransigeance des policiers. Pis, ceux-ci apercevaient-ils maintenant des Apaches déambulant dans les parages avec une pioche ou une pelle, qu'ils les dispersaient aussitôt sur le motif que cette simple action constituait une entrée illégale.

Kim n'avait pas perdu de temps pour empocher le montant de la location des outils que ses hommes abandonnaient dans leur hâte à refluer de la mine ; mais il ne s'en plaignait pas moins avec amertume :

— Ah, chienne de vie ! C'est à vous dégoûter. On vit des temps bien durs !

Et la situation devait encore s'assombrir.

Piquées par l'activité dont faisait montre la police, les Finances se décidèrent enfin à sortir de leur inertie et entreprirent d'isoler la mine. Le bouclage du pont Benten, qui offrait auparavant un passage direct au camp, avait été un coup dur pour les Apaches, coup qui s'était doublé, après l'immobilisation du train par Raba, de l'installation d'un poste de vigiles des chemins de fer sur la ligne Jôtô, dès lors inutilisable. Un seul moyen, le dernier, s'offrait : traverser la Hirano en barque. Et le bac était devenu le centre des préoccupations des Apaches. Tôjô le passeur n'avait pas raté cette occasion pour imposer une majoration de son tarif, que les autres n'avaient pu qu'accepter, faute d'autre solution. Ils empruntaient donc sa barque, en rechignant à payer, pour descendre la Hirano jusqu'à son confluent avec la Nekoma et, par celle-ci, aborder dans la mine.

L'administration s'en rendit compte et elle fit enfoncer, à la jonction des deux rivières, une palée de dix piquets en chicane. Un garrot s'était refermé sur la gorge des Apaches, qu'il laissait exsangues.

Il importait de parer au plus pressé : arracher cette palée pour rétablir le libre passage du bac. Les caïds tinrent conseil dans la gargote du marchand de brochettes et décidèrent, à l'unanimité, de demander au plongeur Tama de s'en charger ; les cinq payeraient la moitié de ce qui lui serait versé, le reste serait fourni par les écots de l'ensemble des membres du camp. Le sort de tous se jouait là. Fukusuke jeta un billet de cent yen dans le carton informe qui passait devant lui. A l'arrivée des caïds, Tama interrompit sa sieste pour les écouter puis, après quelques instants de réflexion :

— Que je joue encore les tritons... Topez là, dit-il.

Il empocha l'argent de la collecte et sortit ; au retour, il s'était adjoint quelques turbulents éphèbes, costauds aux longs cils, des congénères d'Okinawa, à les voir. Plusieurs nuits d'affilée, une fois tout le monde endormi, ils se rendirent à la rivière en portant des cordes, des treuils et des pelles ; laissant dans l'herbe une rangée de tasses et de grandes bouteilles de *shôchû*, ils se relayaient dans l'eau pour creuser à la base des pieux qu'ils entourèrent de cordes, et sur la berge pour les ébranler en les tirant de droite et de gauche. Jamais ils ne manquaient, à chaque remontée sur la terre ferme, de se gargariser d'alcool, qu'ils recrachaient sombre comme l'encre d'un calmar. Résultat de toutes ces nuits de plongée, leur épiderme finit par s'imprégner de boue, chaque pore par figurer un point noir. On eût dit des castors s'affairant sans relâche dans l'eau boueuse, au milieu des ténèbres. Enfin, une nuit, les dix pieux furent extirpés. Les Apaches accueillirent au *shôchû* et avec des gloussements Tama et ses compagnons, nus comme des vers mais triomphants, qui revenaient de la rivière avec des piquets sur le dos. La fête finie, on porta ceux-ci chez le marchand de bois d'œuvre qui en donna un bon prix, car c'était du bois neuf de bel et bon pin, grâce à quoi ce fut pour Tama et les siens une nouvelle Nuit de Walpurgis.

Mais les Finances n'avaient pas dit leur dernier mot : moins de trois jours après qu'elles se furent aperçues de la disparition de la palée, on vit arriver des ouvriers, et tout le long de la Hirano se couvrit de tas de poteaux et de fils de fer barbelés. Ces ouvriers n'avaient rien des fumistes de manœuvres. Un pointillé de trous réguliers et profonds longea le bord à intervalles d'un à deux mètres, de solides poteaux frais équarris furent fichés, tendus ensuite de fils de fer. Les barbelés couraient en rangs serrés et continus, des bases aux faîtes, et la berge se trouva bientôt dominée dans toute sa longueur par un haut rideau de fer hérissé ; de robustes traverses en potence vinrent encore couronner l'ensemble au surplomb de l'eau, et chacun put le juger infranchissable, même pour un rat... Les ouvriers travaillaient sans relâche, leurs dents serrées brillaient au soleil ; parfois une jeep amenait un contremaître qui se livrait, à pied, à une inspection en règle de la clôture.

Sur le talus, un rang d'Apaches observait, avec de profonds soupirs, l'avance quotidienne et inexorable de la muraille barbelée. Kim fit venir Tama, lui indiqua le chantier en face, mais Tama lui-même, qui avait tout de suite pensé à ses chers outils, cordes, treuil et cisailles, les élimina un à un jusqu'à se trouver à bout d'argument, ce qu'il signifia par un froncement de sourcils.

Les ouvriers se retirèrent après avoir achevé le blocus hermétique de la partie de la rive droite de la Hirano en contact avec la Nekoma. C'était sur cet immense terrain, là-bas en face, que s'étendait la jungle métallique, les charpentes ruinées des bâtiments d'usine auxquelles Gon et Fukusuke avaient tenté de s'attaquer. « Du nocif », avait dit Kim de cette zone irréductible ; cependant, quand bien même aurait-on dû renoncer définitivement à la razzia, qu'à se voir opposer ainsi un droit de propriété sur un domaine abandonné aux vents et à la terre depuis si longtemps, et sous la forme d'un tel hérissement vertical, le sentiment d'oppression ne pouvait que s'exaspérer. D'un coup venait de disparaître la moitié la plus féconde du million de mètres carrés de matières minérales dont les cortex gardaient l'empreinte. Ce sillon d'amertume fraîchement ouvert fut salué par un concert de malédictions, puis ce fut un cri venu d'on ne sait quelle bouche :

— C'est pour le coup qu'on joue *Fort Apache*, vingt dieux !

*
* *

La population ne cessant d'augmenter, les pensions du camp affichèrent complet, et Raba et Ma Tante cédèrent leur chambre à de nouveaux arrivants pour venir habiter chez Kim. Celui-ci fut heureux de les recevoir dans une de ses chambres, pour le même loyer, et Fukusuke, qui logeait jusque-là seul au premier étage, dut leur laisser la place et transporter ses pénates au rez-de-chaussée. « Pour faire contrepoids », comme le lui expliqua Kim.

La maison, une bâtisse à peine sauvée par sa couverture de tôle ondulée, possédait bien un étage, mais se déhanchait terriblement. Déjà perceptible à l'œil nu, l'inclinaison l'était encore nettement par la sensation tactile qu'elle éveillait sur qui était allongé dans une pièce. Dressés à l'extérieur en contreforts, des madriers, qui avaient été accotés à l'origine par simple acquit de conscience, supportaient à présent tout le poids de la maison sous lequel ils ployaient, fichés par une extrémité dans le mur et par l'autre dans le sol, de si solide façon qu'ils semblaient défier coups de pied et coups d'épaule.

Kim avait vu le danger de laisser peser sur le seul premier étage le poids de ses pensionnaires, et il s'était avisé d'utiliser Fukusuke pour rétablir l'équilibre. L'édifice entier était ébranlé sans ménagement sous les lourds pas de Raba et de Ma Tante tournant comme des ours en cage à la verticale de Fukusuke ; celui-ci en conçut de la peur mêlée de fatalisme, tant il était certain d'être surpris, un de ces quatre matins, par la chute soudaine et inopinée du plafond, dont poutres et étais viendraient se planter dans son ventre sans défense pendant la sieste. Dès lors, il prit soin pour dormir de toujours se pelotonner au pied de la commode ou d'un mur, sans pouvoir jamais toutefois se libérer entièrement de cette appréhension. Repris de justice tous deux, Raba et Ma Tante n'acceptaient de s'écarter du camp qu'à la nuit tombée et, quand le travail manquait, passaient leurs journées claquemurés chez Kim, à boire leur *shôchû*, à contempler le ciel par le parallélogramme déjeté de la fenêtre.

— Vise donc un peu s'il s'active, le bon peuple ! s'écriait parfois l'un d'eux, avant de reprendre sa marche de pachyderme lancé sans but dans sa pièce.

Chaque soir avait lieu le conseil, au cours duquel on mangeait la grillade tout en s'entretenant du travail, mais depuis quelque temps ce thème faisait souvent place à d'autres : le moyen de devancer la police, la présence de mouchards qu'on soupçonnait de renseigner celle-ci, l'augmentation du tarif des filles de Tennôji – ça tombait bien ! –, etc. Toujours adossé en maître à son coin de mur, Kim prêtait l'oreille aux conversations, rejoint de temps à autre par sa femme qui se mêlait au groupe. Reine du *doburoku*, qu'elle préparait comme personne, elle venait s'asseoir parmi eux et commençait régulièrement par boire elle-même la moitié d'un bol d'alcool, qu'elle passait ensuite à son époux. Ce dernier attendait sagement, mains sur les genoux et sans paraître y prêter attention, qu'elle eût fini de boire, mais à peine était-ce fait qu'il se jetait sur le bol. Dans le ménage, tout comme chez beaucoup de Coréens pauvres, c'était l'épouse qui portait la culotte. En toutes choses, Kim s'inclinait devant sa femme et si, par exemple, Raba ou Ma Tante suggérait pour le railler qu'au lit, il était chaque fois forcé par son amazone à la position de monture, jamais il ne cherchait à nier, ni même ne se froissait.

Les époux coréens pauvres sont contraints de travailler l'un et l'autre pour joindre les deux bouts, la femme prend aux travaux une part égale en tous points à celle du mari. Ajoutons qu'elle met au monde les enfants, vaque à la cuisine, fabrique l'alcool maison, clame dans l'intimité à en faire vibrer les cloisons ; bref, la femme se démène comme quatre. La fréquentation des Kim d'abord, puis de chacun des ménages coréens qu'il connut ensuite, fut pour Fukusuke l'occasion de s'émerveiller en découvrant l'activité proprement infatigable de l'un comme de l'autre conjoint. Kim lui apprit qu'ils étaient natifs de l'île de Cheju, le coin le plus désolé du globe, dont un savant avait pu dire qu'il était couvert de cailloux en telle quantité qu'on pourrait faire, en les alignant, plusieurs fois le tour de la Terre, et qu'il en resterait encore. A son avis, pour quiconque avait été trempé dans cette rude existence, vivre dans un endroit comme le camp des Apaches équivalait à avoir sa place sur le lotus du séjour paradisiaque. Le camp abritait de nombreux Coréens issus de cette île, d'entre ces cailloux : c'étaient ceux-là qui faisaient leur pâture de la ferraille et creusaient la terre. Stupéfiants par leur fringale, ahurissants par leur abattage ; ce que n'avaient pu vaincre leur poigne, leur épaule, on ne pouvait que l'abandonner au bulldozer.

Les femmes participaient souvent aux besognes de leurs hommes, apportant en renfort une puissance à tenir en respect un mâle. Que Kim laissât sa bonne femme boire avant lui, prendre le dessus – non sans qu'il y eût chez lui quelque penchant à cela – n'avait donc rien que de très naturel. Quasi quotidiens, les ébats endiablés et joyeux de la femme parvenaient de la chambre contiguë aux oreilles d'un Fukusuke médusé, réfugié au pied de sa commode. Sa conception des rapports productifs et sexuels dans leur corrélation s'en trouva renouvelée.

Au mur lézardé qu'affectionnait Kim pour s'adosser pendait un calendrier et une affiche vieillie de pin-up vantant une marque de bière. Pas d'autre décoration, hormis les taches d'humidité dues à la pluie ; des trous qui ponctuaient par endroits les murs laissaient à nu le treillis de bambou sous le torchis sans autre apprêt. Un calendrier, donc, à cet endroit, éphéméride épais vieux de deux ou trois ans, mais qui offrait son plaisir quotidien. ALMANACH DES FAMILLES, pouvait-on lire au- dessus d'une date : 1er avril, en caractères gras d'une calligraphie cursive à l'imitation des affiches de kabuki. Enfin, figurait le proverbe : *Travaille avec foi et tu découvriras un trésor inépuisable*.

Chaque jour du calendrier présentait un nouveau dicton, un de ces dictons de partout et de toujours, et on lui devait plus d'un sujet de conversation aux moments d'ennui. Tel était le cas les jours où Raba revenait sans outil et rossé par les agents qui l'avaient poursuivi dans la mine ; ou lorsqu'il était rentré avec les yeux boursouflés par la fumée ; après avoir bu force alcool et subi les sarcasmes de ses compagnons, il avait, comme de coutume, arraché l'almanach, lu à haute voix : « ... *Ne te laisse pas aller au désespoir, travaille !* Carlyle. » Il l'avait plaqué au mur.

Il joignait au geste l'inévitable : « Qu'est-ce faut p'entend' ! »

— Pense qu'à vous faire bosser, ce foutu calendrier ! ajoutait-il à peu près. Il nous prend pour quoi, ma parole ? Vais t'le soigner, tiens !

Mais chaque fois, Kim ramassait l'almanach jeté à terre, le rouvrait avec précaution à la date du 1er avril et le raccrochait à sa place. Cette page n'étant plus précédée d'aucune autre, l'éphéméride ne pouvait s'ouvrir que sur elle ; cependant, Fukusuke se doutait que Kim tenait à ce qu'apparût cette sentence, et non une autre. Un jour que, sans penser à mal, il s'apprêtait à en arracher quelques pages pour se rendre aux toilettes, Kim s'était hâté de lui tendre d'autres feuilles. Et lorsque, après le geste brutal de Raba, la page du 1er avril menaça de se détacher, il s'aperçut dès le lendemain qu'elle avait été soigneusement renforcée d'une feuille de carton. Il prit un air innocent pour demander à Kim pourquoi il y tenait à ce point :

— Cette coïncidence, c'est extra ! lui répondit l'autre. Cette date : les poissons d'avril, et ce proverbe... c'est le jour et la nuit. Et les voilà qui sont réunis ici, au poil ! Bien trouvé, ma foi, ce que j'appelle bien parler !

Les nuits s'étaient succédé au cours desquelles les Apaches, au pied de ce mur, dressaient des plans pour partir à l'action, mais à présent que de tous côtés se dressaient les obstacles, rien ne semblait permettre de débloquer la situation. La disparition des prises les força à emprunter à Kim, à le prier de repousser leur terme, sans autre effet que des dettes qui s'accumulaient de jour en jour, qu'un enlisement progressif. Malfaiteur, voleur de bicyclettes, cambrioleur, voire suspect de meurtre en fuite... et autres : chez ceux-là, les souvenirs d'antan éveillaient des élans impulsifs à fouiller les décombres, des ressorts les poussaient à se dépenser sur la terre et le métal. Ils évitaient de sortir du camp afin de ne pas s'exposer aux regards de la ville, au grand jour, et préféraient s'enfermer, circonscrire leur existence à ce camp dans la mesure du possible. D'ailleurs, si d'aventure ils l'avaient quitté, où seraient-ils allés ? L'exemple des sans-travail et de leur afflux journalier était là pour le leur rappeler. Fukusuke apprécia le rire railleur de Kim : cette sentence, à cette date précise... il ne pouvait en être autrement.

Le clan était aux abois. Un soir, un conseil de guerre réunit toutes les nuques crasseuses et l'on décida qu'il fallait tenter un coup de main, coûte que coûte et à très bref délai, si l'on voulait desserrer le nœud qui prenait à la gorge. Il s'agissait, tout bonnement et illégalement, de voler.

L'idée était venue de dérober un transformateur remisé dans un atelier d'une usine proche de la mine ; celle-ci, qui devait fabriquer des plaques d'acier, était encore en construction, d'où la présence de diverses machines et de matériaux. Le transformateur avait été déposé dans un terrain vague à proximité immédiate du bureau du chantier au fond duquel logeaient les ouvriers, ce qui rendait le raid passablement hasardeux. Un coup d'œil sur l'appareil avait appris qu'il était flambant neuf, et d'un poids évalué au bas mot entre quatre-vingts et cent vingt kilos, dont il faudrait tenir compte au moment de faire disparaître l'objet, sans le plus petit bruit, de le subtiliser « avec la légèreté de la vapeur matinale des premiers jours de printemps », pour reprendre l'expression de Raba. Et ce, au nez et à la barbe des ouvriers endormis.

Effaré de les voir tous s'intéresser à ce plan, Kim eut un regard vide :

— J'sais pas très bien, mais dans les transfos, paraît qu'y a un bon paquet de cuivre en plaques... dit-il avant de sortir en hâte et d'aller avaler un bol de nouilles dans une gargote.

Tout le monde étant tombé d'accord, Raba se rendit chez un caïd pour louer un « taxi », une de ces charrettes à plate-forme d'épaisses planches et munies de roues de jeep, conçues pour le transport de lourdes charges sans aucun bruit, grâce à l'épais caoutchouc des roues. Il arrivait souvent que les véhicules fussent saisis, lors d'un raid policier, mais une cotisation générale permettait chaque fois de réunir quinze mille yen et, dès le lendemain, on voyait apparaître, par une mystérieuse filière, un taxi visiblement retapé à neuf ; ce phénomène se reproduisait avec régularité, et il ne faisait aucun doute que quelqu'un vivait de ce trafic et fabriquait, on ne sait où dans Ôsaka, de tels taxis à l'usage des Apaches.

Soucieux des grincements éventuels, Raba versa sans lésiner de l'huile sur le moyeu, fit tomber la rouille au papier de verre, briqua. Acheminer le transformateur en l'état jusqu'au camp présentait le risque, en cas de ronde, de faire porter les soupçons sur l'ensemble de la population, aussi fut-il convenu de le démonter dans un terrain vague voisin et de transporter les pièces dans le réduit. Ensuite, Raba, Ma Tante, le Borgne et Fukusuke se mirent en route avec le taxi chargé de cordes solides. Avec son souci coutumier du détail, Raba avait remis à Fukusuke un balai de bambou en lui enjoignant de suivre le véhicule pour effacer la piste, car un sol meuble pouvait conserver les traces de roues et faciliter ainsi la poursuite. Ce redoublement de précaution ne fut guère du goût de l'intéressé qui maugréa, mais Raba ajouta :

— Ecoute-moi bien : tu suis la voiture à reculons pour balayer. Et t'effaces pas que les traces de roues, nos marques de pas aussi. Fais gaffe à pas trop fignoler du balai, ça doit paraître naturel. C'est un boulot de confiance.

Fidèle aux instructions, Fukusuke suivit ses compagnons en tremblant, le balai sur l'épaule, puis, à la fin de l'opération de chargement qui se déroula dans un silence qui laissait le cœur près de se rompre, il revint au camp à reculons sans cesser d'effacer fiévreusement les traces de roues et de pas.

La carriole s'était ébranlée avec une lenteur et une discrétion de limace, mais lorsqu'elle se fut suffisamment éloignée de l'atelier, elle prit une accélération soudaine, ahurissante, et s'évanouit ; Fukusuke se retrouva en plan sur le chemin enveloppé de ténèbres, avec son balai dans les mains. Il continua de reculer et de balayer, ruisselant de sueur, cherchant désespérément quelle réponse il pourrait bien fournir si un agent venait à le surprendre et à lui demander ce qu'il faisait ainsi à pareille heure.

Jamais encore travail nocturne n'avait été si éprouvant, n'avait requis tant de tension nerveuse, de concentration d'esprit, et quand tout fut fini, l'équipe était fourbue. Sans avoir obtenu de résultats bien brillants, d'ailleurs : d'un modèle récent, le transformateur ne contenait que quelques-unes des plaques de cuivre annoncées par Kim, et sa mise en pièces ne rapporta guère. Le bénéfice permit de rembourser les dettes contractées auprès de Kim, après quoi chacun rejoignit sa couche en traînant une carcasse gémissante comme un vieux tramway. Malgré l'émoi que l'on supposait s'être emparé du chantier, ni le lendemain ni les jours suivants la police ne vint au camp. Mais une rumeur insidieuse ne tarda pas à circuler, qui dévoila l'opération, et un incident eut lieu : alléchés par ces bruits, plusieurs nouveaux venus, qui ne se doutaient de rien, réussirent à s'introduire dans le même atelier d'où venait de disparaître le transformateur, et dérobèrent de l'aluminium en lingots. Le métal, transformable aussitôt en produits par simple moulage, était d'une très grande pureté, et point n'était besoin de se montrer exigeant pour en obtenir une somme fort coquette auprès d'un ferrailleur.

Avec toute la nonchalance de gens qui reviennent de promenade, les voleurs avaient sorti une balance jusqu'au milieu de la chaussée et entreprenaient de peser les lingots, sans souci d'être vus. Le hasard amena là Kim, qui aperçut le spectacle du tas d'aluminium étincelant au soleil ; il fut pris d'une pâleur mortelle. D'une tournée précipitée du camp, il ameuta les caïds sur les lieux. Le camp offrit instantanément l'aspect désordonné d'une fourmilière défoncée. Que la disparition des lingots vînt à être découverte, et la police arriverait tout droit pour passer l'îlot au peigne fin ; quand bien même irait-on les fourguer avec promesse de n'en pas révéler la provenance, une chose était certaine : tant que les lingots n'auraient pas été fondus et resteraient sous leur forme actuelle, la police remonterait la piste, et la même fouille en règle était à craindre. Une seule chose à faire pour s'en sortir : remporter l'objet du délit, le rempiler exactement comme il était auparavant.

Avant que les auteurs du vol ne puissent objecter pour leur défense le précédent du transformateur, les chefs mobilisèrent la population entière ; l'ordre vida les cahutes, dispersa tout le monde. Une théorie d'Apaches vigilants s'échelonna sur le chemin reliant le camp à l'atelier, à intervalles de cinq à six mètres, puis à la nuit, des nattes qui dissimulaient les lingots passèrent de main en main jusqu'au lieu du vol. La manœuvre aurait-elle été surprise alors, c'était la perte du camp, totale et définitive.

Mais l'opération scabreuse se termina sans encombre, sur un soupir de soulagement aussi profond que général. Kim prévint les protestations obstinées des coupables – qui, le travail achevé, entendaient encore prétexter l'affaire du vol du transformateur – en décrétant que la rumeur n'était que pure invention, et réussit même à les réduire une fois pour toutes au silence en fustigeant la légèreté, la maladresse de ces lascars qui s'étaient lancés dans une entreprise inconsidérée sur un simple on-dit.

De retour chez lui, il se tint un moment adossé au mur sans rien dire, rendu furieux par la fatigue, et ne se redressa que quand il vit arriver sa femme avec du *doburoku*.

– Y a de quoi vous dégoûter ! Y en a pas un pour reconnaître notre bonne foi... Après tout ce qu'on vient de se décarcasser pour rendre service... tiens, tu vas voir qu'on se fera encore traiter de voleurs.

Sur ce gémissement, il avala une copieuse ration d'alcool, à petites gorgées espacées de fréquents soupirs et de claquements de langue. Un hareng saur avait commencé à boire, ce fut une morue à la période du frai qui se releva, la panse alourdie d'alcool.

Au fil des jours passés ainsi de déconvenues en échecs, le camp fut pris d'une baisse de tonus, compensée par des injections de *shôchû* et d'alcool maison, ce qui était on ne peut plus dans l'ordre des choses.

Or, un jour vint où cette circulation éthylique cessa net.

Jusque-là, on allait et venait en ivrognes dans les chambres de guingois, on broyait du noir dans les gargotes, on dormait étalé à même le sol, la tête dans le caniveau. C'en fut fini du jour au lendemain : une seule rumeur, et tous repoussèrent leur verre d'un seul geste. Elle vola dans le camp comme jamais encore rumeur ne l'avait fait, s'infiltra comme un gaz par les interstices des portes dans les maisons visitées par la solitude et les soupirs, tapota sur l'épaule des pochards, les força à revenir à eux.

Fukusuke aussi fut de ceux qu'elle rencontra, et pour la recevoir il se releva du pied du mur où il se tenait couché en chien de fusil. Quand ils lièrent connaissance, l'autre était déjà plus qu'une ébauche, discrète certes, mais de corps bien conformé et forci par les épreuves. Car tous craignaient les mouchards, les espions cachés à coup sûr dans le camp, se méfiaient de chacun, truand en puissance, et ils accueillirent avec des rires cet enfant prodigue de la fortune, qu'ils tournèrent en dérision, chicanèrent.

Econduit, martyrisé, il n'en poursuivit pas moins son porte-à-porte, de foyer en foyer, de gargote en gargote, sautant d'un bol à un verre, d'un autre verre à un autre bol. Il n'avait pas trois jours d'âge qu'il avait fait la conquête du camp entier, gagné sa confiance. Autour des braseros comme dans la pénombre des gargotes, jusqu'au plus profond des ruelles comme dans l'ombre des poteaux électriques, partout, Fukusuke surprit les gens à se modeler une merveilleuse chimère avec les bribes de glaise glanées dans les conciliabules.

Celui qui était au centre de toutes les conversations était l'extraordinaire manchot unijambiste de démarcheur. On racontait qu'il était occupé à fouiller la terre, au hasard des *susuki*, lorsque sa pelle avait donné sur une caisse en bois. Elle était entourée d'épais rubans d'acier qu'il avait brisés, avec un mal fou, mais malheureusement, le chef des gardes, le Chauve, était arrivé en tournée avec des agents, et il avait dû déguerpir. Embusqué dans le renfoncement de la jonchaie, il avait vu le groupe emporter des caisses ; après leur départ, il s'était hâté de retourner sur les lieux, où ne béait plus qu'un profond trou sinistre, sans la moindre trace de ces boîtes.

L'homme était prudent et savait tenir sa langue, mais une longue suite de jours commença alors pendant lesquels la police, par des rafles répétées dans la mine, l'obligea à se terrer au camp, tant et si bien que, n'y tenant plus, il était allé voir un caïd à qui il avait révélé ce qu'il avait entrevu dans la caisse. Trois jours plus tard, il n'était pas un des neuf cents habitants du camp qui ne se réjouît à part soi.

Ç'avait été la consternation et, dès lors, ce fut lui qui renseigna quiconque l'interrogeait, avec discrétion mais complaisance, et un tel luxe de détails pour décrire sa découverte que les doutes des plus sceptiques s'effacèrent. On l'eût dit désireux, non plus de garder pour lui la trouvaille, mais au contraire, en s'ouvrant à tous, de s'en décharger à leur profit, en même temps que de sa déception. Ce que voyant, chacun se rendit compte de la position qui était devenue la sienne et qui faisait de lui le plus impartial des témoins. On crut sans peine à son histoire.

Comme Fukusuke, un paquet de cigarettes bon marché à la main, l'appelait dans l'ombre discrète d'un poteau électrique, l'autre eut un coup d'œil furtif à la ronde :

– C'est de l'argent, commença-t-il à voix basse et comme on récite un scénario bien rodé. Dans des caisses fermées par des rubans d'acier, des cubes de quatre-vingt-dix sur trente environ, couleur brun sombre de l'armée. Quand j'ai enfoncé la planche de dessus, y avait du papier huilé avec marqué : *Plaques d'argent, 50 kg*. J'allais pour le déchirer quand les flics ont rappliqué et j'ai rien pu voir de ce qui était dedans, mais... disons que ça m'a eu l'air de faire un bon paquet. Comme y avait quatre boîtes, ça devrait faire dans les deux quintaux en tout, le million et demi de yen y est, à tous les coups. Maintenant, c'est à vous de vous débrouiller.

Il avait débité très vite son court récit, conclu d'une chute désespérée des épaules, et il s'éloigna en sautillant sur ses béquilles. Fukusuke battit le camp en tous sens à la récolte de renseignements, mais l'unicité de la source empêchait qu'on eût des récits bien différents. Le prospecteur informait les gens sans favoriser ni défavoriser personne, lui-même avait depuis longtemps retiré ses billes. A quelqu'un qui venait le déranger dans son bain de soleil pour tirer davantage de lui, il répondait, sarcastique et agressif :

— Je vois pas pourquoi vous demandez, si vous avez pas confiance. Je suis libre de raconter ce que je veux. J'y suis pour rien !

Puis il faisait la tête et il était inutile d'insister. Tant l'homme avait été ulcéré par le parjure du caïd à qui il avait confié son secret contre promesse de garder bouche cousue, confidence trahie pas plus tard que le jour même, malgré l'attrait irrésistible que devait avoir cette fortune.

L'argent existait-il vraiment ? Personne n'était en mesure d'en juger, et chacun était placé devant l'alternative d'accepter les assertions du démarcheur ou d'en rire carrément. Aussi cette affaire tombait-elle à point : dans le camp en pleine impasse, en proie à une terrible récession, tous en avaient assez de ce tête-à-tête avec la solitude qui découvrait ses crocs blancs sur un mauvais sourire froid, et ils attendaient la première occasion de pouvoir s'en libérer. Dans de telles circonstances, un mot suffisait à déclencher les conversations, qui roulèrent de bouche en bouche sur ce fameux démarcheur manchot et unijambiste, qui avait toujours fourni des renseignements si exacts et fait des découvertes si étonnantes ; et c'étaient aussi, simultanément, des discussions enfiévrées sur le sort des deux cents kilos d'argent, du million et demi de yen saisis. Trois opinions s'affrontaient : les pessimistes soutenaient que cette mule incorrigible de Chauve avait eu la pendable idée de les emporter aux Finances, où les ronds-de-cuir les avaient fait disparaître à leur profit ; à cela, les optimistes répliquaient qu'ils avaient subi le sort de toutes les autres ferrailles saisies jusque-là, et qu'ils dormaient sans nul doute dans l'entrepôt jouxtant le dortoir des gardes ; d'autres, enfin, voyaient plus loin et juraient que le métal précieux ne se trouvait ni aux Finances ni dans l'entrepôt, mais avait déjà été fourgué par les gardes, dans le dos du Chauve, et que ceux-ci avaient leur part en poche à l'heure qu'il était.

Chaque soir, les maisons résonnaient des éclats bruyants de ces débats, qui furent longtemps sans aboutir. Enfin émergea une conclusion sérieuse, mais il fallut attendre pour cela que chaque caïd eût invité les gardes dans une gargote à brochettes et traité ceux-ci à tour de rôle aux douces caresses des cruchons de saké. Ils invitèrent tous les bien connus, Caporal, Areu-Areu, la Limande, Morpion, la Bouilloire – mais point le Chauve –, les sondèrent avec mille précautions oratoires de crainte d'éveiller leurs soupçons sur le contenu des caisses. La plupart ignoraient tout, seuls deux ou trois répondirent que quelque chose qui semblait être des caisses d'outils était déposé depuis un certain temps contre le mur de l'entrepôt, exposé à tous les vents. Fukusuke fit un tour prudent du camp pour s'informer de ce qu'avait pu ordonner chaque caïd à ses troupes, et il en retira l'impression que partout on était arrivé à la même conclusion ; pour s'en convaincre, il interrogea Kim, qui ne lui fit pas une réponse différente. Mis au courant des résultats de cette enquête, ce dernier réunit une nouvelle fois ses hommes autour du brasero et ordonna la razzia des plaques.

A la gravité de l'heure devait répondre une attitude opportune parmi les trois qui se présentaient : donner le change et arborer l'air le plus naturel possible devant les autres compères ; afficher le pessimisme et faire circuler les bruits les plus faux les uns que les autres sur la disparition des plaques ; traiter de tous les noms le fameux prospecteur et nier jusqu'à l'existence de l'argent. En la circonstance, ordonna Kim, ce triple subterfuge servirait de rideau de fumée pour camoufler les actions de la bande. Situation tout à fait semblable ailleurs : on fit assaut de persiflages et de fanfaronnades en se croisant, on n'eut plus que sourires sardoniques à l'adresse du prospecteur sitôt rencontré en chemin. Celui-ci, la veille encore si consciencieux, si sérieux, qui n'avait jamais menti en quelque circonstance que ce fût, se trouva le lendemain perdu de réputation : ce bigleux, ce fumiste, c'était un mégalo, un mythomane, un calamiteux chez qui le marasme avait porté au cerveau, et qu'animait une telle soif d'affection qu'il ne reculait pas devant le mensonge pour se rendre intéressant.

Abasourdi par ce brutal et incompréhensible vent de calomnie qui s'était abattu sur lui et ne le quittait plus, l'homme renonça à ironiser sur les plaques pour, cette fois à l'inverse, entreprendre lui-même de se réhabiliter, en faisant valoir ses résultats passés ; mais personne ne le suivit. Las de parler, il retourna de sa démarche maladroite à ses siestes au soleil, roulant des pensées plus torturées que jamais. Il n'eut plus qu'un mot en réponse aux appels des passants :

— Beau temps, aujourd'hui.

Et les yeux plissés sous la lumière, il cessa même de se retourner.

Parallèlement à cette campagne psychologique abjecte et confuse, chaque clan manifestait une effervescence encore jamais vue, et les premiers signes de chaos apparurent.

Déjà, l'organisation du travail s'était délabrée : outre les lieutenants, les arpettes, les démarcheurs, les plantons, les femmes, les enfants, Tama le plongeur, qui délaissa ses lunettes sous-marines, Tôjô le passeur, qui rejoignit le plancher des vaches, tous se mirent en piste d'un même élan, direction unique : l'entrepôt. Les gardes ? les agents ? Sans importance. Les caisses, au nombre de quatre, pesaient un total de deux cents kilos, soit une cinquantaine chacune : la belle affaire pour le plus chétif des Apaches ! Pas besoin de taxi ni de masse. Comment aurait-on laissé passer pareil pactole ?

Sans rien dans les mains, sans plus même se grouper ni placer de guetteurs, tous s'infiltrèrent jour et nuit dans la mine, par la rivière, par la conduite de gaz, de partout ; les agents ne bougèrent pas devant ce défilé incessant d'Apaches devant leur poste. Sans leur attirail habituel, ces derniers ne semblaient pas avoir l'intention de creuser quelque part, simplement, le soleil était motif à promenade. Insistaient-ils pour savoir, que l'on s'éloignait avec de petits sourires rusés, pour bientôt être de nouveau dans les parages, à flâner. Et cette flânerie amenait près du poste ou de l'entrepôt où on laissait tomber un coup d'œil en coin, on levait au ciel un nez indifférent, on satisfaisait un besoin naturel, sans plus ; toutes actions qui paraissaient parfaitement banales.

Et pourtant, n'était-ce pas de détermination que brillaient les regards de cette meute énigmatique de vétérans et de novices, nombreuse comme jamais le camp n'en avait connu, et qui s'évertuait à jouer les foules placides ? Une visite au camp donnait confirmation, et surprenait : la mobilisation générale semblait y avoir été décrétée ; pas âme qui vive, seuls traînaient marmites et chaudrons abandonnés au milieu d'un récurage, et des porcs, de la volaille, rôdant autour des baraques désertées. La nuit qui tombait obscurcissait de ses ténèbres le million de mètres carrés de la mine et appliquait sa gigantesque chape de silence. Mais dans l'ombre, en lisière immédiate des cônes de lumière blafarde jetée par les lampes devant les postes des agents et des gardiens, des bruits de pas, des chuchotis se déplaçaient à droite, à gauche, où l'on reconnaissait sans erreur possible la meute qui sévissait pendant la journée. A l'intérieur, l'oreille collée aux frêles murs de planches, à l'écoute de tous ces bruits de pas montant de cette horde pourtant ignorante de toute volonté commune, les agents se figurèrent un fleuve de mercure en marche où se séparaient et se réunissaient à l'infini les millions de gouttelettes d'un ondoiement frémissant. Exactement : un flot près de rompre ses digues. Il n'était que de voir l'éclat de tous ces yeux... Mais dans quel but ? où ? comment ?...

De jour, de nuit, les Apaches guettaient l'occasion au hasard de leurs déambulations. Mais cette occasion tardait à se présenter. Blottis dans les fourrés à la faveur de la nuit, ce furent des heures passées les yeux rivés sur les cônes blêmes et par-delà, sur les ténèbres. Il fallait tenir jusqu'à l'extinction des feux dans le poste, c'était une lutte feutrée contre le sommeil qui embrumait les nuques, c'était l'usure des nerfs malmenés par des présences secrètes et exacerbantes à quelques mètres de soi. On devinait que l'élan d'un seul suffirait à déclencher celui, simultané, des neuf cents autres. Le nez plein des odeurs de la terre, Fukusuke se tenait aux aguets dans l'attente de cet instant de la rupture. Instant qui serait celui de sa propre perte, en même temps que celle des neuf cents, il en était sûr, mais comme il était sûr aussi qu'à cet instant, pas un seul ne pourrait rester en place dans sa position présente. Et le jour revenait avec un brouillard froid et blême qui enveloppait des silhouettes s'éloignant par trois, par quatre, au milieu des fourrés, véritables zombies à la démarche d'ivrognes, que Fukusuke suivait avec un sentiment d'impuissance devant cette absur-dité, ce crève-cœur.

Face à cette nouvelle tactique énigmatique et angoissante, les agents téléphonèrent plusieurs fois aux gardes mobiles, mais ce fut pour voir des Apaches dociles se laisser appréhender et embarquer dans les jeeps. On les soumit d'abord à un interrogatoire serré au commissariat, mais aucun ne parla ; de plus, on ne pouvait alléguer que le délit de violation de domicile pour les jeter derrière les verrous, à quoi il fallut se résoudre, après mûre réflexion, de sorte que le dépôt fut encombré en moins de rien d'un peuple des deux sexes et de tous âges sans cesse renforcé de nouveaux arrivants. A chaque entrée, c'était un jeu de coudes, une bousculade dans la cellule exiguë, puis s'élevait un joyeux tumulte trompeur d'ennui, lamento de *naniwabushi* [1] ou rengaines du moment. Et pour comble, les retours au camp se firent dorénavant en compagnie de vagabonds, de pickpockets, de chapardeurs rendus intimes par la promiscuité cellulaire et alléchés par on ne sait quelles confidences, ce qui n'aboutit qu'à gonfler encore le nombre des promeneurs de la mine et, par là même, des clients du dépôt. Dépassé par les événements, le commissaire fut mis dans l'obligation de donner au poste la consigne de ne plus infliger

---

1. *Naniwabushi*. Récits mélodramatiques avec accompagnement de *shamisen*.

qu'un avertissement à ceux qui seraient surpris à simplement rôder. Casse-tête quotidien pour les gardes et les agents, qui ne purent cependant s'expliquer la volte-face des Apaches.

Certains de ceux-ci profitèrent de la nuit pour s'approcher du poste et sectionner les fils du téléphone, scier la conduite d'eau. Le vol ne paraissait pas en être le mobile, la seule explication plausible était plutôt la méprise ; mais méprise dont on ne pouvait deviner les circonstances. Ce fut un grand remue-ménage chez les gardiens, devant l'eau qui jaillissait de la fenêtre et du plancher. Apache oblige : on s'était discrètement aventurés jusque tout contre le poste avec l'espoir de se servir les premiers ; malheureusement, le résultat fut tel qu'autant les coupables que ceux qui n'avaient rien fait perdirent la tête et refluèrent dans un sauve-qui-peut éperdu.

A tant voir se répéter les scènes journalières d'hommes partis en masse, sans avoir rien fait que chanter des chansons en cellule, s'en revenir flanqués de clodos, ou passer des nuits entières pour commettre pareilles idioties et aboutir à ces piteux fiascos, un jour vint où les caïds se résolurent à frapper un grand coup, et ils prirent la décision la plus grave des annales du camp. Ils avaient eu conscience de la crise dont l'attitude présente de leurs troupes était le signe, en ce que leurs actions n'impliquaient rien qui leur fût de quelque bénéfice ; l'idée leur vint de réunir le camp dans son ensemble en une vaste coalition. Coalition qui dépasserait le cadre d'un clan, s'étendrait aux cinq : Izawa, Tokuyama, Ôkawa, Matsuoka et Matsuzawa, auxquels il fut proposé de se fondre pour participer à la mission commune.

Une déclaration fut rédigée au dos d'un encart glissé entre les pages d'un journal et qui annonçait des soldes dans un magasin de chaussures. La circulaire passa de main en main :

Messieurs,
Nous nous réjouissons de votre santé et de votre prospérité,
Le camp est en train de traverser une mauvaise passe,
Ceci parce que chacun fait ce que bon lui semble. Personne n'a à gagner en agissant comme il l'entend.
Notre position ne laisse pas d'être alarmante.
L'heure est à une discussion franche : il nous semble qu'il faut regarder la situation en face et unir nos forces en vue de trouver le moyen d'améliorer notre existence. Nous vous donnons rendez-vous ce soir, à 19 heures, au premier étage du restaurant de nouilles, et comptons sur votre présence.
Des volontaires

La circulaire revenue, dans le clan Kim on se tint prêt, du boss jusqu'à Fukusuke ; le soir venu, tous se rendirent ensemble au lieu du rendez-vous.

*
* *

Chaque caïd arriva au restaurant accompagné de deux ou trois hommes de confiance. Comme à présent plus personne n'échappait au soupçon d'être un indicateur, seuls assistèrent à la réunion les compagnons les plus intimes, les spécimens les plus purs d'Apaches. L'étroit vestibule vit rassemblée l'élite des cinq bandes, un aréopage qui s'était acquis la renommée de longue date tant par le flou entretenu sur ses états de service, par ses biceps, sa foudroyante rouerie, que par son œil de lynx, sa main leste, sa langue acerbe. Les premiers arrivés, déjà impatientés, ne prirent pas la peine d'attendre que tout le monde fût là et commencèrent à jouer sitôt leur arrivée : ici mourre, là dés qui tourbillonnaient dans une tasse ; il se trouva même un indifférent pour manger des sardines sèches en brochettes accompagnées de *doburoku*. Le breuvage blanchâtre contenu dans une bouilloire répandait une légère odeur douce-amère rappelant celle d'un chiffon humide, mais une seule gorgée faisait venir le rouge aux joues et déclenchait une envie de fou rire.

L'entrée des quatre du clan Kim permit de compléter la compagnie, les jeux cessèrent, les tables furent regroupées au centre de la pièce et on prit place parmi les bruits de chaises.

— Pendant qu'on y est, faut sonder les murs.

— Pourquoi ça ?

— Peut-être qu'ils ont des oreilles.

Sur ces mots de Kim, deux ou trois hommes se levèrent ; on ferma avec soin la porte d'entrée à laquelle on donna un tour de clé prudent. Un rideau fripé et pendouillant fut même tiré et barra la façade sur toute sa longueur, si bien que l'obscurité envahit la pièce où pendait une unique ampoule nue. Mais peu importait : chacun se sentait là dans son élément, on était ainsi à l'abri des regards indiscrets, et la séance put s'ouvrir sur le contentement général.

Disons tout de suite que la réunion se déroula sur un rythme alerte, donna lieu en un court laps de temps à un échange de vues nourri, et aboutit à une conclusion unanime ; bref, elle fut extrêmement profitable. Qu'un tel résultat fût obtenu, nonobstant toutes ces personnalités si dissemblables, est à mettre avant tout à l'actif de Kim et de Raba. Une fois les débats engagés et que l'on en vint à ce qui constituait le cœur de la discussion, à savoir comment tromper la police et transporter la fameuse marchandise, un déluge se produisit : souvenirs et expériences gardés en mémoire furent ressuscités et jetés tels quels, pêle-mêle, au gré de toutes les inspirations, de toutes les humeurs, au point qu'on put croire un temps la réunion menacée ; mais le calme revint enfin sur l'intervention de Kim et de Raba. Ce fut un travail d'équipe admirable d'ensemble, propre à faire soupçonner une connivence entre les deux hommes. A Kim qui fumait, l'oreille tendue, incomba la tâche de laisser s'animer la conversation, bride sur le cou, pour, quand elle achoppait, intervenir en hâte et ramener tout son monde au débat de fond. Pour ce faire, il ne se laissa pas aller aux bagatelles genre paillardises, tocades, coups de bluff, écartés systématiquement, mais ne s'arrêta qu'à l'essentiel, le ramassa en termes concis sous forme de propositions avancées avec fermeté. Raba prenait alors le relais, après un intervalle décent ; alors que tous en étaient à se creuser la cervelle, il mettait en joue et, à la proposition faite, décochait son argument avec à-propos et une bonne dose de réalisme. Ou encore un fouet cinglait. Presque toujours le coup portait : la cible tombait, la toupie redressait la tête. En outre – sans doute par souci de ménager les susceptibilités –, le duo n'oublia pas non plus de disposer de temps à autre quelque faille dans une partie accessoire de son argumentation, faille d'une évidence qui crevait les yeux et sur laquelle l'auditoire ne pouvait que se ruer. Tout ceci explique le succès de cette résolution commune, née de la satisfaction et de l'assentiment unanimes.

L'affaire convenue, une collecte eut lieu et l'on se fit apporter par le patron une grande bouilloire emplie de *doburoku*, puis on reprit la discussion en sirotant, on reconsidéra la tactique à suivre, qui fut agrémentée de quelques touches par-ci par-là. En effet, figurait parmi les présents un homme qui vivait les trois cent soixante-cinq jours de l'année drapé de coton blanc, qui surtout portait un long couteau de boucher dissimulé sur lui, passait pour irrascible et n'être plus maître de lui après boire. Aussi Kim et Raba jugèrent-ils bon de prendre en compte dans une mesure large, mais raisonnable, les lubies de l'homme.

Voici les grandes lignes du plan, fruit de la persévérance des deux meneurs :

— En ce qui concerne le problème n° 1, la police, la première étape consistera à lâcher des leurres sur une échelle plus vaste que jamais, et ceci de façon systématique : femmes, enfants, infirmes, tout ce qui a un casier judiciaire vierge partira outil en main pour creuser dans la mine, où il voudra. Ensuite, nous ferons le coup du téléphone à Police-Secours, ce qui devrait donner de bons résultats ; nous harcèlerons d'appels le commissariat, et les compagnons envoyés au casse-pipe, qui auront été mis au parfum préalablement, devront prendre la fuite, mais sans vraiment la prendre. Pour ce qui est de la ration de coups de matraque à supporter, chacun est son propre juge. Ceci permettra de donner l'impression que les tuyaux fournis sont toujours sûrs. Arrivés à ce niveau, et dans la foulée, mitraillage d'appels, fantaisistes ceux-là, pour mettre les autres sur les dents à force de coups pour rien et de sorties répétées : ce sera la deuxième étape. J'ajouterai que les chefs sont tenus de payer à leurs propres appeaux fourrés en taule l'amende qui leur sera infligée, de les pourvoir en nourriture dans la cellule, bref de ne négliger aucun détail. Chacun d'entre eux est prié de tenir le compte exact de tous les frais engagés par lui, de façon à être remboursé plus tard, quand les plaques dérobées auront été monnayées. Inutile de dire que l'entreprise reposant sur la collaboration de tous, le partage du gâteau s'effectuera de manière uniforme. Je propose d'appeler *kamikazes* ceux qui fonceront avec le taxi et chargeront, *sentinelles* les plantons, et *biffins* les leurres ; même s'il y a des tâches plus pénibles que d'autres, personne ne recevra un yen de plus que les camarades. Il est donc souhaitable que chacun s'emploie au mieux de lui-même.

Bien. Une fois terminée cette deuxième phase où nous les aurons fait tourner en bourriques, nous passons à la troisième, tant attendue : le coup de main sur les plaques.

Mais auparavant, il faut se débarrasser des mouchards du camp. Etant donné qu'il est aussi difficile de les démasquer que de savoir qui vient de vous flanquer un coup de pied dans le tibia en pleine nuit, voici une proposition du tonnerre : un état-major ultra-secret sera constitué, ainsi qu'un commando qui ne relèvera que de lui et qui, à l'annonce qu'une mission est fixée pour la nuit, s'en ira dans le camp en le criant sur tous les toits. Les gars seront libres de jouer de temps en temps les conspirateurs et de s'entretenir à voix basse, comme pour attirer quelqu'un ; ou bien, pourquoi pas, de répandre des invites du genre : « j'en ai marre du boss, je viens avec toi », et tout ce qu'ils pourront imaginer de ragots et d'injures sur le compte des caïds. Tout ceci étant justifié par une raison bien précise, les caïds sont priés de ne pas prendre de mesures inconsidérées, comme celle de virer leurs protégés après coup. Supportez l'injure. Rien ne prouve d'ailleurs qu'il n'y ait pas là-dedans une part de vérité, et c'est donc une bonne occasion de faire un examen de conscience. Les mouchards à qui on aura susurré ça n'auront certainement rien de plus pressé que de contacter le commissariat, mais le soir, au moment où les gardes mobiles viendront en chasse, nous serons au bain public, tranquillement en train de causer de femmes : tel est le but de la manœuvre. Ce boulot d'intox peut paraître bien ingrat, un peu comme lancer des pierres dans la nuit noire, mais à force de nous obstiner, il y a tout à parier que nous ferons passer ces mouchards pour des guignols aux yeux de la police, et qu'ils perdront toute raison d'être. La police, elle, ne saura plus à quel saint se vouer, et elle devra retourner dans les fourrés, reprendre sa tactique de « commando bouffe-agents ». Et c'est là que nous, on fonce.

« Fantastique ! » s'est écrié un jour l'inspecteur qui nous voyait filer dans les herbes en tirant un taxi chargé de deux cents, trois cents kilos de ferraille. Tirer un taxi, faut déjà le faire, et plusieurs d'entre nous ont eu droit à ce spectacle pas triste, par la fenêtre du bureau du commissaire : un jeune flic en rage et bien embêté, en train d'essayer de déplacer un taxi saisi qui ne bougeait pas d'un pouce, malgré tous ses efforts. C'est de notoriété publique. Ça vous remonte le moral, ça.

Et c'est avec trois cents kilos sur cet engin qu'on galopait quand l'inspecteur nous a vus ! « Mince de fend-la-bise ! » qu'on l'a entendu dire, avec un soupir. Dès que sera fixée l'heure H, l'état-major constituera le commando de kamikazes en triant sur le volet ceux des lieutenants de chaque clan les plus costauds de biceps, de jambes, d'épaules et de reins. Ils amèneront les taxis jusqu'à l'entrée du pont Benten, de là, ils fileront au pas de course jusqu'à l'entrepôt en passant devant le poste des agents, droit devant eux et d'une seule traite. Il y a une centaine de mètres, qu'il faut pouvoir être capable de franchir sans que les pieds touchent terre. Quand ils seront arrivés, les autres accourront sur la pointe des pieds et, une fois à l'entrepôt – écoutez-moi bien ! –, on chargera tout ce qui s'y trouve, systématiquement. Ceux qui auront les mains vides feront un raffut de tous les diables : ils hurleront comme des perdus et brailleront pour faire diversion. A ce moment-là, le chef des kamikazes lancera l'ordre : « En avant ! » ensuite, quand barouf et chargement seront finis, « Repliez-vous ! ». A un signe de lui, silence immédiat, et les fend-la-bise foncent de nouveau avec les taxis. Enfin, il serait souhaitable que les plantons s'entendent sur une formule de rapport pour ce fameux jour, par exemple RAS, parés à la manœuvre, ou quelque chose du même genre. Mais ils sont libres, question de goût !

Notre cible, c'est quatre boîtes, mais il n'est pas question, arrivés là, de les charger sans rien d'autre parce qu'on aura le feu aux fesses ! Dans l'entrepôt et autour est accumulée toute la quinque qu'on a eu tant de mal à déterrer jusqu'ici et qu'ils nous ont saisie ; on chargera tout ce qu'on pourra de ce bric-à-brac et on balancera le reste par terre. Charger, c'est autant de fric dans nos poches, foutre en l'air, ça soulage ; de toute façon, il est absolument essentiel de ne pas laisser le plus petit indice de ce qui a pu nous amener là. Ça vous explique le tohu-bohu, une pagaille que ni les gardiens ni les flics ne doivent interrompre, à aucun prix. Faudra hurler, s'agiter comme des dingues sans penser à autre chose. Et ils en seront réjouis, de ces cabrioles, en face, vous pouvez me croire, puisqu'ils ne manqueront pas de voir là un ultime réflexe de gens poussés à bout, amenés par eux au bord de l'asphyxie, l'illustration éloquente de leur zèle au travail. Donc, s'il vous plaît, vous poussez la voix au maximum, que ça n'ait ni rime ni raison et passe pour un accès de délire, le pire sera le mieux. Reste à savoir si les flics vous courront aux fesses. Ça n'a rien d'évident, et je m'explique : la permanence n'est assurée que par deux hommes, tout autour il fait noir comme dans un four, c'est l'inconnu total. Là-dessus, voilà plusieurs dizaines d'énergumènes qui déboulent dans le décor, sans desserrer les dents ; pas menaçants, rien, ils ne pensent qu'à filer comme des lapins avec leur tas de fer rouillé. Comment voulez-vous qu'ils ne soient pas paralysés par une scène pareille ? Devant une lourde masse qui passe en bolide à côté, n'importe qui chancelle et se dépêche de cacher cette banale faiblesse ordinaire sous des airs béats, ou admiratifs, ou au contraire se dit qu'il aimerait bien qu'elle lui passe sur le corps. C'est ce qu'on peut souvent observer aux passages à niveau, n'est-ce pas ? A plus forte raison s'agissant de monceaux absolument pas possibles de boue et de rouille, l'effet de saisissement sera au-delà de tout ce qu'on peut espérer, je crois, sans craindre d'exagération.

Bref, devant ça, les agents qui seront sortis précipitamment, avec les yeux pas encore en face des trous, vont en oublier du coup leur salaire de misère et nous regarder passer, plantés là, avec pitié et soulagement. Ça ne se passera pas, ça ne peut pas se passer d'une autre façon. Et je parle des agents ! Quant aux gardiens, là, la clique des Caporal, la Bouilloire, Areu-Areu, la Poubelle et consorts, c'est cloués sur place qu'ils vont vous regarder filer. Pour nous, c'est un coup crevant, mais qui aura l'avantage de leur montrer qu'il y a toujours plus malheureux que soi, de quoi leur mettre bien du baume sur le cœur ; et puis, vu qu'il s'agit que d'épaves, ils devraient accepter de fermer les yeux. Disons que j'espère que ça se passera comme ça...

Bon, une fois les taxis revenus au camp sans encombre, avec bric-à-brac et plaques d'argent, on balance les bricoles dans la rue et on planque l'argent au fond de sacs à patates. Les caisses vides, on en fait du petit bois qui sera jeté plus loin : quant au bric-à-brac, pour être prêts à recevoir les flics, il sera déversé dans la rue de façon à faire croire qu'on venait juste de le rapporter et qu'on s'apprêtait à le rentrer. Une descente, faut s'attendre à en avoir une dans la nuit même, sitôt après le retour de la mine. Alors, le boulot fini, les kamikazes devront laisser faire les femmes et les arpettes et s'éclipser sans perdre de temps. Ils ont carte blanche : le bain public pour une bonne suée, les troquets pour boire un coup, ou le *pachinko*, le stand de tir, le strip-tease, le ramassage des mégots, les putes ou les pédés, chacun comme bon lui semblera. Seulement, là, les dépenses seront à leur charge. Entre-temps, les caïds transporteront la quinque en voiture chez un fourgueur, pour l'écouler. Le crédit ne sera pas admis, ni le paiement par chèque ; faudra résister à toutes les tentatives du partenaire pour nous enjôler, et s'en tenir au paiement comptant et intégral. N'oublions pas que les gars ne sont pas nés de la dernière pluie, comme vicieux, ils nous valent bien. Ils sont capables d'on ne sait quels tours : de marchander, de faire passer à l'as leur arriéré, de faire du chantage, de nous flouer sur le poids, de nous arnaquer, peut-être même de profiter de la nuit pour nous reprendre le fric, sait-on ? Il faudra donc redoubler de prudence jusqu'à conclusion de l'affaire. Les caïds devront discuter au préalable pour savoir avec quel ferrailleur ils traiteront ; quant aux dépenses de transport, elles font partie des frais généraux et incomberont à la communauté, cela va de soi.

Débattu et redébattu par tous, entre deux gorgées de gnôle, le projet fut envisagé sous tous les aspects, et à la fin de cet examen multiple, parut ne rien laisser à désirer : il offrait la solidité d'un barrage, la robustesse et la compacité d'une pile de pont, sans manquer pour autant d'imagination ni d'humour. On toqua par-ci, on sonda par-là, on fourragea dans tous les sens, sans résultat ; plusieurs trouvèrent encore à ajouter quelques vocables militaires, quelques innocentes invectives à deux ou trois endroits en guise de mastic, ce qui sembla les satisfaire tout à fait, et ils se retirèrent dans un coin, s'empressèrent de reprendre leur partie des dés. Kim promena son regard à la ronde sur les caïds et leurs hommes, ne lut sur les visages aucune expression particulière de mécontentement.

— Bon, on fait comme ça, alors ? J'aurais bien aimé que quelqu'un lance un triple ban, en conclusion, mais c'est un luxe qu'on peut pas se permettre. Dommage.

Tous les bras se croisèrent une nouvelle fois. Chacun sentait qu'il devait exister une faille quelque part, à considérer la façon dont Kim avait mené son discours, mais ce n'était qu'une intuition des plus vagues, insuffisante à la leur révéler. Or, après deux ou trois gorgées de *doburoku*, il y eut un cri : une crevasse était repérée.

Celui qui venait de la découvrir arracha sa tasse de sa bouche, la plaqua sur la table :

— Minute !

— Qu'est-ce qu'il y a ?

— Faudrait vous secouer ! Vous voyez donc pas qu'on n'a pas désigné le chef ?

Tous s'étaient levés et s'apprêtaient à quitter les lieux ; la remarque fit naître une grimace sur les lèvres et ils reprirent leur place en se grattant la tête. Kim ne disait mot, continuait de fumer, le regard ailleurs malgré la reprise du brouhaha ; Raba semblait avoir pris exemple sur lui et se tenait dans son coin, l'air absent, sans intervenir, plus du tout pressé de répondre à présent.

Après tant d'efforts pour enflammer leurs troupes, l'un comme l'autre montraient un curieux calme, enfoncés dans un mutisme que personne ne s'expliquait bien. Or, le problème du choix du chef était loin d'être négligeable. On ne s'embarque pas sur un navire sans capitaine. Quand chacun eut rejoint sa place, ce furent de nouvelles rasades, une nouvelle ronde d'opinions. L'homme recherché devait posséder une personnalité à multiples facettes : connaître comme sa poche et le camp et la mine, et n'avoir pas moins de connaissances et d'expérience de la police et de ses façons de faire ; sensibilité et vivacité, flair de limier étaient indispensables, de même que, et surtout, audace, maîtrise de soi, ruse sans pareille, mais alliés à l'intégrité. Si d'aventure il advenait qu'il fût arrêté, on n'hésiterait pas à voir en lui le coupable principal et il serait condamné en conséquence, aussi devait-il maîtriser comme personne l'art du subterfuge, de l'esquive, de la duperie et, par ailleurs, pour le cas où il serait interrogé sur ses complices, rester muet comme une tombe pour défendre ceux-ci. De lui était requis du cran, souhaité un esprit d'organisation ; pour les litiges : un vrai Salomon ; pour les transactions :

un diplomate consommé. Et avec ça, serviable, connaissant la vie d'expérience, son côté rose comme son côté noir. Un fou, et pour tout cela, admirable...

Chacun des caïds intervint d'abord de façon active dans ce nouveau débat, avec un rien de convoitise dans l'expression. Si le poste n'était pas sans impliquer une certaine responsabilité, le butin consistait au demeurant en plaques d'argent totalisant soixante kilos, et même une distribution égalitaire laissait assez espérer une prime spéciale à la mesure de cette responsabilité pour celui qui serait le chef de l'expédition. En un mot, un travail pleinement gratifiant sur le plan de l'amour-propre et avantageux du côté du porte-monnaie. La conversation s'émailla de discrets et laborieux sous-entendus de la part de chaque caïd, anxieux d'être l'élu. Mais après un moment, sitôt évoquée l'hypothèse – qu'on ne pouvait écarter – d'une arrestation, et divers avis échangés, les premiers grognements se firent entendre. Ils roulaient de grands yeux au plafond, se découvraient un vif et soudain intérêt pour les fêlures de leurs tasses, manière de dissimuler le trouble qui s'était emparé d'eux. Les réponses se perdirent peu à peu. A la pensée des mouchards qui devaient rôder dans le camp, le cœur n'y était décidément plus. Le mineur qui serait arrêté en une pareille affaire ne s'en tirerait pas avec une simple mise en cabane, chacun le voyait ; il aurait beau garder le silence, s'obstiner à nier, c'était couru. Car l'acte n'était pas simplement spontané et solitaire : violation de domicile, contravention, vol et tentative de vol, etc. Les charges allaient pleuvoir sur lui, qui étaient autrement plus graves que toutes celles dont écopaient habituellement les compagnons. Aucune chance que cela finisse à aussi bon compte qu'à l'accoutumée : bref et tranquille séjour derrière les verrous et amende de neuf cents yen. A ce point du raisonnement, l'abattement s'empara de toute l'assistance, des hommes aussi bien que de leurs chefs. Un moment passa, chacun se tenant silencieux dans ses réflexions, à se gratter la nuque ; enfin s'élevèrent des chuchotis :

— Ce qu'y peut faire lourd, ce soir !

— Je m'boufferais bien une glace.

— Moi, ce serait plutôt une bière, avec des petits concombres. En demi ou en canette, la bière, je m'en fous, mais avec des concombres, j'y tiens !

— Ah, l'autre qui me pique une clope en douce !

— Peau de vache, t'es pas obligé de le gueuler sur les toits !

Après quelques instants de ces conciliabules, les visages se détournèrent les uns des autres avec une expression profondément refroidie.

C'est alors que chacun eut devant les yeux la silhouette ramassée de Kim, assis sur sa chaise, le dos rond et les bras serrant ses jambes contre sa poitrine. Son sixième sens l'avertit de l'intérêt général dont il était l'objet ; la résignation se peignit sur son visage, il ferma les yeux à demi, comme somnolent :

— Me reluquez pas tous comme ça, lança-t-il, abrupt. C'est pas un boulot de chargé de famille. Je veux bien faire le parrain à la rigueur, mais ne m'en demandez pas plus. Après, spectateur !

Ses yeux reprirent leur position mi-close et il se balança nerveusement sur sa chaise.

Interdits, ils ne purent que détourner le regard. Ce fut pour rencontrer celui de Raba, où se mariaient curieusement hardiesse et prudence, où semblait se lire un choix fait après mûr examen et un revirement à cent quatre-vingts degrés de ses intentions.

Il considéra d'un œil lourd chaque visage tourmenté, replongea dans ses réflexions, visage au sol :

— Bon, dit-il après un moment, d'une voix dont la

force les surprit tous. Après une courte hésitation, il ajouta, à voix basse cette fois : Faudra y mettre le prix, les gars...

Puis il se leva sans laisser à quiconque le temps de répondre et sortit en hâte du restaurant.

*
* *

Tout un mois suivit la réunion, pendant lequel Fukusuke n'eut pas la moindre idée de ce qui se passait. Il avait bien vu Raba accepter le rôle principal d'agitateur sous le patronage de Kim, mais là s'arrêtaient ses informations. Raba s'était entouré, pour agir, du plus grand secret. Si, tour à tour spectateur et acteur, Fukusuke eut souvent à courir ou à décamper, à aucun moment il ne fut en mesure de pénétrer les pensées de Raba, avec lequel pourtant il partageait le même toit, chez Kim. Pendant que Fukusuke faisait la sieste ou lézardait au soleil, Kim reçut différents visiteurs ; ils arrivaient en échangeant à haute voix les propos les plus décousus pour n'être pas remarqués, mais n'avaient rien d'imbéciles heureux, comme le prouvait la métamorphose de leur regard sitôt le seuil franchi. Kim ou Raba les faisaient entrer dans leur chambre où une galerie de portraits aussi variés que tordus se formait devant le placard bourré de panoplies de cambrioleurs, et des combinaisons s'échafaudaient dans la fièvre. Fukusuke se doutait bien que l'objet de ces délibérations était le fameux projet complexe et délicat, solide comme un barrage et robuste comme une pile de pont, projet qui prenait forme peu à peu au cours de ces réunions quotidiennes, mais quant à en connaître l'état d'avancement, toutes les conjectures restaient possibles. Un discret coup de sonde auprès de Kim, interpellé un jour, ne lui apprit rien.

— Ce sont les dessous des dessous, l'envers de l'envers. Autrement dit, la face, quoi. Et une face qui sortira de l'ordinaire, fais-nous confiance, répondit l'autre qui s'en alla avec un sourire en coin sur ces paroles sibyllines.

Raba, lui, passait son temps en discussions avec Kim, en courses multiples, alternant les allées et venues dans le camp, pour rencontrer des Apaches ou vérifier les outils, et vers la mine, pour réfléchir. Il lui arriva même quelquefois d'être absent du camp la journée entière et de ne rentrer que tard le soir, épuisé, sans que Fukusuke, qui essayait de lui tirer les vers du nez, au bain ou au chevet de son lit éternellement défait, pût obtenir le moindre indice sur l'endroit où il était allé et ce qu'il y avait fait. Que le repris de justice Raba fût sorti du camp en plein jour devrait assez dire combien il avait pris à cœur cette mission, ainsi que la gravité de la crise ; de même, avait-on encore jamais vu pareil comportement mystérieux ? Tout, absolument tout, était dissimulé avec le plus grand soin. Et Fukusuke n'était pas le seul : même des compagnons comme le Borgne et Ma Tante, présents à la réunion, qui méritaient aussi le titre de meneurs, furent laissés sur la touche, relégués au poulailler d'où, comme tout le monde, ils durent se contenter d'observer la marche du programme au vu des événements qui se produisaient sporadiquement dans le camp. Une chose demeurait toutefois : les ordres, élaborés les uns après les autres dans la pièce de chez Kim où pendait le calendrier aux maximes, étaient tous transmis vers chacun des caïds par une voie discrète et sûre. Et Fukusuke put observer à loisir ce qui semblait bien en être les fruits.

Quelques jours après la réunion, la situation évolua brusquement. Tous les badauds Apaches jusque-là si acharnés à rôder, oisifs, aux alentours de l'entrepôt du poste, cessèrent d'un coup leurs approches. Le camp donna l'impression d'être rentré dans l'ordre ancien. Le bruit de la découverte de plaques d'argent avait provoqué ce qui s'appelle une mobilisation générale, des caïds aux arpettes, très occupés jusque-là à flâner, les mains vides. Le reflux ramenait cette fois, comme un seul homme, les caïds à leurs maisons, leurs femmes à leur cuisine et à leurs marmites à briquer, les vieux et les infirmes à leur remblai et à leur poste de guet. Les gars reprirent qui sa pioche qui sa masse et se glissèrent dans la jonchaie pour de nouvelles fouilles, Tôjô ne lâcha plus les rames de sa barque, et Tama, qui n'attendait que l'occasion, plongea dans le canal pour renflouer cette dernière. Sur les ordres de Kim, Fukusuke redevint tantôt planton, tantôt détecteur, tantôt lieutenant, au gré des opérations retrouvées. Un jour qu'il avait été envoyé en prospection et cherchait un filon au hasard des fourrés, des gars d'une autre bande qu'il connaissait s'approchèrent, curieux de ce qu'il faisait. Tous traînaient leurs sandales la veille encore autour de l'entrepôt, et certains même avaient participé à la réunion. A l'un, il adressa quelques banalités puis s'enquit :

— A propos, gars, et cette histoire d'argent trouvé, qu'est-ce que ça devient ?

— Paraîtrait même qu'on a trouvé des diamants ! gouailla aussitôt l'interpellé, on ne peut plus méprisant.

Il braqua les yeux sur le câble que venait de découvrir Fukusuke, sans plus revenir sur le sujet. Ce câble, un fil de cuivre gainé de plomb, bénéficiait d'une cote honnête, mais présentait l'inconvénient d'obliger à creuser sur plusieurs mètres dans les herbes pour en obtenir une quantité acceptable. Hypnotisé, l'autre regardait le trou aux pieds de Fukusuke, avec pour seul souci, manifestement, de trouver le moyen de s'approprier ce butin banal. La première phase du plan de Raba et compagnie paraissait être un succès.

A la reprise générale des activités apaches sur le million de mètres carrés de désert répondit, derechef, celle des courses poursuites avec la police, du ballet migratoire bien connu, tant diurne que nocturne, de nos sardines. Les chevaux de retour qu'étaient Ma Tante, le Borgne et consorts escaladèrent plus d'une fois les murs du château, plongèrent dans les canaux, bref s'échappèrent grâce à leurs muscles, mais les tâcherons, chômeurs et autres vagabonds, par contre, furent saisis les uns après les autres, sans distinction d'ancienneté, et embarqués en jeep vers le dépôt. Mais, travaillés au corps, ils ne laissaient apparaître que des peccadilles, maigres taches sur des consciences pas plus chargées que bien d'autres, passés qui, pour n'être pas d'une franche clarté, n'étaient pas si noirs non plus ; et ils furent relâchés sitôt qu'arrêtés. L'éternel triangle s'était reformé, voilà tout : mine-camp-dépôt, trois points entre lesquels reprit leur périple. Avec pour seule et unique variante qu'il ne servait plus à rien de doubler ou tripler les effectifs du guet, le moindre groupuscule étant à peine en action qu'il se voyait surpris par des agents qui à chaque coup faisaient mouche. On courait à droite, on courait à gauche en maudissant les mouchards, avec au cœur cette douloureuse interrogation : contre qui tourner ses injures et sa haine ? Un gars était-il fourré en cellule, son caïd venait aussitôt lui rendre visite, lui apportait sushis et *katsudon*[1]. On vit même un chef, devinant l'état des finances de son protégé, lui avancer le montant du procès-verbal, largesse qui lui valut des remerciements involontaires, et qu'il expliqua en deux mots avant de se retirer :

1. *Katsudon*. De *katsu* (pour *katsuretto*, mot dérivé de l'anglais *cutlet* [« côtelette »]) et de *donburi* (bol) : bol de riz recouvert d'un morceau de porc (généralement) pané et d'un œuf brouillé.

— Pas tant de chichis, voyons. Faut se serrer les coudes dans les moments difficiles, pas vrai ?

Si rien n'indiquait que tout ceci fût à mettre sur le compte de Raba, il reste que cette tactique s'avéra fort judicieuse, qui impliquait qu'à part une infime minorité, les Apaches fussent tous roulés et livrés à la police. L'idée s'avérait excellente d'avoir fait des plaques d'argent la matière d'une rumeur, après celles de la mise au jour de diamants, de la découverte de manganèse ou d'alliage de tungstène – toutes rumeurs invérifiables pour quiconque, mais que l'on ne pouvait tenir inconsidérément pour des faux bruits. D'Ôsaka d'abord, des départements limitrophes ensuite, des îles de Shikoku, de Kyûshû, de la région du Hokuriku, déferlaient les vagabonds attirés par les on-dit. A peine étaient-ils conduits jusque-là par leur périple, que des vagues de rafles policières les accueillaient, jour après jour, nuit après nuit, les envoyaient au cachot, dégoûtés, d'autant plus que c'était pour apprendre de la bouche d'un ancien que l'histoire des plaques n'était qu'une fable. Privés de raison de demeurer là, nombreux furent ceux qui repartirent sans demander leur reste. Ce qui, du même coup, ne pouvait manquer de parvenir aux oreilles du commissaire par l'intermédiaire des indicateurs, et ainsi contribuer à détourner de l'entrepôt l'attention de l'adversaire pour le plus grand profit des Apaches.

Raba devait se frotter les mains devant cette situation, à n'en pas douter. On le devinait qui amusait la police de plus belle et livrait les camarades avec une allégresse croissante dans le dessein de multiplier les forfaits et d'augmenter d'autant les quotes-parts finales. Fukusuke voyait avec les jours croître le nombre de gens emmenés au commissariat. A chaque coupe sombre dans leurs rangs, les caïds venaient consulter Kim, mais habilement retournés, ils ordonnaient dès le lendemain à leurs protégés de repartir. Ces derniers n'obéissaient pas en aveugles, ne marchaient jamais qu'en suivant leurs propres pulsions. C'était un simple concours de circonstances qui mettait les ordres des chefs dans le même sens que celles-ci ; entre les deux parties n'existaient que des liens d'une solidarité des plus ténues. A ce stade de la situation, l'asphyxie menaçait les hommes pris dans un bourbier : ferrailles saisies, outils perdus, dettes s'ajoutant aux dettes, et aucune possibilité de travail en dehors du camp. A peine sortis de cellule, ils se dirigeaient du même pas vers la mine, se heurtaient aux agents devant lesquels ils détalaient en tous sens dans les herbes ; certains s'accrochaient au plat-bord de la barque de Tôjô à demi immergée sous son poids de passagers, d'autres traversaient à la nage des effluents chimiques, visage blafard, et rejoignaient vaille que vaille l'autre berge, souffle coupé, incapables de se relever tout de suite. Pantins dans une débâcle dont était témoin Fukusuke, qui ne put se défendre de trouver sordide le Raba qui, derrière tout cela, tirait les ficelles avec des mines de conspirateur. Encore, pour celui-ci, pouvait-on admettre qu'il se comportât en chef suprême de complot et misât sur l'insécurité ; mais que dire de la mesquinerie que trahissaient les caïds à tant compter sur ce médiocre pour ramasser les miettes ? Ainsi pensait-il chaque fois qu'il assistait à la pénible remontée sur la rive d'hommes de troupe exhalant de partout la pestilence.

Jusqu'à quel point Raba, faux mouchard, vendait-il ses compères et la police réagissait-elle spontanément aux appels téléphoniques ? L'énigme demeurait. En tout cas, les premiers ratés se produisirent bientôt, et fréquents. Comme prévu, les rafles infaillibles commencèrent à perdre de leur infaillibilité. Les agents surgissaient dans la mine aux heures les plus incongrues : après que les plantons avaient lancé l'alarme et que tous avaient détalé ;

en plein midi, alors qu'ils se reposaient de leurs fatigues de toute une nuit de labeur. Une fois même, Fukusuke somnolait chez lui quand la rue s'emplit soudain de voix affairées, et il lui sembla entendre le passage d'une cavalcade qui s'éloignait. Intrigué par tant d'agitation joyeuse, il se releva, regarda par la fenêtre : visages fendus d'hilarité, tous se précipitaient dans la direction de la rivière.

— Qu'est-ce qu'il y a ?

Trois personnes tournèrent la tête à sa question, sans interrompre leur course :

— Une descente de flics !

— Les cloches !

— Ça caquette chez les poulets !

L'un des hommes éclata de rire et s'éloigna comme une flèche. Fukusuke les suivit sur la berge et vit tout le monde, en rang sur le remblai, qui regardait en face. Là-bas, un autre rang, un mur compact de muscles et de cuir. Gardes mobiles par dizaines en tenue de combat, regards hostiles vers eux. Derrière, un alignement de motos et de jeeps aux moteurs ronflants, le tout se détachant sur un vaste fond de solitude, livré à la lumière et à la brise, vide de tout bruit et de toute présence humaine visible. Tirés en sursaut de leur sommeil, ils étaient sortis sans perdre un instant et avec une telle hâte d'arriver que tous étaient encore en caleçon léger, et c'est dans ce simple appareil qu'ils montrèrent du doigt les policiers, les accablèrent d'un éclat de rire général. Un inspecteur, rouge comme une pivoine, arpentait le bord à pas nerveux, bouillant d'une impuissance qu'il ne put exprimer que par des grondements irrités :

— Ne riez pas, ne riez pas ! Je vous interdis de rire !

Un brouhaha s'éleva qui s'en prit à la troupe houleuse des forces de l'ordre, mais Kim se hâta de circuler parmi les Apaches, à qui il recommanda le calme. Il voulut les renvoyer au camp en distribuant des bourrades énergiques aux uns et aux autres, mais aucun n'était disposé à s'éloigner. Après quelques minutes de ce spectacle, Fukusuke revint au camp. Ce fut pour voir Raba se glisser, mine de rien, hors de la maison qu'il s'attendait à trouver déserte. L'autre le vit, lui décocha un coup d'œil perçant où luisait un sourire :

— Alors, ça valait le coup ? demanda-t-il, avant de s'éloigner sans lui laisser le temps de répondre, et il disparut rapidement dans la direction opposée à la berge.

C'est ainsi que l'on arriva à la troisième partie du programme mis au point au restaurant. Confusion, va-et-vient multiples et murmures s'étaient produits au total conformément aux prévisions, l'objectif initial semblait être pour l'ensemble atteint. De connivence avec les caïds, Kim et Raba avaient consacré une énergie fébrile à circuler dans le camp pour gommer des actes et des paroles des Apaches jusqu'à la plus petite trace du plan échafaudé ; ils avaient bel et bien réussi à maquiller leurs agissements en actes impulsifs, aveugles, d'un groupe acculé à la dernière extrémité. Mais dans quelle mesure pouvaient-ils se targuer de ne devoir qu'à eux-mêmes ces résultats ? La descente visiblement irrémédiable et chaque jour plus rapide du camp vers le fond de la misère laissait planer les doutes les plus forts. Tout au plus pouvait-on leur accorder sans conteste la réussite d'une partie du complot : le retrait général du pourtour de l'entrepôt, grâce à la perte organisée de crédibilité de la rumeur concernant les plaques. Pour le reste, la misère qui frappait le camp devenait telle qu'elle eût suffi à produire les mêmes effets sans intervention extérieure, à plus ou moins longue échéance. Quelques coups de fouet sur une toupie déjà en rotation, mais coups de fouet qui, si l'efficacité ne leur faisait pas entièrement défaut, n'étaient toutefois pas d'une absolue nécessité, voilà à quoi se réduisait leur contribution. Et cette toupie, au moment où ils mettaient la main à la dernière phase de leur plan, était déjà emportée dans un tourbillonnement dont le contrôle leur échappait.

Une nuit d'août, les caïds convoquèrent chacun leurs meilleurs hommes pour leur révéler le projet de vol des plaques. Coincés dans le camp comme ils l'étaient depuis déjà plusieurs jours par les descentes de police renouvelées, pas un des appelés ne se défila. Sans compter d'autres qui flairèrent la chose dès l'après-midi et s'invitèrent ; on les vit quitter leurs baraques les uns après les autres, si bien qu'au cours de la soirée toute une foule se trouva réunie. Les caïds écoutèrent les vœux de chacun, séparant sur-le-champ les kamikazes de « la fanfare », leur donnèrent quelques indications sur la nature du travail, leur apprirent quelques signaux. Garder rassemblés tant de gens jusqu'à l'heure de l'opération risquait d'alerter les mouchards, et l'on se dispersa : un groupe de chétifs, les infirmes et les vieux, s'en alla surveiller le commissariat, d'autres s'infiltrèrent en reconnaissance dans la mine, à la faveur de la nuit tombante.

Adossé à sa place d'élection contre le placard, Kim inscrivit avec application les noms des volontaires qui se succédaient devant lui. Suivi en cela par ses collègues : tous ceux qui, de près ou de loin, seraient mêlés à l'opération de la nuit eurent leur nom relevé. Quand ce fut fini, ils apportèrent leur liste chez Kim, que ce dernier agita ostensiblement sous le nez des volontaires avec une remarque sarcastique :

— Attention, pas de bêtise, hein ? Un pépin et moi, je m'en vais trouver le commissaire et – Mes respects ! – je lui présente ça !

Debout à côté de Kim, Raba mit en garde les recrues qui s'apprêtaient à se retirer : les kamikazes devaient veiller à leur tenue, les membres de la fanfare ne porter en aucun cas la main sur les gardiens ou les agents.

— Vu ? Quand t'entends crier « Chargez ! », au boulot ! Le moment venu, je crie « Repliez-vous ! » et toi, tu fais le mort illico, peu importe ce que t'es en train de faire. Si les bourres rappliquent ou que quelqu'un nous repère, je gueule « Dispersez-vous ! ». Alors, à la grâce de Dieu et de tes guibolles !

Rien jusqu'ici qui n'eût été programmé. Cependant, une chose importante, un désaccord de dernière minute devait se produire. En effet, le plan prévoyait de ne charger que les caisses qui contenaient les plaques, le bric-à-brac devant être dispersé alentour pour donner le change sur le vol ; encore, à la rigueur, pourrait-on en profiter pour apporter autre chose au camp, mais en s'en tenant au plus juste. Or les volontaires s'avérèrent unanimes dans leurs prétentions gourmandes. A peine le premier se fut-il déclaré que l'impatience parut libérer les langues : tous abondaient dans son sens.

— Y a pas à se gêner ! dit l'un, l'œil brillant. Qu'est-ce qu'on a à prendre des gants ? On n'a qu'à se servir, tout ce qu'il y a est bon à prendre. Nettoyage par le vide ! On charge le taxi un max...

— Bourrique ! siffla Raba, d'un ton hargneux. Quel poids tu t'imagines que ça fait en tout ? Chargeons tout ça un par un, tiens, et on y sera encore le matin. Pourquoi tu crois qu'on s'est donné tout ce mal jusqu'à aujourd'hui, hein ?

L'invective glissa sur l'interpellé qui se releva d'un mouvement lent, sans rien dire, puis :

— Ah, l'argent ?... cracha-t-il, persifleur, l'œil empli d'une commisération non dissimulée. Belle couillonnade, oui !

Sur quoi, il quitta la pièce. Kim et Raba le regardèrent sortir. Ils n'eurent qu'un mot :

— ... Se défonce...

Puis ils se consultèrent du regard et demeurèrent silencieux. Le mot était destiné dans leur esprit à tourner l'homme en dérision, mais il y eut un tel ensemble parmi les suivants qu'ils durent en venir au compromis. En vain dépensèrent-ils des trésors de persuasion pour leur ouvrir les yeux sur leur stupidité ; en dépit de quelques divergences, pas un gars ne parut disposé à renoncer au tas de ferraille. Encore ces variantes ne portaient-elles que sur la quantité, certains voulant emporter cinq quintaux s'il se trouvait cinq quintaux de ferraille, tandis que d'autres étaient pour en emporter dix s'il y en avait dix, ou vingt dans cette éventualité. Quant à faire main basse sur la totalité du bric-à-brac, le principe n'était mis en cause par aucun. Dans une tentative pour forcer la situation, le duo prit à témoin celui qui se montrait le plus modéré, lui dévoila avec une grande franchise la somme des efforts consentis jusque-là pour faire oublier l'existence des caisses, combien cette tactique avait coûté à la population, mais l'autre ne voulut rien savoir. Les explications des deux hommes épuisées, il demanda, d'œil absent :

— Dis donc, l'argent, après tout, hein... mais le fer, ça, c'est du solide, pas vrai ?

Il quitta la pièce sans paraître décidé à accepter d'autres explications.

— Mais pourquoi qu'ils veulent pas de l'argent ?

— Ils sont persuadés que c'est un bobard, pardi ! Et puis, il y a que... ben, qu'il vaut mieux pas être trop gourmand, tenir, c'est mieux que courir, on n'est pas déçu après.

Kim et Raba tinrent de nouveau conseil. Rapporter avec eux cet invraisemblable capharnaüm, c'était se lier pieds et poings, se livrer à la police sans pouvoir dire ouf ! Cela sautait aux yeux, et le raid se réduirait à une simple opération suicide sans profit. D'un autre côté, toutefois, le fait que des Apaches se soient jetés par dizaines dans l'aventure était la démonstration rêvée de leur terrible misère ; sans compter que la pagaille permettrait d'escamoter les plaques plus aisément. Autant d'arguments – la cohésion des camarades les y obligeait aussi – amenèrent les deux hommes à prendre le parti de ne pas plaider davantage leur légitimité.

— Ce qui compte, c'est l'argent, après tout !

— Hum, comme tu dis.

Ils avaient parlé comme pour se réconforter l'un l'autre, mais sans chercher à esquiver la mélancolie qui se lisait dans leurs yeux.

Quand approchèrent les onze heures, ce soir-là, les gars se regroupèrent près du pont Benten, de toutes les directions, chacun dans la tenue de son choix. Aucune unité de style pour les vestes et les pantalons, mais une unité de couleur, le noir, et aux pieds, seul point sur lequel ils semblaient s'être donné le mot, des sandales à semelles de caoutchouc ou des tennis, si bien qu'il eût fallu les regarder sous le nez pour les reconnaître. Fukusuke avait été nommé à l'avant-garde par Kim et assigné à la diversion ; arrivé sur place, il distingua dans les ténèbres les compères déjà là, figés, comme des dizaines de poteaux électriques, ou de boîtes à lettres. Il s'approcha de l'un d'eux et demanda innocemment :

— Le Borgne, de chez Kim, où il est ?

Ce qui lui valut de l'autre, qui ne dit mot, un coup de coude dans le plexus ; souffle coupé, il s'effondra, plié en deux. Où étaient le Borgne, Ma Tante ? Il ne pouvait aller à leur recherche ainsi et force lui fut de demeurer accroupi. Au bout d'un moment, un gars arriva dans la nuit à tâtons. Il buta contre Fukusuke, s'accroupit en lui tapotant d'une main le dos, la nuque, puis lui murmura à l'oreille :

— Ration spéciale. Ça requinque ! Et il lui glissa

dans la main quelque chose de dur. Au contact, Fukusuke reconnut un œuf cru ; il le fit passer avec précaution dans sa main droite, promenant l'autre sur le visage, toucha une oreille, chuchota :

— C'est combien ?

Il reçut au creux de l'oreille un souffle fétide à faire lever un mort, qui accompagnait une voix douce et basse :

— Vingt yen pièce, mais on s'arrangera après.

Fukusuke le retint précipitamment par le bras au moment où il allait s'éloigner, lui murmura de nouveau à l'oreille, désapprobateur :

— Je croyais que c'était une ration spéciale...

L'autre émit un gloussement en fond de gorge :

— Oh, c'était pour causer...

Il lui donna deux ou trois tapes conciliantes sur l'épaule et s'éloigna. Avec l'intention manifeste de distribuer ses œufs à tous, car au moment où Fukusuke allait percer la coque d'un coup d'incisive, le même chuchotis lui parvint d'un peu plus loin dans les ténèbres :

— Merci !

Un petit moment passa après qu'il eut gobé son œuf ; il y eut une approche de pas étouffés qui s'immobilisèrent dans le noir, aussitôt suivis de grincements de roues qui lui signalèrent l'arrivée du taxi tant attendu. Et pas seul : quatre véhicules venaient d'être amenés, autant qu'il put en juger. Le tireur de tête s'arrêta et, dans le même instant, fusa une voix tendue :

— Kamikazes !

Ce seul cri lui suffit : c'était Raba. Les poteaux et boîtes à lettres se mirent en branle dans un léger brouhaha vers le point d'émission de la voix, se rassemblèrent autour du taxi ; simultanément, on se regroupa de même autour des autres.

— Fanfare !

Fukusuke se releva à l'appel de Raba, mais à peine achevait-il son mouvement que déjà le véhicule démarrait comme une flèche.

— Hue !

— Par ici la bonne soupe !

— On fonce !

Des cris échappés de deux ou trois bouches furent tout ce qu'il put distinguer avant de se lancer en une course éperdue dans le sillage du véhicule, à la limite de ses forces.

La centaine de mètres séparant le pont de l'entrepôt formait l'entrée principale de l'ancienne usine ; exactement à mi-trajet de cette voie plane et bitumée se trouvait le poste des agents, que flanquait un réverbère, et il y en avait un second devant l'objectif, l'entrepôt ; en dehors de ces deux seuls points éclairés régnaient les ténèbres.

Agents et gardiens semblaient endormis, comme l'attestait l'absence de lumière dans chacun des deux postes. La mêlée compacte des quatre voitures et des dizaines d'hommes fila à toute allure dans l'obscurité, franchit comme une ombre l'auréole blafarde jetée par le premier réverbère ; quand, l'une après l'autre, chacune des voitures fut parvenue dans le deuxième cercle de lumière, l'homme de tête se suspendit d'une voltige au timon, se déporta sur le côté pour faire faire un demi-tour au taxi qui s'immobilisa net devant le dépôt.

— Chargez !

Le cri de Raba fulgura, déclencha un concert de rugissements et de vociférations qui partit de toutes les gorges. Le faible éclairage du réverbère, le déferlement compact de plusieurs dizaines d'hommes empêchaient qu'on pût reconnaître ce qui était entassé devant l'entrepôt, mais tout ce qui tomba sous la main fit butin, fut chargé, caisses et ferrailles confondues dans le même anonymat. Bousculé, renversé, Fukusuke se livra comme un fou à cette fantaisie ténébreuse, donna de la gorge, du pied, lança ferraille et injures...

Bientôt Raba vit s'allumer de la lumière aux fenêtres des postes, au travers de cette mêlée de ferrailles patibulaires et de muscles. D'un coup d'œil vif comme l'éclair, il évalua la distance qui séparait le grouillement d'ombres chinoises et le pont, se retourna prestement vers le chantier obscur, hurla :

— Repliez-vous !

Les hommes se collèrent aux voitures et se ruèrent sur l'asphalte en poussant maladroitement, de derrière et de côté. Comme ils dépassaient le poste des agents, la porte s'ouvrit et des exclamations fusèrent, mais les voitures filaient déjà au loin et il ne resta plus, abandonné au vent, que le sillage de mille gémissements douloureux.

Le pont franchi, les quatre voitures pénétraient en trombe dans le camp lorsque Raba, qui avait résisté autant qu'il l'avait pu, fut déséquilibré et plongea en avant. Il donna bien un coup de reins pour éviter la chute, mais sentant la masse formidable du fer et du véhicule emballé, il se tassa sur lui-même, prit appui au sol et se suspendit au timon ; cramponné désespérément, il hurla aux gars qui poussaient derrière lui :

— Dispersez-vous ! Dispersez-vous !

Des sirènes mugissaient dans le lointain.

Les hommes lâchèrent prise, le véhicule fut saisi dans l'instant d'un furieux soubresaut, et le corps de Raba se détacha net du timon. Le taxi était lancé à une telle vitesse que les hommes qui venaient de le libérer piquèrent une tête en avant et ne purent modifier sa course. Ils détalèrent dans la nuit en échangeant des imprécations à voix basse.

6

Où aller ?

Si le petit cheval a pu s'y noyer
c'est qu'à cet endroit
il y avait de l'eau.

Un trop vieux dicton.

Le plan tourna à l'échec.

Le camp connut cette nuit-là la plus grande confusion de son histoire. En même temps que Fukusuke réintégrait le camp derrière le taxi, il perçut l'approche des sirènes. Dispersez-vous ! avait hurlé Raba, et Fukusuke, lâchant la voiture du même geste que les autres, avait détalé sans penser à l'effet qu'auraient sur les jambes et les reins du premier le poids du taxi et son accélération, à plus forte raison les deux réunis. Que s'était-il passé ensuite ? Il l'ignorait tout à fait. Lui-même avait pris ses jambes à son cou dans la nuit, s'était faufilé entre les masures, était passé à la hâte d'arrière-cour en arrière-cour, était finalement parvenu à sortir du camp. Encore son évasion ne se fit-elle pas sans mal. La réplique policière atteignit cette nuit-là une échelle sans précédent : pas une rue, pas une entrée, pas une ouverture imaginable qui ne servît de passage à la ruée des forces de l'ordre. Après avoir zigzagué comme un rat dans le labyrinthe des ruelles,

Fukusuke comprit que le filet n'offrait aucune issue ; il rebroussa chemin et se dirigea vers la Hirano. Il la trouva prise sous un flot lumineux de projecteurs. On s'était mis en frais : il y avait là pas moins de deux chaloupes de la brigade fluviale. Celles-ci ne pouvaient être venues que du port d'Ôsaka, de canal en canal, mais quand donc étaient-elles arrivées, et comment avait-on pu les amener si discrètement jusque-là ? La surprise était totale. On devinait les agents équipés de pied en cap, et les assourdissantes sirènes que l'on entendait çà et là signalaient l'arrivée de « taxis » authentiques. Fukusuke se jeta à plat ventre dans les herbes du remblai ; l'éclat des rayons des projecteurs qui rasaient sa tête, la menace des bruits de pas et des jurons derrière lui, les sirènes... Son expérience lui suggéra « deux détachements de gendarmes mobiles, cent agents ».

Son intention avait été d'entrer dans l'eau et de nager jusqu'en face pour gagner la mine et son obscurité propice, mais la voie était à présent coupée par les chaloupes ; d'autre part, revenir au camp, c'était autant dire se jeter délibérément et à coup sûr dans la gueule du loup. Il se résigna donc à s'éloigner des bateaux en rampant dans l'herbe, en écrevisse. Il se tenait coi, retenant sa respiration, lorsqu'il entendit de-ci de-là des *plouf*, des cris, sans doute des Apaches éperdus et désorientés qui avaient sauté à l'eau. Comme toujours au camp dans les instants aussi denses, se manifestait dans ces voix un tragique dérisoire et cocasse. On se débattait, on se noyait, on injuriait les agents ou, à demi noyé, on réclamait un secours pourtant refusé l'instant d'avant. Fukusuke crut voir les agents s'affairer sur le pont pour tirer de là ces espèces de mouettes impuissantes, qui agitaient désespérément et en vain leurs ailes engluées de mazout. Un policier vociféra à la cantonade d'une voix que Fukusuke distingua nettement au milieu des ignobles clameurs et éclaboussures :

— Bande de corniauds, va ! Et c'est pour ça qu'on nous fait travailler la nuit !

Suivit un claquement de langue exaspéré, et Fukusuke devina que l'agent jetait une corde à un Apache qui semblait à deux doigts de se noyer. Un moment après, une voix plus âgée se fit entendre, ainsi qu'un rire moqueur :

— *Pour les bonnes mœurs, et l'ordre public, pour la paix et la sécurité...*

— On bosse trop, bordel ! mugit le premier, d'une voix navrée.

La suite, Fukusuke dut aux autres de l'apprendre.

Il poursuivit sa lente progression latérale au milieu du balayage des projecteurs dont les rayons sporadiques venaient lui frôler le front, par-dessus le remblai. Quand il reprit ses esprits, ce fut pour se rendre compte qu'il avait réussi son évasion : son pédalage éperdu de bras et de jambes, dans un état second, l'avait vaille que vaille amené au sein d'un fourré à l'abri des échos et des éclairs. Alentour, l'herbe de cette nuit d'été agressait de ses bouffées odorantes et tièdes, comme foulée par des pieds à peine sortis du bain de sueur des chaussures. Mais il s'en moquait éperdument. Il se coula dans les fourrés silencieux et là, après avoir lourdement roulé sur lui-même, face vers le ciel, il laissa vagabonder ses pensées. On ne se méfie jamais assez des gens, vraiment.

Mais sur ces entrefaites, un désordre sans nom avait envahi le camp. L'irruption des agents s'était accompagnée, simultanément, de la fuite des hommes abandonnant les taxis, et aux coups de sifflet et injures, les maisons s'étaient vidées d'une population manifestement défaite de femmes, d'enfants, d'infirmes, de déments, qui poussèrent une clameur générale autant que multiple à la vue des agents. Ceux-ci fendirent la foule et s'apprêtèrent à perquisitionner, mais ils en furent empêchés par un charivari croissant. Certaines femmes apportèrent au-dehors des bûches, des bouteilles d'alcool trafiqué. Elles se lancèrent de foudroyants regards d'intelligence, coururent l'une ici, l'autre là : les bûches passèrent au ras des épaules des policiers – résister franchement les aurait fait accuser d'entrave à agents – mais avec juste ce qu'il fallait de distance pour s'éviter un motif ; la gnôle fila dans le caniveau à leurs pieds, avec juste assez de vitesse pour s'éviter des ennuis. Et chacune s'employa de même sur son pas de porte.

Les agents luttèrent dans la bousculade contre les femmes au milieu de la rue, mais, nez à nez avec cette meute navrante d'amazones dépenaillées qui s'agrippaient à eux avec l'énergie du désespoir en dégageant des odeurs de sueur, de crasse et de cheveux, la plupart, l'air dégoûté, parurent hésiter.

Cependant que continuait ce tohu-bohu sombre et assourdissant, ceux des agents qui allaient saisir la ferraille devaient se trouver soudain face à l'irréparable.

Ils écartèrent la horde féminine et débouchèrent au milieu de la rue : Raba geignait, sous la roue d'un taxi. Les reins enfoncés par cette roue au pneu épais sur laquelle pesaient des centaines de kilos de ferraille, il s'agitait, tête branlante, les membres pris des tressaillements du papillon cloué sur une épingle. Les compagnons, surpris par les sirènes, avaient largué le véhicule en imprimant à celui-ci une telle secousse que Raba avait lâché le timon, était tombé à terre où la voiture lui avait broyé les reins avant de percuter un poteau électrique contre lequel elle demeurait immobilisée. La première chose à faire pour sauver Raba était de la déplacer. Les agents, ruisselants de sueur, déchargèrent le tas de ferraille puis poussèrent, aidés malgré eux par les femmes en effervescence.

A l'instant où le taxi s'écartait, Raba devint livide et perdit connaissance. Deux agents le transportèrent jusqu'à une jeep ; dans leurs bras ballottaient les membres d'un pantin. Avec Raba disparut la totalité des prises de la nuit, emportées au commissariat. Rien ou presque ne restait sur le chemin pour accueillir les hommes qui firent une rentrée dispersée et prudente plusieurs heures plus tard. Les taxis, n'en parlons pas, ce qu'ils avaient reçu de fils électriques, de douilles, de valves, de plaques de cuivre et d'acier, et l'indescriptible embrouillamini de ferraille, jusqu'aux fameuses caisses, tout avait disparu sans laisser de traces.

Lorsque Fukusuke eut quitté le remblai et regagné le camp, on ne parlait déjà plus de ces dernières que comme d'un fait établi. Alors qu'avant l'expédition nocturne pas moins de six ou sept Apaches sur dix affichaient leurs doutes quant à l'existence de ces caisses, à présent qu'elles avaient été saisies, c'étaient dix Apaches sur dix qui affirmaient leur réalité. Le fait que le chargement auquel ils avaient pris part se fût déroulé dans le désordre que l'on sait, et par une nuit d'encre, ne gênait personne : chacun prétendit avoir au moins une fois touché aux caisses, en avoir lancé une sur un taxi. D'interminables discussions fleurirent à propos de celles-ci, au coin des rues, dans les venelles, sur les pas de porte, et au fil des heures les relations s'enrichirent d'une profusion de nouveaux détails. Mais quand Fukusuke eut accosté un orateur et entrepris de le presser de questions sur les circonstances, une grimace apparut sur le visage de l'autre qui se fit évasif et commença à se justifier en citant ce qu'on lui avait rapporté. Le suivant fit de même, l'autre aussi, un autre encore, tous se renvoyaient la balle : une chaîne d'épisodes sensationnels filait ses maillons insaisissables comme un mirage ; une histoire absolument sans queue ni tête.

Fukusuke consacra les jours suivants à parcourir le camp de fond en comble, l'oreille aux aguets, mais il ne put établir l'existence des plaques. Avaient-elles été chargées ? Se trouvaient-elles seulement là ? Le prospecteur borgne et manchot les avait-il effectivement reconnues ? Toutes ces questions chutaient sur des équivoques. A la réflexion, il n'y avait jamais eu un seul témoin dans cette affaire, depuis le début : elle avait éclaté sur les propos du prospecteur déclarant avoir été surpris par la police au moment précis où il déterrait des caisses en bois, lesquelles avaient été saisies ; personne n'avait rien vu. Les caïds avaient graissé la patte aux gardiens et bâti toute l'opération sur leurs confidences, comme quoi les caisses étaient toujours sous le tas de ferraille empilé contre le mur de l'entrepôt : là encore, grande était la part de la fabulation, et il n'était pas interdit de penser que les chefs avaient pris leurs désirs pour des réalités. Ajoutons que si la population du camp avait par la suite, pour ainsi dire dans sa totalité, passé des jours et des nuits à rôder autour de l'entrepôt, pas un seul de ses membres n'avait touché ni reconnu de caisse correspondant aux descriptions. Fukusuke avait beau accoster qui que ce fût et remonter le fil de la conversation, ce fil cassait sur la même remarque, qu'« on croyait bien avoir aperçu quelque chose qui y ressemblait ». Le butin saisi et empilé autour de l'entrepôt atteignait une masse de plusieurs centaines de kilos en un imbroglio de ferrailles de tous poids, de toutes formes, où gisaient – leur ressemblaient-elles seulement ? – cinq, dix caisses, dans un abandon inexpliqué. Durant le mois qui avait suivi, de plus, celles-ci étaient devenues le centre de toute la vie de près de huit cents âmes : on s'était renvoyé les vantardises, trompés les uns les autres, retrouvés en réunion, on avait livré les compagnons à la police, déclenché une pagaille sans pareille. Chez tous, mots et actes ressemblaient à une échalote : décortiqués, ils ne débouchaient en fin de compte que sur le néant. Seuls les guettaient maintenant les estomacs creux qu'aucune bonne parole ne faisait taire, des ventres tièdes, entre chien et loup, alanguis, qui les aiguillonnaient tous jusqu'au harassement de leurs illusoires effervescences à flot continu.

Et la plus décisive des preuves n'entamerait rien : aussi longtemps qu'ils resteraient vides, le doute resurgirait – était-ce pur mensonge, était-ce vérité, qui pouvait affirmer l'un ou l'autre ? –, la belle histoire repoussée d'un rire dédaigneux renaîtrait l'instant d'après. Qui plus est, la légèreté n'avait pas été l'apanage des seuls Apaches : quand Fukusuke lut le journal du lendemain matin, ce fut pour apprendre que la descente de police avait fait intervenir trois détachements de gardes mobiles, deux chaloupes de la brigade fluviale et l'effectif de deux commissariats, soit un total de cent quatre-vingts personnes. Il lut ces chiffres devant Kim, au petit déjeuner.

— Ils y sont pas allés avec le dos de la cuiller, murmura l'autre qui hocha la tête en homme que cela n'intéresse pas.

Le ton employé par la presse, jusque-là persifleuse, avait changé soudain : l'article du jour s'en prenait aux Apaches avec les accents solennels d'un procureur. De maraudeurs d'occasion, Fukusuke et les siens se voyaient élevés au rang de bande organisée de dangereux conspirateurs, dont il fallait purger la ville, comme le commissaire en avait fait la promesse à ses concitoyens. On sentait ce dernier révolté de n'avoir ramassé que quatre ou cinq malheureux sous-fifres en dépit d'un tel déploiement de forces. Kim lut et relut l'artide, pesa ses mots :

— Y a pas mal de choses sur lesquelles faudrait bien qu'on discute, j'ai l'impression. Imagine que ceux qui rappliquent chez nous arrêtent de s'intéresser à la ferraille. Vers quoi ils vont se tourner, à ton avis ? C'est là le problème, non ? Ça n'annonce rien de bon...

Il se tut un bref instant, se reprit hâtivement en regardant Fukusuke.

— Je parle pas pour moi.

Cependant, les moqueries et les critiques du journal étaient trop nombreuses, et l'opinion de Kim lui-même, bien que pleine de justesse, avait déjà trop l'apparence d'un cliché pour que les deux hommes s'étendent là-dessus. Or, au moment de passer à la rubrique suivante, ils échangèrent un regard : il y était question de leur objectif.

On y lisait qu'un des compagnons arrêtés, interrogé sur la cause de cette opération collective, avait répondu laconiquement qu'on lui avait proposé d'« aller prendre des plaques d'argent ». L'homme était frappé de la même amnésie totale aux noms dont tous étaient atteints et prétendait obstinément ignorer comment s'appelaient ceux sur qui on l'interrogeait : Raba, Kim, les autres caïds ou les compagnons importants. Mais l'administration des Finances, gérante de la mine, faisait un accueil sarcastique à cette réponse de l'Apache, affirmait que l'histoire des plaques d'argent relevait de la plus pure invention, qu'il ne s'y trouvait qu'une petite quantité de cuivre et que tout le reste des pièces saisies n'était que ferraille de rebut ; les autorités policières déclaraient être intervenues sur sa demande pour rentrer en possession d'objets volés, sans plus, et ne faisaient aucune allusion à l'argent, mais considéraient néanmoins que les Finances en prenaient trop à leur aise en s'entêtant à leur faire donner leurs hommes jour et nuit pour de si bénins délits. Et celles-ci se dérobaient à leur tour à la critique en rejetant les responsabilités sur l'ancienne clique militaire, à qui l'on devait ce faramineux gaspillage de terrain, et en invoquant le manque actuel de crédits. Plutôt qu'à cette polémique, l'intérêt de Kim et de Fukusuke continuait d'aller au sort des plaques : dédaignant le petit déjeuner, tous deux restèrent plongés dans le journal, lurent et relurent l'article. Les traits de Kim trahissaient ses efforts pour parvenir à lire entre les lignes de cette brève interview, au-delà de la réaction que révélaient les faits rapportés.

— C'est pas la question que notre argent soit du cuivre ou autre chose. Admettons même que c'en ait été : ça me ferait mal qu'on ait laissé les journaux en parler aussi carrément. C'est un coup à se faire taper sur les doigts par les chefs, qui voudront savoir pourquoi on a laissé jusque-là à la pluie des denrées de cette valeur. Là, ils ne peuvent pas faire autrement que de mentir. Tout est bon : plomb, cuivre, ferraille... Non, ce qui me turlupine, c'est de trouver quelques informations sur l'argent à la façon dont ils dosent leurs bobards...

Ce disant, il reprit l'article pour une nouvelle lecture, brûlant de découvrir derrière les sarcasmes administratifs quelque flottement, un sursaut d'agressivité, une attitude défensive. Il ne s'agissait plus, selon lui, de l'existence – avérée ou non – des plaques, non, à présent c'était l'amour-propre et la vanité qui étaient en jeu. A supposer même que ces plaques aient été bien réelles et qu'on doive se résigner à abandonner toute prétention dessus, puisqu'elles s'étaient littéralement évaporées depuis leur saisie, la somme d'énergie développée pendant le mois méritait bien qu'on en retire ne serait-ce qu'une parcelle de consolation. Désir bien humain, estimait Kim, et cette idée tenait une large place dans ses murmures plaintifs. Mais impossible de savoir quelle marge d'interprétation il avait devinée et consentie en échange, dans ce compte rendu lapidaire et cassant. Après un moment, il quitta des yeux le journal, releva la tête avec une grimace de perplexité :

— Ah, ça me fout en rogne, murmura-t-il avant de jeter le journal et de grommeler pour lui-même, d'un ton de contrariété : La seule chose qui mérite confiance dans les journaux, c'est les parties de *shôgi* [1] et la date, et encore, tout juste !

— Non, y a autre chose.

— Quoi ?

— La rubrique nécrologique.

— Pas si sûr ! Qu'est-ce que tu fais de l'âme des héros morts au combat, hein ?

Après un échange de propos badins, les deux hommes se laissèrent choir de tout leur long sur les nattes, fourbus de tout le travail accompli depuis la veille ; la fatigue les accablait, comme si l'on eût coulé du plomb dans leur crâne. Kim posa un mince coussin sur son ventre amaigri, ferma les yeux, mais pour les rouvrir bientôt : comme incapable de se résigner, il jeta un coup d'œil au journal qui était près de sa tête et désigna du regard, à Fukusuke, le passage où policiers et fonctionnaires des Finances se rejetaient les responsabilités en termes élégants.

— Y a qu'à se contenter de ça.

Alors seulement on put lire de la satisfaction sur son visage, et il ferma lentement les yeux.

L'après-midi fut très chargé. Kim dépêcha Fukusuke par tout le camp pour une nouvelle convocation des caïds, au restaurant de nouilles. On vit arriver les mêmes personnes, en nombre sensiblement identique, mais cette fois tous les visages étaient tournés vers le sol, les regards sombres. Si, comme l'autre fois, plusieurs se mirent aux inévitables parties de dés ou de mourre, ou commencèrent à boire *doburoku* ou *shôchû* dans l'attente des derniers

1. *Shôgi*. Jeu d'échecs oriental.

arrivants, tous avaient perdu le bel entrain de naguère. Les rires étaient absents, les cris lourds d'irritation et de hargne ; les jeux, en principe destinés à passer le temps, menacèrent de tourner aux âpres parties de professionnels et, plus d'une fois, éclatèrent d'aigres disputes.

Lorsque tous furent présents, Kim lança la discussion sur le règlement de l'affaire. Le contentieux atteignait de telles proportions que la première proposition fut unanime : il fallait débusquer une bonne fois les mouchards et prendre des mesures draconiennes, mais Kim, faisant valoir l'absence de tout moyen de les dépister, fit repousser cette revendication et circonscrivit le débat à la seule question pécuniaire. La police avait, d'une pierre deux coups, saisi la ferraille et les quatre taxis, et les pertes qui en résultaient devaient être compensées. Certains de ces véhicules avaient été achetés spécialement en vue de l'expédition, d'autres non ; quoi qu'il en soit, il en coûtait quinze mille yen par taxi et la perte était douloureuse. Se rappelant que les quatre véhicules étaient chacun la propriété d'un chef, Kim imagina de laisser ceux-ci se débrouiller pour rentrer dans leurs frais, seule solution possible selon lui, mais dont ne voulurent point les lieutenants des autres bandes : en effet, cela revenait inévitablement à imposer leurs seuls protégés, dont chacun serait obligé un jour ou l'autre de verser une part. Il fut finalement décidé que la somme serait pour moitié à la charge des caïds, et pour moitié fournie par tous les participants au raid de la nuit précédente, à égalité et sans considération d'appartenance. S'il en coûtait davantage aux chefs, c'était pour la raison que les taxis confisqués seraient restitués un jour ou l'autre – même si l'on ignorait quand – et rentreraient alors en leur possession. Autre problème : les dépenses, procès-verbaux et cadeaux aux détenus, entraînées par la tactique du lâcher en masse de leurres pour les besoins de la cause. Celles-ci seraient de même façon remboursées par participation égale de tous. L'opération de la veille s'était soldée, certes, par un fiasco complet, mais comme les sacrifices consentis jusque-là par tous pour sa réalisation leur auraient permis de récolter les fruits d'un succès, chacun devait aussi endosser sa part des dommages subis : telle fut la conclusion sur laquelle on s'entendit. Seulement, quand on en vint à chercher combien chacun avait passé de jours au dépôt, et quel était le montant des amendes, il apparut que les souvenirs faisaient défaut aux intéressés, du fait de la trop grande fréquence des arrestations, et que la majorité des caïds eux-mêmes n'avaient pas respecté l'accord initial d'en tenir le compte exact. Impossible donc d'évaluer la somme à laquelle se montaient les amendes. On n'allait tout de même pas aller poser la question au commissariat ! Le silence tomba sur tous les présents qui croisèrent les bras devant cette soudaine difficulté.

Ce que voyant, Kim plongea la main dans une poche de son pantalon et en ressortit un cahier tout froissé qu'il jeta sur la table.

— Tout est marqué là-dedans. On peut faire les comptes, au yen près.

Le cahier ouvert révéla des lignes tracées avec soin au crayon, une colonne pour les dates, une pour les noms qui s'alignaient en rangs serrés. A la suite de chaque nom figuraient le délit commis, le montant de l'amende, la durée de la détention, bref jusqu'au plus petit détail, le tout émaillé de caractères fantaisistes, de pattes de mouche. Tous se penchèrent sur les tableaux qui se prolongeaient à longueur de pages, et cette preuve écrite de leurs activités fit apparaître sur les visages une expression stupéfaite mêlée d'amertume.

— C'est Raba qui a fait ça. Drôle de gars, celui-là ; à se demander ce qu'il faisait avant... murmura Kim en se grattant le lobe de l'oreille, puis il se tut.

On se remémora le récit des femmes qui disaient avoir eu l'impression d'entendre craquer l'échine de Raba au moment où les policiers avaient écarté le taxi de son corps, la veille ; on commença bien à discuter, entre autres, des visites discrètes de Raba à chacun des Apaches de retour du dépôt, mais l'entrain manquait. Les bavardages cessèrent bientôt, faute d'être alimentés, et la compagnie sortit du restaurant, les uns et les autres rejoignant leur maison ou leur chambre, le pas lourd.

Tard ce soir-là, Kim reçut la visite d'un agent. Il le fit entrer, l'accompagna au premier étage et lui montra la chambre de Raba. A sa seule vue, le Borgne, Ma Tante et consorts avaient laissé en plan, à demi pleines, leurs assiettes de viande grillée et s'étaient rués dans l'arrière-cour, prenant à peine le temps de se chausser. Fukusuke suivit Kim et le policier à l'étage. Près du matelas jeté toute l'année sur les nattes, un magnum de saké, trois chemises, un blouson, un pantalon gisaient dans le désordre où Raba les avait laissés. Un examen de la pièce permit de découvrir, dissimulée dans un interstice des nattes près de l'oreiller, une feuille de papier journal contenant plusieurs billets de mille yen, mais rien d'autre qui eût pu lui appartenir en propre. L'agent interrogea Kim : patronyme de Raba, antécédents, âge, lieu de naissance, mais il se rendit compte que là non plus on ne pouvait lui répondre. Il donna de petits coups de crayon sur son calepin, claqua la langue, excédé, mais sans doute était-il bien au courant de la situation au camp, car il n'insista pas davantage et repartit.

A l'hôpital de la police, les deux hommes trouvèrent le corps de Raba allongé de tout son long sur une table roulante. Du sol cimenté humide et froid de la salle d'autopsie s'élevait une odeur piquante de phénol, et une lampe spectrale à faible tension jetait dans la pièce une lumière grise d'aube embrumée.

— Vous voulez le voir ?

— Oh, le visage suffira.

— Colonne vertébrale brisée ; et deux côtes broyées. Une carpette. Il est passé sous un rouleau compresseur ?

— Non, c'est un Apache, figurez-vous...

La réponse fit passer un tic sur les joues du médecin, mais il n'ajouta rien et sortit dans le claquement de ses sandales à semelles de bois. Debout dans la pénombre froide, Kim et Fukusuke fixèrent un regard absent sur le visage de l'homme jeune, à la mâchoire carrée, dont la peau avait pris la couleur du bois. A une petite table avoisinante pendait un pantalon maculé de cambouis, de boue, de rouille, et une ceinture – une corde de paille grossière – retombait en boucle sur une paire de *jikatabi* bien alignés.

— Décidément, celui-là !... grommela Kim d'une voix sourde, dans la brumeuse lueur couleur de cendre. Comment qu'il pouvait bien s'appeler donc ?

Fukusuke mordit violemment l'intérieur de ses lèvres desséchées ; tout ce qu'il pouvait faire.

*
* *

Bientôt, le camp reprit son aspect premier et les occupants leurs habitudes de vie, chacun pour soi. A la différence des autres affaires – diamants, manganèse, fils de platine –, celle des caisses d'argent avait pris des proportions énormes en défrayant la chronique hors du camp, jusqu'à provoquer l'intervention de la police, des Finances et des médias. En fait, ce n'était qu'un épisode à la *Donogoo Tonka*, mais qui s'était soldé par le cassage de reins de Raba et des dettes pour toute la population. L'incident clos, des bruits se répandirent, émanant d'on ne sait où. C'est ainsi qu'un journaliste venu en reportage sur une jeep de la police aurait déclaré, après une observation attentive des Apaches à l'œuvre : « Il y a plus de discipline ici que lorsqu'un journal fait grève ! » Ce qu'on se répétait de bouche en bouche, mais dont bien peu se réjouissaient.

Les rafles policières progressaient en sévérité, en habileté, les Apaches ne se livraient plus guère qu'à d'incessantes fuites confuses et éperdues ; fatigue et misère, obsédantes, gagnèrent en virulence. Ils avaient accoutumé, jusqu'alors, de s'arrêter au retour du travail dans l'une des nombreuses gargotes ambulantes qui les attendaient le long du remblai de la Hirano, et qui leur proposaient brochettes de poulet et nouilles chinoises. Par-dessus les verres et les braseros s'élevaient alors des concerts de voix, grossières et tumultueuses certes, mais pleines d'une gaillardise, d'une vigueur qui éclataient alentour dans toutes les directions avant de s'en aller au petit bonheur des ruelles. A présent, les voix baissaient d'un ton, puis d'un autre, une même expression couvrait tous les visages ; encroûtés dans leur enveloppe de peau, ratatinés au fond de leurs orbites et dans leurs rides, ils n'avaient plus qu'une préoccupation : ruminer leur solitude et leurs souffrances.

Sans effet, désormais, les appels des marchands de brochettes ou d'œufs : les gars passaient, le regard vague, s'esquivaient discrètement ; il ne s'en trouva plus même qu'un ou deux pour répondre au tireur de charrette, venu comme chaque matin de quelque abattoir pour vendre le *sekife*, l'utérus de truie découpé en fines lamelles dans son liquide amniotique encore tiède. Ne régnait plus dans les pauvres intérieurs qu'une atmosphère de sommeil agité, de murmures de cafard, et les cris qui perçaient parfois au travers d'un mur n'étaient qu'impulsions brèves, éparpillées comme brume aussitôt qu'émises.

La qualité du travail commença à s'en ressentir. Disparue la traditionnelle efficacité des Apaches devant n'importe quelle ferraille, grâce au suivi de plans rigoureux ; au lieu de cela, les forces étaient gaspillées et les actes incontrôlés. La meilleure illustration devait en être l'histoire de la plaque tournante. Cette plate-forme était située à l'embranchement de la voie de garage de l'ancienne usine d'armement et permettait de changer l'orientation des wagons de marchandises et des trains, grâce à un jeu de rails rivés à un énorme socle de béton. Des rails qui la prolongeaient de chaque côté, plus un seul ne subsistait, arrachés de leur assise de béton ; le moteur également, la pièce centrale, avait subi un incessant grignotage et ne conservait pour ainsi dire plus aucune pièce d'importance. Seule demeurait l'énorme plaque tournante elle-même, obstinément agrippée à la dalle. Fichée dans celle-ci de toute sa surface par de solides crocs d'acier, elle narguait les Apaches attroupés autour d'elle. On ne pouvait évaluer avec précision son poids – plusieurs dizaines de tonnes – et serait-on même parvenu à la détacher qu'on ne pouvait espérer la transporter. Sauf à l'aide de la dynamite et d'une grue, seuls moyens vraisemblables pour relever ce défi stérile, avant l'abandon à la végétation et aux intempéries.

Or cette plate-forme se trouvait être en bordure immédiate du chemin que leurs pas pressés, qui les menaient à la mine ou les en ramenaient, avaient fini par tracer au milieu de la lande. Aussi chacun la connaissait-il bien. Combien de centaines de fois les vétérans n'avaient-ils pas fait le tour de cette dalle, barre à mine ou masse à la main, et frappé quelque coin qui leur paraissait présenter une moindre résistance. Depuis toutes ces années qu'existait le camp, les Apaches se relayaient pour pilonner ce béton, dans une attaque sans cesse renouvelée. L'idée de l'arracher ne serait venue à l'esprit de personne : elle permettait de s'échauffer sur le chemin de la mine, de sacrifier au passage à un caprice ou à son amour-propre musculaire, et l'on se contentait d'y ficher sa barre à mine ou d'y abattre sa masse. Quant à faire le compte des coups assenés jusque-là, on devait arriver à un chiffre astronomique, étant donné qu'il n'y avait pas une seule personne du camp qui ne l'eût fait.

Et cela continuait toujours ; ou plutôt ne faisait que gagner en acharnement. Les attaques récentes présentaient une tout autre nature. De plus en plus nombreux était-on désormais à tournicoter autour de la dalle, de plus en plus énergiques les coups de masse. Autant d'efforts inutiles, chacun ne le savait que trop, qui se gonflait les veines à redoubler ses moulinets, à maltraiter ses épaules. D'expérience, Fukusuke savait que ces gaspillages d'énergie avaient pour cause la tristesse. Au bout des nuits blanches passées tapis en fugitifs dans les fourrés, les matins où vous prenaient des étourdissements, comme sous l'effet d'une douleur sourde, se levaient en gouttes d'huile tombées sur un sol boueux. L'aube étalait devant eux sa pâleur mouvante au travers de la désolation herbue et de la plantation rougeâtre des charpentes. Lorsqu'ils émergeaient des *susuki*, qu'ils avaient sous les yeux l'étendue sans borne de cette friche, c'était pour ces affamés un spectacle insupportable. Il vous prenait même parfois au bas-ventre un coup de solitude, proche de l'envie d'éjaculer. La poussée invisible vous remontait des tripes jusqu'à la gorge, jusque dans la bouche, et vous en étouffiez.

Un matin, par besoin de se soustraire à cet étouffement proche de la folie, Fukusuke se rua hors des herbes, grimpa sur le socle de béton et y abattit sa masse. Il n'aurait pu dire pourquoi, ç'avait été plus fort que lui : il imprima à ses reins et à ses épaules un rythme régulier pour appliquer l'outil avec la cadence d'un métronome, jetant toutes ses forces dans ces actes vains. Grâce à quoi il sentit bientôt que son sang avait repris une circulation normale. Il poussa un soupir quand il eut senti la dernière onde de pression le quitter par les pieds ; il cessa le martèlement, abandonna son outil. C'est alors que surgit « Aomori », qui lui aussi fuyait ses idées noires. L'homme était un bel athlète, mais si disgracié de traits qu'on murmurait dans le camp qu'il était atteint de *mundoin*, la lèpre en coréen. Il était lieutenant dans un autre clan, et célibataire. Comme nulle part ne se trouvait de fille pour vouloir de ce client, des désirs immodérés le travaillaient en permanence, et une triste rumeur voulait qu'incapable de boire une seule goutte d'alcool – une surprise chez un tel athlète –, il en fût réduit à les oublier en ingurgitant des petits pains farcis. A plat ventre sur le socle, Fukusuke le vit accourir à travers les herbes, une masse de dix kilos à la main, d'une allure hésitante de lendemain de ribote. Et pour cause : des yeux gonflés de sang semblaient trahir la nuit passée par le fuyard à contempler les étoiles. Celui-ci aperçut la dalle et, sans rien dire, lui assena un coup retentissant, d'une force telle que Fukusuke en ressentit la secousse.

— Plus de nerf ! lui cria-t-il, dans sa position couchée.

Aomori donna encore quelques coups puis, l'air enfin satisfait, lâcha sa masse et le rejoignit sur la dalle. S'allongeant à ses côtés, il tira de sa poche un paquet de cigarettes tout fripé et lui en offrit une. Fukusuke remarqua que l'autre fuyait son regard pendant qu'il lui allumait sa cigarette. Après une bouffée, il tourna discrètement le dos à Aomori, se remit à plat ventre à même le béton ; ils parlèrent à voix basse, sous les rayons du soleil matinal qui laissaient passer d'imperceptibles frissons de fraîcheur à travers les chemises fatiguées.

— ... Dis voir... t'es d'où ?

— D'Aomori, tiens.

— Et t'as été élevé là-bas ?

— Pardi !

Il avait un accent, indiscutablement ; Fukusuke demeura un instant silencieux, puis il reprit, les yeux toujours plissés de bien-être au soleil :

— D'Aomori, c'est sûr ?...

— ...

— Après tout, j'en ai rien à faire, note...

— Dis...

Le mot, émis d'une voix quelque peu étouffée, brisa un moment de silence. Le dos toujours tourné, Fukusuke tendit l'oreille : le ton de son interlocuteur venait de changer soudain.

— Dis... t'avais donc compris ?

— Qu'est-ce que tu veux, avec le monde que je connais... D'où t'es ? De Chejudo aussi, hein ?

— Ouais.

— Pourquoi tu te donnes tout ce mal pour passer pour un Japonais ?

— C'est vache pour les potes, je sais bien, mais je veux pas qu'on pense que tous les Coréens sont comme moi. Mon gars, tu diras rien, tu veux ?

— Bien sûr que non.

— ...

— Hé...

— Quoi ?

— Ça te tracasse donc tant que ça d'être coréen ?

— ...

« J'ai gaffé », se dit Fukusuke qui, furieux contre lui-même, se remit debout en chancelant, ramassa sa masse, descendit du socle de béton et commença à arpenter les alentours à pas nerveux, sans but. La pensée le préoccupait de la tête que pouvait faire Aomori, qui était descendu derrière lui, mais sur un coup d'œil jeté négligemment en arrière, il vit que l'autre l'observait par en dessous, un sourire aux lèvres, sans rien de changé dans sa face affreusement ravagée. Aussi accepta-t-il, en détournant légèrement les yeux, la moitié d'une autre cigarette qu'il lui tendit et lui alluma.

— Ah, c'est le marasme ! Un beau pétrin !

Les deux hommes s'éloignèrent de front au milieu des herbes, à quelque distance l'un de l'autre, en jurant.

Bientôt le camp connut une recrudescence d'accidents, causés la plupart du temps, et de façon directe, par les poursuites policières : il y eut des morts, des blessés inattendus chez ces hommes et ces femmes d'une pareille réputation. Indigence, surmenage des corps et des nerfs produisirent divers accidents, pour beaucoup abjects, dramatiques, voire tragi-comiques. Ainsi, un Apache qui fuyait au milieu des herbes fut victime d'une hémorragie interne pour être venu s'embrocher, de toute sa vitesse, sur l'arête d'une cornière abandonnée ; une fugitive, surprise en train de ramasser des bouts de clous, tomba dans le canal et mourut d'une crise cardiaque alors que l'eau, à cet endroit, ne lui venait guère qu'aux genoux ; un autre périt noyé en chutant dans une ancienne citerne de l'usine que dissimulaient les herbes. Une autre fois, ce fut l'un des chômeurs d'un quartier voisin en visite qui fut renversé et eut le crâne broyé, alors qu'il traversait la ligne Jôtô, porteur de quelques malheureuses tôles ondulées et d'un casque militaire. Le mécanicien du train bondé de banlieusards descendit sur la voie, recouvrit le cadavre avec les plaques sur lesquelles il plaça le casque de l'ancienne armée impériale que le malheureux avait déniché dans un abri anti-aérien de la mine, après quoi il s'éloigna à pas pressés. L'on vit encore un homme, monté en pleine nuit sur une charpente pour scier des cornières, détacher bêtement celle qui le supportait et faire une chute mortelle. Bien pis, quand il eut été englouti dans le mélange de boue et d'effluents chimiques, ses compagnons ne songèrent même pas à essayer de le tirer de là et, partagés entre le regret de cette ferraille qu'il avait rassemblée et la peur de la police, ils s'enfuirent à toutes jambes en laissant le corps derrière eux.

Un malheur survenait-il, Kim et ses collègues délibéraient, on réglait l'affaire. Ils s'empressaient sur les lieux pour devancer les hyènes de médecins légistes et inspecteurs, recueillaient le cadavre et le faisaient ramener au camp par les hommes, à grands coups de gueule. Si, les premiers temps, les protégés et tous les autres réglèrent ensemble les frais d'enterrement, avec la diminution progressive du travail, la situation devint critique pour chacun, et ce fut au tour des cinq caïds de se cotiser, ce qu'ils firent non sans grimace. Ils opéraient avec une surprenante célérité ; à peine leurs hommes revenaient-ils en hâte leur annoncer la nouvelle qu'ils les réexpédiaient illico prendre possession du corps. Une telle diligence s'expliquait par le fait que, coréens, plusieurs caïds, à commencer par Kim, avaient coutume d'inhumer leurs morts sans les incinérer et avaient une sainte horreur des examens et des autopsies. La plupart des malheureux étaient, comme Raba, dissimulés sous un incognito tenace, si bien que c'était sans que l'on sût rien d'eux – nom d'abord, domicile légal ensuite, famille, passé – qu'ils prenaient, dans leur cercueil, la direction du crématorium. Deux ou trois hommes fourraient le sac de chair et de sang dans une boîte de bois brut qu'ils chargeaient sur une petite remorque, puis s'en allaient sur le chemin vert-de-gris longeant le canal.

C'en fut bientôt trop pour Kim : un soir, après de longues réflexions, il reposa son bol de gnôle et leva la tête :

– Oh ! c'est du pareil au même, murmura-t-il comme pour lui-même en considérant les visages qui entouraient le brasero. Ça ou rien, pour ce que ça change...

Après un moment de réflexion où la perplexité se lisait sur son visage, il avala une autre gorgée d'alcool et murmura, en s'essuyant la bouche du revers de la main :

— Quand même, ça fait une différence.

— Mais de quoi tu parles ? lui demanda le Borgne, intrigué.

Kim émit un profond soupir avec lequel il livra sa pensée, tout d'un bloc :

— Je m'en vais voir le commissaire !

— Voir le commissaire ?!

Un seul cri émana de l'assistance qui avait blêmi.

Le Borgne toussa, balbutia :

— Hé, remets-toi ! Un patron de bande qui va voir un flic, qu'est-ce que ça veut dire ?

Les baguettes d'un Gon ébahi restaient suspendues en l'air, Tama demeurait bouche bée, Ma Tante reniflait et se grattait l'entre-orteils dévoré de champignons ; Fukusuke se taisait de stupeur ; le Borgne secoua la tête comme pour en faire tomber quelque chose puis s'enquit, avec précaution :

— Dis donc, t'aurais pas attrapé la fièvre, des fois ?

Kim se contentait de hocher la tête à tout ce qu'on disait, la mâchoire posée sur ses genoux relevés, plongé dans une réflexion immobile et muette. Après un court moment passé à observer Kim figé, la tête baissée, Gon, Tama et Ma Tante se concertèrent du regard, parlèrent à voix basse :

— ... C'est la fièvre.

— Il délire.

— Lui faut un verre d'eau.

Un sourire d'amertume encercla la bouche de Kim qui sirotait son *makkari* sans un mot.

Ce fut tout pour ce soir-là, mais dès le lendemain matin, Kim mettait son idée à exécution. A peine réveillé, il lança par l'intermédiaire de Fukusuke une nouvelle convocation au restaurant de nouilles pour tous les Apaches de quelque importance, sans distinction de rang.

Tout le monde étant rassemblé, il fit un bref exposé de ses intentions puis, en termes tout aussi brefs, réclama des volontaires pour l'accompagner. On ne le savait que trop : il allait de ce pas se rendre au commissariat, par la grande porte, rencontrer le commissaire à qui il exposerait franchement la situation désespérée que connaissait le camp, et il tenterait d'obtenir de lui qu'il relâche quelque peu sa surveillance. Un tollé général salua ses derniers mots, un chahut éclata, toutes les vitres du magasin vibrèrent sous les lazzi et les injures. Tout préparé qu'il y eût été, Kim perdit son assurance face aux rires unanimes, il rougit, émit quelques bredouillis avant de lancer, sans grande conviction :

— Le commissaire, c'est un poète, vous savez !

Pas un ne releva le propos qui ne put mettre un frein aux sarcasmes et au tumulte croissant. Or, et peut-être ces rires matinaux y furent-ils pour une part, au bout d'un moment, de timides partisans de cette entreprise insolite se déclarèrent, et lorsque Kim et Fukusuke quittèrent le magasin, une vingtaine d'hommes et de femmes leur emboîtaient le pas. Laissant les deux hommes les précéder d'une courte distance, ils sortirent du camp avec des sourires d'embarras, puis la procession de pantalons bouffants et de caleçons légers prit la direction du centre.

A l'arrivée devant le commissariat, Kim fit comme il l'avait annoncé : il pénétra par le portail, tremblant et solennel, suivi de Fukusuke. Les autres les regardèrent entrer puis se postèrent un peu plus loin, à croupetons près des poteaux électriques et des poubelles, de l'autre côté de la rue, dans l'attente des résultats. Au guichet, Kim et Fukusuke sollicitèrent une entrevue et se présentèrent, ce qui fit instantanément pouffer de rire l'employé, puis après une attente de quelques minutes, ils furent introduits dans le bureau. Le centre de la salle nue était occupé par la bascule à l'aiguille folle, les murs et les planchers étaient maculés et peluchaient, littéralement râpés par toutes les ferrailles qu'on y apportait jour et nuit. Le commissaire, qui avait son bureau devant la bascule, était assis dans un fauteuil tournant. Derrière, quelques géraniums disposés sur le bord d'une fenêtre, dans des pots comme javelisés qui montraient le rouge éclatant du grain. Sans doute leur propriétaire poussait-il la propreté jusqu'à la maniaquerie, car feuilles et tiges présentaient également une beauté soignée, impeccable, si nettes de tout atome de poussière qu'on les eût dit léchées. Mais les fleurs ne recevaient qu'un jour chiche à travers l'épaisseur de verre dépoli tendue d'un grillage, et les tiges anémiées et grêles se haussaient vers la pauvre lumière en tirebouchonnant comme des haricots, avec un dodelinement de faiblesse.

Les deux hommes s'immobilisèrent sur le seuil, se tassèrent pour contempler cette curieuse végétation. De la main, le commissaire leur fit signe d'entrer.

— Alors, l'ami, comment vont les affaires ?

Le commissaire avait levé la tête vers Kim à leur approche de son bureau. Regard acéré d'yeux effilés en lame de couteau dans une face étiolée, l'homme paraissait frileusement blême, avec un dos rond qui le courbait sur son bureau dans ce coin de salle ombreuse et en désordre. Un simple mouvement de son regard suffit à faire perdre ses moyens à Kim ; patient, il écouta ce dernier lui bredouiller ses doléances, pendant qu'il roulait et déroulait dans ses mains une revue qui était posée sur son bureau. L'œil de Fukusuke tomba des-sus : sur une couverture aux coloris clairs, on pouvait lire un titre, *Ternstroemia*. Lorsque le commissaire fut las d'observer Kim, toujours bégayant et rendu visiblement nerveux par chaque mouvement de ses yeux fureteurs, son regard se porta ailleurs, sur un angle du bureau vers lequel il tendit la main : d'un geste délicat, il souleva un cheveu entre deux doigts, le jeta dans la corbeille à papier.

— ... C'est pour vous dire que tous, on est complètement paumés. Vous êtes fort, Monsieur le Commissaire, on ne vous la fait pas. On est capot, et bien capot, comme ça s'est jamais vu nulle part dans tout le pays, on est tous pour le reconnaître.

— Tous ?

— Oui, tout le monde vous tire son chapeau.

— Tout le monde... Des noms !

— ...

— Si c'est vrai que t'es aussi bien renseigné que tu le dis, donne-moi donc quelques noms.

Le commissaire sourit, leva les yeux, fit le geste de se pencher par-dessus son bureau. Kim devint pâle comme un linge. Ce que voyant, l'autre se rassit et Kim poussa un soupir de soulagement. Un terme brutal venait d'être mis à l'entretien. Comme s'il avait oublié tout ce qu'il venait de dire jusque-là, toutes ses jérémiades sur la dureté de la vie – lui qui venait de s'étendre longuement sur les rapports de prix entre la ferraille et les nouilles –, l'Apache eut une conclusion inattendue :

— Ben voilà, c'est tout ce que je voulais dire.

Son regard sombre fila sans s'attarder vers la revue, il piétina un peu pour remonter son ventre.

— Mille excuses pour le dérangement !

Il tourna les talons sur une vive inclinaison de tête et sortit à petits pas pressés. Le commissaire se redressa, comme pris au dépourvu, mais ne tenta point de le retenir. Il se carra dans son fauteuil ; rien dans son expression ne laissait deviner que, quelques secondes plus tôt, il avait devant lui quelqu'un qui lui parlait. Comme Fukusuke repassait le seuil, il se retourna et le crut près de s'endormir, le front légèrement appuyé sur une paume. Sans réfléchir, il s'arrêta pour le regarder ; c'est alors qu'un spasme fulgurant traversa la nuque et les épaules du commissaire qui releva la tête et hurla :

— La porte !

Affolé, il la ferma et se précipita dans le couloir pour rejoindre Kim. Celui-ci l'attendait sur le palier ; à la vue de Fukusuke qui accourait, il leva vers lui un regard embarrassé, mais reprit sa marche sans mot dire.

Quelques instants passèrent :

— *Ternstroemia*, qu'est-ce que ça veut dire ? murmura-t-il.

Les Apaches qui attendaient dehors furent surpris de voir réapparaître les deux hommes sitôt après leur entrée dans le bâtiment. Ils s'empressèrent auprès d'eux, mais Kim n'eut qu'une courte phrase pleine de gravité en réponse à leurs questions :

— On est pas au bout de nos peines.

Il se tut avec une expression de profonde amertume, et les autres n'eurent qu'à le suivre. Sur la suggestion de Kim, la bande se rendit ensuite à la mairie de l'arrondissement et au bureau de la main-d'œuvre. La démarche à ce dernier service avait pour but de déposer une demande collective d'embauche, en proposant de se substituer aux journaliers employés pour les travaux d'aménagement de la mine de Sugiyama. Or, une foule de chômeurs encombrait les corridors et la cour : hommes et femmes se pressaient en rangs serrés devant les guichets, chacun agitant son livret de travail. Kim se fraya un passage entre les gens, héla un employé, mais ce dernier, à peine attentif à ses explications, frappa sa table de la carte d'embauche qu'il tenait à la main :

— C'est tout ce qu'on accepte pour aujourd'hui. Une demande sur vingt. Vous ou les manœuvres, c'est la même chose pour nous, y a que les chiffres qui comptent.

Faut pas que je lambine si je veux garder ma place, moi, nom d'une pipe !

Mais Kim s'entêta, cramponné au guichet, se rapprocha peu à peu, et l'employé prit un air sombre en parcourant du regard la file des visages d'Apaches qui s'allongeait derrière lui.

— ... Et c'est pas un endroit où la corruption marche, lâcha-t-il dans un soupir où semblait percer du regret.

La bande se retira pour diriger ses pas vers la mairie. Cette fois, Kim s'était quelque peu ravisé et il résuma sa pensée ainsi : puisque de toute façon, quand de la quinque était trouvée au cours des travaux, la mairie s'en débarrassait en la vendant à des ferrailleurs, pourquoi eux-mêmes ne vendraient-ils pas leurs trouvailles à la mairie, à des prix plus intéressants ? Bref, il persistait à vouloir rester dans la légalité en demandant l'autorisation de pénétrer dans la mine avec le titre de sous-traitant. Malheureusement, à leur arrivée les attendait l'habituel ballet entre les bureaux, du deuxième étage au rez-de-chaussée et vice versa, et ils furent promenés de-ci de-là au hasard de l'immeuble. Leur périple devait même s'achever dans un bureau où se tenait un pauvre vieillard tout décrépit, enseveli sous un amoncellement de paperasses, tout seul au milieu d'une espèce de bibliothèque bourrée et poussiéreuse. C'était une véritable oubliette, cellule perdue parmi toutes celles dont se composait le bâtiment, et tout le temps que dura la conversation de Kim et du vieillard, pas une sonnerie de téléphone ne se fit entendre, ni même un bruit de pas dans le couloir devant la porte. L'entrée de Kim réjouit fort le vieil employé qui bondit de sa chaise, lui fit un accueil empressé, lui proposa une tasse de thé, l'invita à s'asseoir sur un antique sofa. Il prêta une oreille attentive et patiente à ses doléances, qu'il ponctuait de hochements de tête. A la sympathie et à la commisération qu'il manifesta, il joignit même en prime de vastes connaissances : à peine Kim fut-il entré et eut-il décliné son identité qu'il se releva et se mit à tourner dans son bureau en trottinant, rapporta une pile d'albums de coupures de presse glanés sous un manteau de poussière. Il donnait envie de se fourrer dans un trou de souris tant il était averti de tout ce qui concernait les Apaches – de leur argot à leurs capacités de travail et à leurs mœurs –, au point que Kim n'eut presque pas à ouvrir la bouche.

Il écouta donc parler le vieillard, tout en sirotant son thé vert sur le sofa défoncé de partout. Le vieux feuilletait ses documents les uns après les autres, citait tout ce qu'il trouvait, détails comme choses importantes, sans emphase ni mépris : comment Kim et les siens avaient exploité la lande de leurs seules mains vides, mis au jour tant de tonnes de ferraille qu'on croyait transformée en tas de rouille, envoyé celle-ci vers les fours à récupération, comment ils s'étaient battus avec fougue contre la vie dure et la matière. Il ne rapportait que la simple réalité, mais par une description où Kim fut plus d'une fois tenté d'interpréter tel ou tel détail comme un compliment. Or, comme il restait pendu à ses lèvres, ébahi, l'autre entreprit cette fois de parler de la police, puis des Finances du même ton que celui dont il usait jusque-là. La grande conscience professionnelle des policiers – nonobstant leur maigre paye –, leur vaillante conduite face aux intraitables Apaches, leur remarquable tableau d'honneur, fruit de tant d'heures supplémentaires, de services exceptionnels, de nuits d'affût, de missions nocturnes, effectués au risque même de briser la paix de leur foyer. Sympathie, compréhension, érudition ; sans emphase ni mépris, les faits étaient relatés avec une précision qui tournait souvent à l'éloge. Ahuri, Kim laissa le vieillard fébrile se relever pour aller prendre un autre recueil, et se mettre cette fois à parler des Finances. De tous leurs efforts pour s'occuper, avec un maigre budget et dans le respect de la légalité, de cet aberrant héritage de ruines qui leur venait des anciens gouvernements militaires, et dont ils se seraient bien passés ; de toutes les vexations muettes face à la sotte méprise du public ; de tout ce qui fonde le travail du fonctionnaire : temps, pauses thé, gloriole, calculs, etc.

— Et nous autres, qu'est-ce qu'on devient, dans tout ça ? coupa rudement Kim, lequel bouillait de tenir le crachoir à ce bavard infatigable.

Le vieillard le regarda d'un œil clair, se redressa derrière son tas de coupures :

— Ce n'est pas un organe exécutif, ici, murmura-t-il.

Kim reposa sans ménagement sa tasse sur le bureau, se releva et bondit hors de la pièce sans même saluer le vieillard. Après quelques pas dans le couloir, l'idée lui vint de faire demi-tour pour en avoir le cœur net : à la porte pendait une plaque de bois où il lut, peint en petits caractères blancs sur fond noir : BUREAU POUR LA CONSERVATION DES VALEURS RELATIVES.

*
* *

Un jour, Fukusuke sortit du camp les mains dans les poches pour s'en aller faire une promenade dans la mine. Les habituels *jikatabi* avaient fait place à des socques sur lesquels retombait un pantalon pour une fois libre de ficelles, une tenue des plus décontractées pour profiter du beau temps, et avec laquelle il sortit en badaud. Il avait croisé sur son chemin quelques vigiles et agents, mais ceux-ci s'étaient contentés de lui jeter un regard méfiant, sans lui adresser de mise en garde. Il suivit d'un œil distrait les silhouettes fugaces de compagnons en train de voltiger à droite et à gauche dans les fourrés, arriva jusqu'à une citerne de l'usine au- dessus de laquelle il se pencha pour observer son image, s'approcha de la dalle de béton dont il examina longuement les stigmates laissés par les coups de masse, comme en admiration devant leur nombre. Au bout d'un moment de cette promenade, il put se croire dans la peau d'un propriétaire revenu soudain sur un domaine où il ne réside pas, et qu'il parcourt d'un œil de maître, mais cette illusion ne tarda pas à se dissiper. Fatigué, il décida de se reposer, dissimulé dans les *susuki*. Leur souffle viril sentait bon et chaud, de secs et vifs rayons de soleil imprégnaient ses os comme une eau à bonne température. Fukusuke ferma les yeux sur son lit d'herbes et s'abandonna tout entier aux ondes délicates, cristallines, qu'il percevait autour de lui. Trop bref pour être autre chose qu'une pause de réconfort, le moment lui fut néanmoins extrêmement agréable.

Il sentait qu'ils avaient abattu leurs dernières cartes : l'espèce de salamandre efflanquée de commissaire restait de marbre dans son bureau obscur ; le service de la main-d'œuvre était une artère obstruée par un caillot ; la mairie : des volées de marches, des bureaux et de la paperasse, rien d'autre ; les journalistes, eux, n'avaient sous la plume que le mot « problème », ç'avait été d'emblée une erreur de miser sur eux. Quant à Kim, il était bien revenu de sa tocade, avait retrouvé son air soupçonneux, végétait dans une sournoiserie chicanière. Il avait l'œil sur la quantité de viande que cuisait Gon, sur la sauce qu'il utilisait, veillait même sur le nombre de briquettes pour les braseros, protestait à n'en plus finir si l'on en usait un peu trop à son gré. Et son visage disait qu'il avait même toute honte bue de ses faiblesses. Les diamants, les fils de platine, le manganèse, l'alliage de tungstène, l'argent... ? Qui donc en parlait désormais dans le camp ? Et bien sûr, plus rien non plus ne demeurait dans les mémoires de l'existence, pas si lointaine, de l'audacieux et méticuleux Apache nommé Raba. Plusieurs hommes trouvèrent la mort, et plusieurs femmes, qui furent conduits au crématorium, mais l'on ne pouvait consacrer beaucoup de temps à chacun. Raidis dans leur mince enveloppe de peau, ils avaient traîné autour des bouteilles d'alcool et des débris de fer, avaient souffert du froid, de la chaleur, au bout de quoi ils s'en étaient allés, avec un visage renfrogné de galopin…

Fukusuke se redressa et regarda au loin. Des bruits nouveaux envahissaient l'immensité à cet instant, mais il n'en conçut pas autrement d'émotion. Il plissa les yeux pour une observation attentive des mouvements d'hommes et de machine ; il perçut des appels aigus fusant par endroits de l'épaisseur végétale, des bruits d'herbes piétinées sous une course rapide. Un bulldozer approchait, qu'il voyait plonger puis émerger de la houle de verdure, dans une progression régulière et pétaradante. Il se haussa sur la pointe des pieds : au-dessus d'un châssis de couleur jaune vif siégeait un homme, coiffé d'une casquette d'un rouge criard rejetée sur la nuque, qui braquait à droite, à gauche ; un peu en retrait accouraient des Apaches en désarroi, hurlant. Ils bondirent des fourrés de tous côtés, entourèrent le bulldozer, levèrent sur lui des yeux stupéfaits. Si certains interpellaient le conducteur et si d'autres détalaient en tous sens devant la machine capricieuse, la plupart restèrent sur place, plantés là ou assis, écrasés de désappointement. Avec des mouvements d'épaules un tantinet cabotins, le conducteur appuyait sur des boutons, manipulait des leviers, faisait aller son engin au milieu des herbes : à droite, à gauche, en avant, en arrière. Les puissants bras qui supportaient la pelleteuse avancèrent lentement, puisèrent les décombres pour ensuite les élever d'un mouvement tranquille par-dessus le véhicule et les déverser en arrière. Le bulldozer poursuivit un moment ses évolutions au petit bonheur puis, ses essais terminés, reprit sa marche nonchalante en direction du poste de garde. Quand il eut disparu totalement de leur vue, les Apaches s'en retournèrent chacun dans son coin de fourré, bras ballants, le pas lourd. Fukusuke se releva avec un léger soupir et sortit des herbes.

Revenu au camp, il apprit par Kim qu'Aomori était venu le voir pendant son absence ; ce dernier lui avait apporté un cadeau d'adieu car il s'en allait. Fukusuke se hâta de ressortir pour aller voir à la pension d'Aomori, et il trouva celui-ci dans sa chambre, précisément en train de boucler la ceinture de son pantalon, près d'un matelas qui ne quittait jamais les nattes. Fukusuke s'assit dans un coin de la pièce et le regarda : avec des gestes d'homme apparemment adroit et maniaque, Aomori enroula avec soin sa literie, ouvrit doucement le placard où il la rangea ; la disparition de l'oreiller rembourré de son, jeté par-dessus, suffit à vider définitivement la pièce.

— ... Tu t'en vas ?

— Ouais.

— Ils ont fini par amener un bull.

— C'est ce que je viens d'apprendre.

L'air absent, Aomori se tenait debout sous le plafond bas parcouru de fissures, les mains plongées dans les poches. Au bout d'un court moment, il secoua ses épaules comme pour marquer sa décision, tourna brièvement vers Fukusuke son visage ravagé où flottait un léger sourire.

— Faut que j'y aille. Salut, jeta-t-il avant de sortir d'un pas décidé.

Fukusuke le suivit, marcha à sa hauteur quand ils furent dans la rue, mais sans rien dire. Les deux hommes se séparèrent devant chez Kim.

— Salut, répéta Aomori à voix basse, en détournant la tête.

Ce furent ses dernières paroles : il s'éloigna en pressant un peu l'allure et disparut au carrefour sans avoir regardé en arrière. Revenu chez Kim, Fukusuke ouvrit l'emballage de papier journal d'où il sortit un rouleau de coton blanchi ; le tissu, neuf, était raidi d'amidon et offrait au toucher des bordures acérées en dents de scie. Mais un examen attentif révéla bientôt dans un coin une inscription en petits caractères à l'encre de Chine pâlie : *Premier anniversaire du décès de notre père – Pour la famille, l'aîné Takeshi*. Qu'était-ce à dire ? Il décida d'en faire cadeau à Kim et, à l'heure du dîner, entra dans la salle à manger. Kim était plongé dans ses pensées, devant la petite table basse où était posé son bol vide. Il lui tendit la pièce d'étoffe, montra l'inscription en lui en demandant la signification. Kim ne témoigna aucun intérêt :

— Il aura rigolé une offrande à un temple, quelque part à la campagne, sur un autel de temple ou près d'une statue de Jizô. Il l'aura chouravée, j'imagine.

Puis ses yeux revinrent sur son bol vide et, du ton de qui est las de réfléchir :

— Qu'est-ce que ça peut bien vouloir dire, *Ternstroemia* ? murmura-t-il, à quoi Fukusuke ne sut que répondre.

Tard cette nuit-là, il émergea de son sommeil, réveillé par hasard, et pensa à Aomori. Sans doute un air frais d'automne passait-il sur ses pieds dépassant de la courtepointe. Son corps grillait dans la fournaise du lit, mais, dans le noir, il put sentir les petits déplacements froids de l'air répandu en couches. Il tenta de se représenter la silhouette d'Aomori en train de cheminer sur la grand-route de la mer Intérieure, en direction du Kyûshû. L'autre n'avait pour tout vêtement que son pantalon et sa chemise, d'où l'on pouvait raisonnablement déduire qu'il n'avait pas choisi la direction du nord-est. Chacune de ses étapes à la belle étoile rendait chemise et pantalon plus dégoûtants : ils se couvraient progressivement de crasse, se déchiraient pour finir à l'état de guenilles. A ce stade, Aomori attendait la nuit pour se glisser dans un champ ou un bosquet proche. Malgré l'obscurité qui l'obligeait à cueillir à tâtons, il détournait un peu les yeux pour le faire, espérait Fukusuke ; non, pas la peine de se tracasser jusqu'à faire dans sa culotte... Une secousse pour arracher, un coin de pierre pour fendre, ça suffisait. Au fait, les pastèques de cette région étaient-elles douces ou fades ?...

Le lendemain, à son réveil, Fukusuke vit Tama, levé de bon matin, qui amenait une bicyclette. Il arriva en pédalant à une vitesse folle, donna un violent coup de frein puis se précipita dans la foulée à l'intérieur de la maison, son engin sur l'épaule. Cette entrée déconcerta Kim et sa femme qui eurent bien un geste pour l'arrêter, mais Tama poursuivit sa course sans un mot, passa près de l'oreiller de Fukusuke en enfonçant les vieilles nattes sous ses talons de pachyderme et ressortit dans la courette, au fond de la maison. Là, il consacra toute la journée à passer le guidon à la toile d'émeri, à huiler les freins, à briquer sa machine avec laquelle, lorsqu'il en eut terminé, il emprunta le même trajet à travers la demeure. Sorti dans la rue, il fut en selle d'un bond et, sans un regard autour de lui, disparut au loin. Il n'avait plus la bicyclette lorsqu'on le vit rentrer, tard le soir, mais portait un pantalon de rayonne flambant neuf. Il vint dans la salle à manger avec son air taciturne coutumier et, d'un geste brusque, mit dans les mains de la femme de Kim un volumineux paquet qu'entourait un papier huilé.

— Les quinze kilos y sont, pas moins !

Elle ouvrit le paquet qui contenait un morceau de viande de baleine persillée, aux dimensions d'un damier de jeu de go. Tama jeta un coup d'œil par- dessus l'épaule de la femme ébahie ; ses longs cils féminins battirent, et il lança, solennel :

— Merci pour tout !

Débarrassé de la viande, il mit les pieds sur le sol de l'entrée, entreprit de se chausser. Kim ne pouvait faire autrement que de quitter la pièce et il s'approcha du dos puissant et arrondi de Tama :

— Tama, où tu vas ?

L'autre fut bref :

— Oh, y a plus rien à espérer ici. On se reverra, si Dieu le veut.

Ce fut tout : au moment de franchir le seuil, il se retourna vers l'assemblée, pas encore revenue de sa surprise, et la salua d'une courbette rapide sur laquelle il disparut.

Autour du brasero s'échangèrent divers avis sur le prix de la bicyclette, la destination de Tama, mais « un vrai feu follet », « une tornade », furent les seules remarques que l'on entendit. Quand diable avait-il décidé de passer ainsi sans transition de la réflexion à l'acte ? Chacun se posait la question, qui demeura sans réponse. Jamais Tama n'avait seulement fait la plus petite allusion à une bicyclette et même, la veille, il en était encore à passer le début de l'après-midi à regarder défiler des fourmis, allongé sur la véranda ouverte au jardin. Revenant s'asseoir près du brasero, Kim dodelina de la tête :

— Sacré coup de main, murmura-t-il avant de lâcher un profond soupir.

Le camp s'effondrait par places à un rythme précipité, comme Fukusuke l'observa au fil des jours. L'effectif de chacun des clans fondait à vue d'œil, et les recrues arrivées d'une prison ou de la région, du Shikoku, du Chûgoku, du Kyûshû, où la rumeur les avait atteintes dans leurs recoins sombres, n'étaient elles-mêmes plus très longues à quitter le camp. Celui-ci, rencontré la veille, avait disparu le lendemain ; celui-là, présent le matin, s'en était déjà retourné l'après-midi. La cadence des départs s'accéléra. Jusqu'aux vieux de la vieille, qui résidaient au camp depuis plusieurs mois, qui n'avaient pas ménagé leur peine ni leur argent pour faire leur apprentissage – en particulier les compagnons les plus éveillés et les plus robustes qu'étaient les « lieutenants » – s'évanouirent les uns après les autres. Adieu les ombres : derrière les gargotes, au fond des ruelles se manifestèrent des énergies et des cris d'une nature radicalement différente.

La situation était la même dans le clan Kim : Raba mort écrasé, Tama envolé, de brusques impulsions saisirent plusieurs de ses lieutenants qui se levèrent un beau jour, un beau matin, pour quitter la maison et ne plus revenir. La Bécane, Coffre-fort, Tac-au-tac jouèrent tous trois la fille de l'air sans tambour ni trompette. Privé de tout argument pour convaincre ses hommes de demeurer au camp, Kim accepta désormais toutes leurs frasques, tous leurs griefs, obligé qu'il était de les subir en silence. Gon, Ma Tante, le Borgne et Fukusuke, le dernier carré, voyaient, le cœur vide, tomber les nuits sur l'étroit logis de guingois où tous quatre tournaient en rond ; c'étaient lampées sur lampées de *shôchû* ou d'alcool maison, plaintes et grommellements au pied des murs nus, ou bien, parfois, une échappée auprès d'une putain, qu'ils brutalisaient par humeur.

— Tu sais ce que c'est ? demanda un jour le Borgne à Fukusuke en lui présentant un énigmatique paquet emballé de papier journal.

Il le défit, dévoila un vieux robinet fermé à un bout par du plomb et à l'autre par un bouchon de papier. L'on eût dit que le Borgne tenait un trésor dans ses mains. Il dodelinait, ivre mort.

— La dernière carte, oui, la der des ders, murmura-t-il. N'en parle à personne.

Un éclat farouche scintilla dans ses yeux veinés de sang, il appliqua l'objet à son oreille, le secoua ostensiblement.

— Ça contient du mercure. Tiens, j'ôte le papier, je grimpe dans un bahut, je colle ce bout contre l'allumage pour faire couler le mercure à l'intérieur. Quand c'est fini, vite, je bouche avec du chewing-gum, pour pas que ça ressorte. Faut pas une minute pour que le moulin démarre. Hein, garde ça pour toi !

Ses explications achevées, le Borgne remit dans son emballage de papier froissé le passe-partout sordide, mais énergique, fourra le tout avec grand soin dans le fond d'une poche de son pantalon et se laissa choir sans retenue contre le mur qui en fut secoué dangereusement.

— Ah ! ce qu'on a pu en supporter, jusqu'ici !... murmura-t-il, les yeux clos, avant de pousser un fougueux soupir et de poser son front sur ses avant-bras.

Deux ou trois jours plus tard, Ma Tante proposa un raid à quatre contre une usine du voisinage, à l'arrière de laquelle se trouvait une cour qui contenait des piles de lingots d'aluminium destinés à la fonte. Ceux-là mêmes que des nouveaux avaient naguère dérobés et à la restitution desquels toute la population du camp avait dû participer. Ma Tante avait passé plusieurs jours à circuler autour de l'endroit, et il revenait avec des renseignements sur le cadenas, les chiens, l'éclairage. La cour était entourée d'un haut grillage, le portail non seulement clos d'une barre de fer et cadenassé, mais flanqué d'une niche, et deux puissants chiens de berger étaient lâchés la nuit venue. Enfin, la tourelle de la sirène était munie d'un projecteur dirigé de façon à inonder de lumière l'exact périmètre de la cour. Ma Tante sortit un trousseau de rossignols aux gabarits divers, les montra au trio :

— Voilà pour le portail. Le plus important, c'est d'ouvrir le cadenas.

Le Borgne réfléchit un moment puis opina :

— Ça devrait marcher. Et qu'est-ce qu'on fait pour les cabots ?

— Avec des croquettes. Fukusuke, tu vas aller chez le boucher en acheter.

— Des croquettes ?

— Oui, on va les faire bouffer aux chiens, tiens ! Quand j'ouvrirai, le Borgne les leur tendra, ils vont allonger un cou comme ça, et là, bing ! Gon les estourbira en vitesse.

— Tu crois que des bergers vont se laisser faire avec de simples croquettes ?

— Faudra bien ! Ils vont regretter de s'être figurés pouvoir dormir tranquilles à l'abri de deux malheureux cabots et d'un cadenas !

— Parce que tu parles d'expérience ?... demanda Fukusuke, qui n'obtint pour réponse qu'un rire gouailleur qui tordit les joues de Ma Tante.

Restait un problème : le projecteur. On connaissait la présence dans le poste de plusieurs cerbères qui montaient la garde de nuit, mais Ma Tante avança une tactique : mieux valait s'approprier la marchandise en pénétrant à découvert, résolument, plutôt que de se faufiler à pas de loup. Et il défendit son opinion – proposant de la mettre lui-même en pratique – avec une telle énergie qu'il y rallia ses compères. Mais la suite devait montrer qu'il avait fait une erreur de calcul. S'il ne rendait rien au pauvre Raba sous le rapport de la puissance musculaire et du doigté, dès lors qu'il fallait faire preuve de minutie dans l'organisation, il s'avéra impulsif à l'excès, trop coincé qu'il était par les circonstances.

La nuit du forfait, les quatre hommes quittèrent le camp en chaussures de caoutchouc et se dirigèrent vers l'usine. Fukusuke devait se coller contre un poteau électrique en guetteur, les trois autres passer à l'action. Ils s'approchèrent sans bruit de l'usine avec les croquettes, les rossignols et le bâton, ouvrirent le cadenas comme avec des doigts de fée, se débarrassèrent des chiens avec la même aisance que pour écraser une puce. Malheureusement, au moment de subtiliser le plus important, les lingots, l'excès d'audace de Ma Tante allait causer leur perte. Il se dirigeait mains au fond des poches, désinvolte au possible, vers le tas étincelant sous la pluie blafarde qui tombait du projeteur quand, tout à coup, des cris éclatèrent dans la cabane. Il réagit aussitôt en faisant demi-tour à toute allure, mais il heurta le montant du portail qu'il avait ouvert et roula dans la poussière. Gon se précipita jusqu'à l'extérieur du portail, mais, accueilli par des jets de pierre, s'affaissa au milieu du chemin. Le Borgne et Fukusuke détalèrent, chacun pour soi, et réussirent à s'échapper, mais ce fut la dernière nuit au camp pour Ma Tante et Gon, que l'on ne revit plus.

Plusieurs jours passèrent. Un soir arriva un vieux camion. Il s'arrêta au centre du camp, changea de direction avec mille peines sur l'étroit chemin, dans une cacophonie furieuse de ronflements, de soupirs, de broutements et de marches arrière avant de s'immobiliser, tourné vers l'entrée, prêt à partir à tout instant. A cette vue, Kim et Fukusuke sortirent, pour en voir descendre le Borgne mâchant du chewing-gum. Il leur fit le geste d'approcher, exhiba de la poche de son pantalon un paquet de chewing-gum. Fukusuke fit le tour du camp, entreprit un porte-à-porte méthodique, en mâchant la tablette reçue. Le Borgne et Kim, assis côte à côte sur le marchepied, discutaient.

— Tu vas nous manquer.

— Ne charrie pas !

— Puisque je te le dis !

— Ça ne change rien.

— Que tu crois.

— Faut les maintenir unis ou les faire dégager, c'est pas plus bête que ça.

— Il a un drôle de goût, ce chewing-gum.

— C'est le moins cher que j'ai trouvé.

— T'as eu besoin que d'une tablette ?

— J'ai acheté aussi dix thermomètres, dans une pharmacie.

— Et le bahut, qu'est-ce que tu comptes en faire ?

— Je vais avec du côté du port où on remblaie la côte, et je le plante contre les rochers.

— T'en fais de la ferraille ?

— Je fourgue les pièces.

— Ça t'en fait combien avec celui-là ?

— …

Le Borgne cracha son chewing-gum sur le sol, le piétina puis, sans mot dire, sortit une cigarette de la poche de sa chemise, l'alluma.

Bientôt, deux ou trois hommes émergèrent de la fine brume du début de soirée, suivis d'autres, qui se hissèrent les uns après les autres dans le camion. Des hommes sortirent en foule des logis, des baraques, de tous côtés, hélant d'un mot Kim et le Borgne, ils grimpèrent dans le véhicule, aidés par les premiers occupants. Certains arrivaient les mains vides, d'autres porteurs d'un balluchon, celui-ci en costume, celui-là en simple maillot ; cheveux en tignasse ou régent, bottes de caoutchouc, *jikatabi* ou souliers. On chuchotait, on grimaçait des sourires, on grommelait. Ils attendirent un moment, serrés comme des sardines dans le demi-jour, le temps que Fukusuke revienne accompagné du dernier. Il poussa celui-ci dans le camion, rejoignit le Borgne auquel il annonça qu'il ne restait plus que les infirmes, les femmes, les enfants et les vieillards. Sur quoi le Borgne leva les yeux vers le véhicule, les plissa :

— Ça fait plus grand monde, ma foi, murmura-t-il en grimpant dans la cabine.

Fukusuke prit place à son côté. Un tapotement résonna contre la vitre. Il se pencha au-dehors ; l'obscurité masquait le visage, mais la voix le renseigna : c'était Kim qui lui murmurait comme à regret, en mangeant ses mots :

— Eh ben... où que tu sois, je te la souhaite longue et bonne. J'ai pas autre chose à te dire. Donne-nous des nouvelles de temps en temps.

— Regarde les journaux ! lui lança le Borgne d'une voix aigre et brusque, avant de claquer soudain la portière et de mettre le contact.

Le camion s'ébranla aussitôt avec des grincements de guimbarde prête à se disloquer, puis fila de toute sa vitesse dans l'obscurité du chemin en direction de la ville et de ses lumières.

Imprimé en France par CPI Firmin-Didot
en octobre 2023
N° d'impression : 177083
Dépôt légal : janvier 2024